Gérard Saryan

Sur un arbre perché

Taurnada Éditions

Avertissement

Les opinions exprimées par les personnages de ce roman leur appartiennent, elles ne sont nullement le reflet de celles de l'auteur. Ce texte est une fiction, toute ressemblance avec des personnes ou des organismes existants relèverait de la pure coïncidence.

Image couverture : © Shutterstock/R-Tvist
Photo de l'auteur en 4e : © Aurore Disch

ISBN : 978-2-37258-113-4

ISSN : 2276-0717

À tous ces chemins de songes,
À tous ces moments de flâneries,
À toutes ces âmes rêveuses
que nous ne cesserons jamais d'être,
Je vous invite tout là-haut, à la cime de mon arbre.

Avant-propos

Je me souviens précisément de l'endroit où j'étais lorsque cette histoire a commencé à prendre forme : en forêt.

Imaginez… imaginez un instant que vous grimpez à un arbre.

En prenant appui sur ce tronc épais et rassurant, vous vous hissez jusqu'à cette première branche.

Allez-y prudemment.

Vous prolongez votre ascension.

En écartant le feuillage, vous apercevrez très bientôt la lumière.

Prenez votre temps.

L'éraflure sur votre bras, l'accroc d'une maille de votre pull importent peu.

Vous parvenez au sommet.

Votre esprit se transforme.

Vos démons préfèrent la terre ferme. Là-haut, ils vous laisseront en paix.

Votre imaginaire est sans limites et ici tout devient possible.

Mémorisez l'instant et fermez les yeux.

Vous êtes prêts à affronter ce voyage intérieur ?

Alors, prenez une grande inspiration et tournez la page…

Soyez vous-même, les autres sont déjà pris.

Oscar Wilde

Prologue

Courtenay

Le véhicule emprunta le chemin de terre durant trois longs kilomètres. La pluie avait rendu la route si mauvaise par endroits qu'elle en était presque impraticable. La boue avait tendance à coller aux pneus, si bien que, de temps à autre, le camping-car menaçait de glisser sur le bas-côté. À l'intérieur de l'habitacle, on était secoué plus que de raison et tous les ustensiles de cuisine finirent par échouer sur le sol en stratifié. Les mains gantées de la conductrice étaient crispées sur le volant en cuir.

Au cœur de la forêt, elle immobilisa son véhicule au bord d'une piste et coupa le moteur. Le ciel était si bas ce matin sur cette petite commune du Loiret qu'à coup sûr, pas un promeneur ne mettrait le nez dehors.

Elle attendit cinq bonnes minutes avant de descendre de la cabine et prit le temps nécessaire pour épier les bruissements alentour. Quelques mésanges s'envolèrent simultanément, tel un ballet exécuté pour l'occasion.

D'un pas décidé, la femme ouvrit la soute à bagages et jeta un dernier coup d'œil dans son dos. Un genou à l'intérieur, elle souleva le corps enveloppé dans une couverture en laine. Avec minutie, elle desserra les sangles compressant les pieds et le haut du buste. Aucune réaction ! Sans doute l'effet de la forte dose de sédatif qu'elle lui avait administrée avant de partir. Elle dégagea le visage amaigri de l'enfant et le caressa :

« Jessica ? Réveille-toi ! C'est ton jour de chance. »

PARTIE I

L’équilibre est un reflet

1

Lyon – Théâtre des Célestins

Gabin posa une main ferme sur mon épaule :

« Alice, c'est à toi dans dix secondes ! »

Ce n'était pas la première représentation de la pièce, et pourtant ce trac insupportable me remuait tant les tripes que j'en avais parfois des nausées. Ça commençait généralement la veille, troublant sommeil et alimentation.

Le régisseur fit un signe, bientôt suivi de celui du technicien. Mes mains tremblaient. Je fermai les yeux et pris une grande inspiration, immédiatement expulsée de mes poumons à la manière d'une marche afghane. Cette première réplique entamerait le monologue : « Tu sens la cigarette à plein nez, où as-tu passé la nuit ?… »

Le mauvais positionnement d'un projecteur m'obligea à reculer de cinquante centimètres. Gabin s'en aperçut et fit aussitôt le nécessaire. Nous étions partis pour une heure quarante-cinq d'émotion.

Une larme coula le long de ma joue.

« … Qu'il en soit ainsi ! »

Et le rideau tomba. Philippe dessina un magnifique sourire sur son visage et me releva, serrant mon corps tout entier dans ses bras. Son odeur de transpiration m'envahit les narines. Sa bouche était bien trop proche de la mienne et je l'évitai soigneusement. Il posa une main sur ma joue et l'autre sur mon ventre arrondi.

« Tu as été formidable ! Tu vas me manquer. »

Dans la salle, les spectateurs n'en finissaient plus de saluer notre prestation. Enfin détendue, ou peut-être tout simplement satisfaite d'avoir réussi ma dernière représentation avant une longue pause bien méritée, j'offrais des baisers à mes partenaires. Gabin nous encercla de ses bras immenses.

« Bravo, les enfants ! C'était génial. »

Philippe renchérit :

« Pas mal pour des amateurs, non ?!

– Quelle troupe d'amateurs ? Nous sommes des professionnels », s'insurgea Juliette, seconde interprète féminine des Moon. « Et ce n'est qu'un début ! »

Préférant ne pas s'étendre, Gabin intervint :

« Écoutez un peu ! Le public vous réclame. »

Il effectua un tour sur lui-même et ordonna :

« Allez, allez, tout le monde sur scène, s'il vous plaît ! Occupez l'espace ! Alice et Philippe, au centre. On se dépêche ! »

Chacun connaissait son rôle à merveille. La main moite de mon partenaire se glissa entre mes doigts. Le rideau s'ouvrit sur des visages enjoués et un tonnerre d'applaudissements. Mon cœur tapait contre ma poitrine, à moins que ce ne fût le bébé qui réagissait au tumulte inhabituel. Nous recevions un trop-plein d'amour impossible à décrire. L'été précédent, j'étais tombée sur un livre dans lequel artistes, chanteurs et sportifs témoignaient de leur ressenti face à une foule les acclamant à cor et à cri. La plus amusante des déclarations concernait un joueur de football qui décrivait, outre la joie du ballon entrant dans les filets, la ferveur des supporters en délire. Pour lui, ce bonheur intense était comparable à un orgasme. Aujourd'hui, il affirmait ne rien regretter de sa « petite mort » : ni argent, ni voyages, ni lumière. Rien, mis à part cette ferveur des fans idolâtrant leur héros. Ce soir plus que jamais, je le comprenais mieux que quiconque.

« Un, deux, trois ! » En maîtresse de cérémonie facétieuse, Juliette donnait le tempo. L'air de rien, je cherchais Guillaume dans la salle. « Au troisième rang, face à la scène », m'avait-il indiqué dans l'après-midi, mais à deux mètres de hauteur et avec un spot en plein visage, il était quasi impossible de différencier les spectateurs.

Le son de sa voix parvint enfin jusqu'à moi :

« Alice, Alice ! »

Une main sur le front pour couper l'effet lumineux, je distinguais sa silhouette. Mon fiancé n'était pas le plus expansif des hommes, mais c'est ainsi que je l'aimais. Sobre et discret. À la vue de tous et sans mesurer la portée d'un tel geste, je lui envoyai plusieurs baisers.

Une main agrippa la mienne pour un ultime salut, mais cette fois les doigts étaient fins, si fins d'ailleurs que c'en était surprenant. Juliette s'était malicieusement infiltrée entre nous, souriant aux anges. Je la scrutai d'un air amusé, loin d'être étonnée de cette impertinence et de ce culot qui la caractérisaient si bien.

Comme de coutume, nous nous étions donné rendez-vous au restaurant Les Vieux Traboules.

Gabin lança le signal de départ. Verre au-dessus des têtes, nous prononçâmes cette formule aussi évidente que notre amitié : « La vie est belle ! » Gabin y alla même de son désuet et inutile « Hip hip hip hourra ! ».

Peu importe la fatigue ou notre planning du lendemain, il était inimaginable de rater cette petite réunion d'après spectacle. C'était ça, l'esprit de la troupe, et nous nous efforcions de le conserver contre vents et marées. Le seul changement notable résidait dans le choix des convives. D'un groupe d'étudiants sans le moindre sou, nous étions devenus au fil du temps des adultes accomplis et respectables, ressemblant à monsieur et madame Tout-le-Monde. Et c'est ainsi que nos conjoints avaient progressivement fait leur apparition autour de la table. Pour mon fiancé, cette invitation était assimilable à une corvée. Guillaume détonnait au milieu de ces bobos embourgeoisés et prêts à refaire le monde. Il faut dire que ce charmant avocat, brun ténébreux à l'éducation irréprochable, était le plus souvent vêtu d'un costume cravate, le rendant difficilement compatible avec les codes de notre univers.

« Veuillez m'excuser, je vais au petit coin ! lançai-je à la cantonade.

– Tu as besoin de moi ? » fit Gabin, un brin provocateur, jamais avare d'un bon mot.

Coincée derrière les minuscules tables de ce bouchon lyonnais, j'eus bien du mal à m'extirper de ma place, et descendis prudemment les escaliers en colimaçon.

Un courant d'air caressa ma nuque. À l'étage, le brouhaha était considérable. La voix caverneuse d'Antoine ou le rire exagéré de Patrick pouvaient s'entendre à des kilomètres.

En fin de soirée, les sanitaires pour femmes devenaient immondes. Les poubelles débordaient.

Le « vlan ! » de la porte d'entrée me fit sursauter. Je sortis rapidement de la cabine, mais voilà que la minuterie s'éteignit, plongeant la pièce dans l'obscurité la plus totale. Je me figeai, saisie d'une appréhension soudaine. Je *sentais* comme une présence.

« Y a quelqu'un ? »

Le cœur battant, bras en avant, à tâtons, je progressais à la recherche de l'interrupteur. La panique me gagna tout à coup lorsque mes doigts frôlèrent une matière molle. Ce n'était plus le mur en béton… mais un visage.

« J'adore ça ! »

La voix était celle de Philippe. Il rétablit la lumière dans la seconde qui suivit.

« Tu m'as foutu une de ces frousses. Bon sang que tu es con ! »

Fier de sa plaisanterie, il ajouta :

« Désolé, mais c'est le seul endroit où tu es encore disponible en tête à tête. »

Philippe et moi avions eu une aventure voici trois ans. Ce prof de philo avait une fâcheuse tendance à vouloir raviver un passé désormais révolu.

« Qu'est-ce que tu cherches ? »

Bras en travers, il empêchait toute manœuvre de ma part.

« Tu ne réponds pas à mes messages. »

Son haleine empestait l'alcool, me faisant hésiter sur la méthode à employer pour me débarrasser de lui.

« Tu t'es encore fait larguer ? À chaque fois c'est le même cirque.

– Euh… non.

– Arrête un peu. Je te connais. »

Il posa son autre main sur ma hanche. Je tentai de me dégager de cette emprise un tantinet maladroite, mais le bougre ne se laissait pas éconduire si facilement.

« Tu n'as pas toujours dit ça ! Je me souviens même d'une époque où… »

Sans achever sa phrase, il chercha à m'embrasser, mais fort heureusement, Juliette contraria son projet en déboulant dans les latrines.

« Vous gênez pas, je ne fais que passer. »

Cette intervention inopinée était si salvatrice que je l'agrippai comme on agrippe une bouée de sauvetage.

Alors que je fuyais son regard sombre, Philippe resta figé durant de longues secondes avant de se résoudre à abdiquer en quittant les lieux.

« Merci, Juju ! »

Dernière arrivée dans la troupe et préposée aux seconds rôles, Juliette Mercier devait me remplacer durant le reste de ma grossesse. Elle me glissa un clin d'œil en coin et nous remontâmes à l'étage.

« Tu en as mis du temps ! » s'étonna Guillaume.

Sourire de circonstance, j'inventai un prétexte idiot.

« Bon, ben, moi, je me lève tôt, je vais faire comme Philippe, lâcha soudain Gabin.

– Il est parti ? »

On me confirma qu'il avait pris ses affaires et payé son dû.

L'annonce du départ de Gabin déclencha un mouvement de table, au grand dam du propriétaire, Michel Francin :

« Vous filez déjà ? lança ce dernier. Et le digestif ? »

Déçu par cette « démission » collective, il pesta :

« Eh bien, les Moon ne sont plus ce qu'ils étaient ! »

Le seuil du restaurant franchi, la rue était à nous. Guillaume enveloppa mes épaules de son manteau ample et m'entraîna à l'écart. Je blottis ma tête contre sa poitrine, telle une louve cherchant sa protection, et entourai sa taille en effleurant ses fesses musclées.

« Tu sais à quoi je pense ? »

Sa bouche embrassa la mienne dans un baiser langoureux et passionné, puis, lorsque je rouvris les yeux, il me tendit une enveloppe épaisse. Ce sigle en lettres dorées me laissa perplexe. À l'intérieur, le carton d'invitation promettait un délicieux week-end dans un célèbre palace parisien. J'étais aux anges.

Guillaume posa la main sur mon ventre :

« Rien n'est trop beau pour vous désormais. »

Il ajouta aussitôt :

« Pendant que j'emmènerai les enfants chez Disney, tu te feras dorloter. »

Je ne sais pas si c'est le « j'emmènerai les enfants » qui provoqua ce revirement chez moi, mais toujours est-il que l'escapade amoureuse devenait soudainement moins glamour. Nos échappées étaient rarement de tout repos, car il s'agissait la plupart du temps d'adjoindre à notre périple son jeune fils de 4 ans, Dimitri, et son aînée de 13 ans, Barbara. Si le petit garçon s'avérait adorable, il en était autrement de sa sœur. En début d'adolescence, elle acceptait difficilement ma présence, me rendant responsable du divorce de ses parents.

Il prit mon menton entre ses doigts et m'embrassa de nouveau. C'était sa manière à lui de clore toute discussion. Je me laissai emporter par son étreinte, convaincue que son amour valait bien un petit sacrifice de temps en temps.

2

La Croix-Rousse

« Tu peux te rhabiller ! »

Diane retira les branches du stéthoscope de ses oreilles et disparut derrière son bureau, les yeux rivés sur son écran. Le moins que l'on puisse dire, c'est qu'elle n'était pas des plus loquaces ce matin. J'enfilai mon jean à toute vitesse et la rejoignis.

« Ça ne va pas ? »

Plongée dans sa lecture, elle releva la tête :

« Quoi ? Oh non, tout est parfaitement normal. Tu es en pleine forme et la grossesse te réussit à merveille ! Je viens de recevoir le dernier rapport de ta gynéco, tu veux en prendre connaissance ? »

Devant mon absence de réaction, elle me prodigua ses dernières recommandations d'une voix professionnelle. Confirmant avoir saisi ses conseils de prudence, je repris :

« Je t'ai connue largement plus expansive. »

Elle se justifia en m'expliquant crouler sous le travail et préféra s'en tenir là. Une chose semblait la contrarier. Sans doute cette pudeur qui l'empêchait de se dévoiler totalement.

Je contournai le vieux secrétaire en chêne ayant appartenu à son père, et pris ses mains entre les miennes.

« Diane, écoute-moi. Tu es ma meilleure amie et tu peux tout me dire. »

Elle se leva et m'enlaça tendrement :

« Promis, on abordera le sujet en temps voulu, mais pour l'instant, ce qui compte c'est ton bonheur. »

Je ne doutais pas de sa sincérité, mais la formule était si convenue que je ne voulus pas en rester là :

« Écoute, je pars en début d'après-midi avec les enfants… »

Elle m'interrompit d'un :

« Ah, ton fameux week-end parisien !

– Tu parles d'une love story ! Guillaume est déjà sur Paris et je dois m'occuper des gosses… Mais tu sais quoi, on ne va pas se laisser abattre ! Je nous réserve deux couverts Chez Maurice mardi soir et c'est moi qui invite ! »

L'idée l'enthousiasma. Caressant ce ventre qui n'en finissait plus de s'arrondir, je repris :

« Et puis, faut que j'en profite avant que tu m'interdises le moindre écart ! »

Diane afficha enfin un sourire radieux, sans doute celui qui avait dû séduire Jérôme en son temps.

« Tu as encore cinq minutes ? Je t'offre un thé !

– À condition que tu aies…

– Du miel de lavande ! Je sais, mademoiselle Guenver, je finis par vous connaître par cœur. Allez, suis-moi. »

Nous partîmes d'un fou rire. Le côté pratique, c'était que le cabinet était situé à l'intérieur même de son domicile, uniquement séparé des pièces d'habitation par un minuscule couloir et un réduit attenant servant de débarras.

Afin d'éviter une douloureuse épreuve aux enfants, Guillaume avait décidé de laisser la maison familiale de Saint-Didier-au-Mont-d'Or à son ex-épouse, préférant emménager chez moi.

Je poussai le portillon de la propriété, constatant que la plaque n'avait toujours pas été changée. Divorcés depuis bientôt deux ans, la présence du nom et prénom de mon fiancé n'avait plus lieu d'être et, pourtant, il y figurait encore.

Je frappai à la porte d'entrée et c'est Dimitri, les cheveux en bataille, qui fut le plus prompt à m'accueillir :

« C'est Alice ! Maman, c'est Alice ! »

Sa joie faisait plaisir à voir, si bien que je le couvris de baisers.

Isabelle vint à notre rencontre, sourire mièvre, et incita son fils à finir de se préparer. Très jolie, elle était grande, élancée, et n'avait rien perdu de son charme. Elle balança ses longs cheveux blonds en arrière comme dans une publicité pour shampoing, son fuseau gris anthracite mettant en valeur sa taille de guêpe. Pour rien au monde, elle ne se serait présentée à moi dans une tenue négligée. Sa rivalité avec une prétendante plus jeune était un coup dur pour cette femme de tête : Isabelle dirigeait une agence immobilière de luxe et avait tout réussi dans sa vie, tout sauf son mariage.

Je grelottais et le soleil avait bien du mal à percer depuis ce matin, mais elle préféra me laisser patienter sur le seuil. Gentilles représailles face à une situation qu'elle ne digérait décidément pas, mais Dimitri s'incrusta entre nous et prit ma main :

« Alice, viens voir mon château Playmobil. Barbara a fini de monter le pont-levis. »

La mère de famille s'exaspéra de cette attitude, mais ne s'y opposa point. Contrainte et forcée, je m'engouffrai entre elle et la porte, mon ventre frôlant le sien. Nos yeux se croisèrent l'espace d'un instant. Le visage d'Isabelle se décomposa aussitôt. *Eh oui, je suis enceinte...* Cette réalité se rappelait une énième fois à elle. Torturée à l'idée que je porte l'enfant de son ex-mari, elle détourna le regard. Cruelle, je m'attardai une seconde supplémentaire, histoire de la laisser ruminer tout le week-end.

Quelle garce je suis !

Dès les premières marches d'escalier, je croisai Barbara. La jeune adolescente m'ignora, répondant à peine à mon « bonjour » pourtant sincère. Le voyage en sa compagnie s'annonçait des plus difficiles. À la demande de Guillaume, je prenais sur moi, disposée à faire de multiples concessions envers cette gosse de riches trop gâtée à mon goût.

Vingt minutes plus tard, Isabelle entonna son « tu mets ton écharpe, Dimitri ! ».

Nous étions prêts à partir. Le garçonnet prit un sac sur son dos, mais sa mère le rattrapa par le col.

« Ben alors, on n'oublie rien, jeune homme ? »

Il revint sur ses pas et l'embrassa tendrement. Isabelle le serra dans ses bras, glissant un minuscule sachet dans sa poche. Quant à Barbara, l'œil rivé à son téléphone portable, elle tendit négligemment la joue, y essuyant ensuite rapidement toute trace de maquillage. Engouffrant les mains dans ses poches, Isabelle nous accompagna jusqu'au portail.

« Vous êtes sages, les enfants, et vous écoutez papa et Alice. Dimitri, tu as ton stick ? »

Les enfants répondirent d'un geste et bien avant que je ne referme la portière, elle lâcha son ultime recommandation :

« Ah, Alice ! Dernière chose : faites bien attention à eux. »

3

Lyon – Gare de Lyon Part-Dieu

Barbara repoussa le plateau. Elle n'avait rien mangé. Difficile de lui arracher un mot, vu qu'elle préférait coller ses beaux yeux verts à l'écran de son smartphone. Décidément, entre la mère et la fille, j'avais peu de chances de nouer le dialogue. À croire qu'elles s'étaient entendues sur ce point !

Par souci de ne pas gâcher la nourriture ou tout simplement par gourmandise, je chipai son croissant avant de le mettre en bouche. Dimitri m'adressa son plus beau sourire en retour, ses lèvres portaient les traces de son chocolat au lait. Je vérifiai une énième fois la présence des sacs et des valises, tout en essuyant méticuleusement la bouche du garçonnet. La brasserie était bondée, et pourtant je sentais comme une présence insolite : trois tables plus loin, un individu nous observait avec insistance. Casquette vissée sur le crâne, il me faisait penser à un acteur anglais. Je recentrai mon attention sur les enfants et réclamai l'addition.

« Prenez vos affaires. On s'en va.

– Pourquoi ? On a le temps ! s'insurgea l'adolescente.

– Plus vite on s'installe dans le train et mieux c'est ! »

À l'autre bout de la salle, l'homme en question se leva à son tour.

C'est en entrant dans la voiture huit que je constatai une certaine effervescence. Le train était complet. Un chassé-croisé avant les vacances de Noël, que Guillaume et moi n'avions pas anticipé, nous empêchant de réserver notre traditionnel carré familial. Barbara s'en accommoda, prenant ses distances quatre rangées plus loin. Cette gamine allait me rendre chèvre.

Le Lyon-Paris démarra à l'heure. Toute cette agitation était épuisante, et il me tardait de m'allonger sur l'immense table de massage du palace parisien.

« Donne-moi ton blouson, Dimitri. Je vais le mettre en haut. »

Le sachet remis par Isabelle trois heures plus tôt atterrit sur la banquette. Je le ramassai, inspectant un banal et insignifiant objet en tissu violet qui sentait fort, très fort, la lavande.

« C'est quoi ça ? »

Il parut embarrassé. Je réitérai ma question. Dimitri se pencha pour me chuchoter la réponse dans le creux de l'oreille :

« C'est un secret ! Si je te le dis, tu le garderas pour toi ? »

Intriguée, main droite à la verticale, je souriais par avance de sa cachotterie :

« Promis, juré, craché, visage pâle !

– C'est de la lavande pour chasser "la sorcière" ! »

Je luttai d'abord pour ne pas rire, mais il avait prononcé cette phrase avec une telle inquiétude dans le regard que j'en restai sidérée.

Certes, ce n'était qu'un enfant à l'imagination débordante, mais le ton n'en était pas moins perturbant. Il était dit que ce voyage ne serait pas de tout repos, mais, Dieu merci, le trajet ne durerait pas plus de deux heures.

« Alice ?… »

Plongée sur la planche à dessin d'un nouveau modèle, je levai les yeux de l'écran et posai mes lunettes sur le clavier. De peur d'être entendu, Dimitri continua en murmurant à mon oreille :

« … J'ai envie de faire pipi. »

Je demandai au jeune couple assis en face de nous de surveiller nos affaires, et le prénommé Maxime s'empressa d'accepter. J'aurais parié que ce coquin avait un faible pour les femmes plus mûres.

Dimitri se dirigea dans le sens opposé, mais je le repris à temps, ne manquant pas l'occasion de vérifier la présence de Barbara. Si son voisin dormait paisiblement, je découvris, stupéfaite, que l'adolescente n'était plus à sa place.

« Alice, elle est où, Barbara ? » fit Dimitri.

Je me posais exactement la même question. J'agrippai le garçon par l'épaule afin qu'il ne m'échappe pas et remuai celle du voyageur endormi. Le moins que l'on puisse dire, c'est qu'il n'apprécia guère ce réveil un peu brutal.

« Hein, quoi ?

– Désolée de vous importuner. Le siège à côté du vôtre, une jeune fille blonde. Est-ce que vous savez… »

Je n'eus pas le temps de finir ma phrase qu'il détourna la tête sur le côté. Son air hébété, tout autant que sa lenteur, m'agaçait.

« La gamine ? Ah oui, la gamine… elle est partie ! m'assura-t-il.

– Comment ça, "partie" ?

– Ben oui, elle a pris ses affaires ! »

Il marmonna ensuite quelque chose d'incompréhensible. Inutile de perdre mon temps avec cet homme.

« Alice, j'ai vraiment envie… ! » insista Dimitri en se tortillant.

Je sortis mon téléphone de ma poche arrière et appelai Barbara tout en revenant sur mes pas, implorant Maxime de prendre en charge le garçonnet. L'appel sonnait dans le vide.

Quand je pense que je lui ai demandé de mettre son téléphone en mode avion !

Ce fut le moment choisi par Guillaume pour tenter de me joindre. Sa réunion était finie et il venait aux nouvelles. Il ne décela pas un instant la gêne dans ma voix :

« J'espère que les enfants ne t'en font pas trop baver ?

– Non… ça va ! »

Je progressais dans la rame, pressée d'abréger cette conversation.

Il ne servait à rien de l'inquiéter. Après tout, Barbara n'avait pas encore officiellement disparu.

Je raccrochai sans attendre et sans formule de politesse.

Dans la voiture suivante, je me mis à scruter chacun des voyageurs. Ils levaient le nez sur mon passage.

Je commençais à paniquer, réitérant mes appels à la jeune fille, sans succès.

Une brune aux cheveux courts m'interpella :

« Vous cherchez quelque chose ? Je peux vous aider ? »

Je lui expliquai brièvement la situation, ce à quoi elle répondit :

« Elle ne doit pas être bien loin. Vous savez, personne n'a encore sauté d'un TGV lancé à 320 km/h… »

Nous nous rendîmes auprès d'un contrôleur à qui je décrivis sommairement Barbara, indiquant ce piercing en forme de diamant dans le pavillon de l'oreille droite ; une vieille histoire qui avait rendu furieux son père. Et puis soudain, je songeai que rien n'était plus parlant qu'une photo.

« Tenez, regardez, c'est elle ! »

Les battements de mon cœur s'accéléraient au fur et à mesure que je traversais les wagons. En jetant un coup d'œil en arrière, mon regard se focalisa aussitôt sur un individu, celui-là même qui nous observait à la brasserie de la gare. J'avançai vers lui. Il reprit son quotidien et fit semblant de ne pas m'apercevoir, mais je l'abordai sans ménagement :

« Excusez-moi, je suis à la recherche d'une adolescente. C'est ma belle-fille, elle a 13 ans. »

Il resta les yeux plongés dans son journal, indifférent à mes propos, mais d'un geste aussi violent que soudain, je le lui arrachai des mains. Il se leva, prêt à l'affrontement, mais le contrôleur coupa court à notre « duel » :

« Oh, oh ! On se calme ici. Madame, suivez-moi, ma collègue est avec une gosse. »

Il me conduisit dans la voiture suivante et nous descendîmes d'un étage.

« C'est votre fille ? m'interrogea-t-il.
– Dieu soit loué ! » lâchai-je, soulagée.

Barbara s'empressa de préciser que je n'étais pas sa mère. Ce désaveu n'eut aucune espèce d'importance. J'étais trop heureuse du dénouement.

« Qui t'a autorisée à quitter ton siège ? »

Elle préféra garder la tête baissée. Cette petite peste pensait pouvoir m'attendrir en jouant le rôle de l'enfant coupable, mais c'était mal me connaître.

Désormais seules, j'attendais une explication de sa part :

« Il arrêtait pas de ronfler, j'en pouvais plus.
– C'est pas une raison. Tu viens me voir avant, Barbara. Nous aurions trouvé une solution. Bon allez, retourne à ta place. »

Elle grimpa les escaliers, tortillant ses fesses d'adolescente en guise de provocation.

Dimitri m'attendait sagement, coloriant la carapace de la tortue *Franklin*. Je remerciai mes voisins de leur aide et repris le croquis du nouveau modèle.

« *Mesdames et messieurs, notre train arrivera dans quelques instants à Paris Gare de Lyon. Paris Gare de Lyon, terminus de ce train.* »

Dimitri rangea feutres et cahier dans son sac.

Je me levai et apostrophai Barbara :

« On sort de ton côté et on te prend au passage.
– Et nos bagages ? s'inquiéta la jeune fille.
– Je m'en occupe. Jusqu'ici personne ne s'est intéressé à mes strings. »

Je ne saurais expliquer le pourquoi d'une telle déclaration. Elle me regarda d'un air ébahi, tout comme le voyageur présent à ses côtés.

Mon téléphone vibra. C'était Hugo, mon frère. Le moment était mal choisi :

« Allô, frangine ?
– Salut, Hugo.
– Comme je suis content d'entendre ta voix ! »

La dernière fois qu'il avait prononcé cette formule toute faite, ça m'avait coûté un peu plus de deux mille euros.

« Excuse-moi, mais je descends d'un train, on peut se rappeler dans l'après-midi ?

– C'est pas simple cet après-midi, je suis à Macao.

– Macao ? Mais qu'est-ce que tu fous là-bas ? »

Quelle question stupide ! La réponse fut tout aussi désolante :

« Je participe à un tournoi de poker. D'ailleurs, c'est pour ça que… »

Je surveillais Dimitri du coin de l'œil. Il s'était mis debout sur son siège, cherchant à attraper son blouson. Je rembarrai Hugo un peu sèchement, songeant qu'il ne trouvait mon numéro que lorsqu'il avait un besoin urgent d'argent, et raccrochai.

« Dis donc, toi, qui t'a dit de te lever sans ma permission ? »

N'étant pas arrivé à ses fins, Dimitri me jeta son regard boudeur :

« J'ai fait comme les autres. »

J'étirai mon bras, m'emparai du vêtement, tandis que deux messieurs reluquaient mes fesses en toute discrétion. J'entourai le cou de Dimitri en effectuant un nœud avec son écharpe, mais il refusa que je remonte la fermeture Éclair de son blouson sous prétexte qu'il mourait de chaud. Sans rancune, j'attrapai sa bouche pour l'embrasser. J'adorais ce gamin, et il me le rendait bien !

Nous descendîmes tous les trois, laissant passer le flot de voyageurs pressés. Je détestais ces journées d'automne où la nuit commence à tomber vers les 17 heures. Nous étions dans le hall numéro 2 et il nous fallait rejoindre la ligne de métro en contrebas. Aux portiques situés en bout de voie, c'était l'embouteillage. Je me faufilai, une main pour Dimitri et l'autre sur la valise. Barbara suivait, obéissante et disciplinée.

« Que se passe-t-il ? Pourquoi ça bloque comme ça ? » s'impatienta une vieille femme.

Une étudiante l'informa :

« Un autre train est arrivé en même temps. »

Tirant sur mon bras comme un forcené, Dimitri insista pour que l'on se glisse sur la partie gauche du quai.

« Doucement, jeune homme, où veux-tu aller comme ça ? »

Barbara souffla à mon oreille :

« Il est pénible. Toujours le même cirque quand on vient ici. Il a entendu le pianiste. »

Je me retournai :

« Quoi, quel pianiste ?

– Ben tu sais, y a toujours un mec dans le hall pour s'asseoir au piano et montrer à tout le monde qu'il a appris le solfège. »

Dimitri me supplia de faire le détour. J'acceptai à condition qu'il cesse de vouloir me démonter l'épaule. Nous étions un peu loin du duo – car un violoncelliste complétait merveilleusement bien le récital improvisé. Depuis les attentats parisiens, j'avais une peur bleue des endroits bondés et redoutais plus que quiconque les mouvements de foule.

« Barbara, mets ton sac à dos devant toi. Il peut y avoir des pickpockets. »

Haut comme trois pommes, Dimitri demanda à voir les musiciens de plus près, mais dans mon état, impossible de le porter sur mes épaules. Je le retenais par la capuche, l'empêchant d'aller plus loin. Barbara s'impatientait :

« On y va, Alice ? »

Je me retournai pour lui répondre, mais un sentiment étrange m'envahit. Mon avant-bras ne m'avait jamais paru aussi léger. Je chavirai : le blouson de Dimitri était suspendu entre mes doigts comme un trophée que l'on expose. Bon sang ! Ce voyou avait échappé à ma vigilance.

« Tu as vu ton frère ? »

Les yeux sur son téléphone, elle répondit :

« Non, pourquoi ?

– Il était là, à l'instant où je te parlais. Garde les valises, je vais aller voir. »

Une femme tâcha de me rassurer :

« Y doit être assis devant le piano avec les autres enfants. »

Et effectivement, en me hissant sur la pointe des pieds, je découvris une quinzaine de gosses agenouillés autour des musiciens… mais point de Dimitri.

Je criai son prénom à deux reprises, sans réponse. Ne distinguant nulle part le bleu marine de son pull, j'ordonnai à Barbara de m'attendre bien sagement, et me précipitai au-devant de cette scène, à coups de « pardon », « excusez-moi ».

J'étais maintenant à moins d'un mètre des jeunes musiciens. Ils m'observaient bêtement. Je lus de l'incompréhension dans leur regard : pourquoi diable étais-je en train de perturber leur concert ?

Effectuant un tour à 360 degrés, je cherchais désespérément le visage de mon petit ange, les yeux écarquillés, la bouche ouverte et le cœur au bord des lèvres. Certains enfants riaient, songeant peut-être que j'étais folle.

Ma vie était tout doucement en train de basculer. À bout de souffle, terrorisée, je me mis à hurler :

« DIMITRI !! »

4

Paris – Gare de Lyon

Un employé de la SNCF me prêta assistance dans les minutes qui suivirent. Il comprit rapidement la situation et sollicita ses collègues afin qu'ils m'aident à retrouver l'enfant. Complètement déboussolée, j'acceptai à condition de pouvoir demeurer dans le hall. Des sanglots dans la voix, je décrivis sommairement Dimitri. De leurs propos se voulant réconfortants, je ne retenais que quatre malheureux mots : « Nous allons le retrouver. »

Je pouvais m'effondrer à tout moment, prise de ces fameux vertiges qui se manifestaient de temps à autre depuis le début de ma grossesse.

« Alice, est-ce que ça va ? »

Barbara était livide, tétanisée, ses yeux laissaient paraître la peur et l'angoisse. Désarçonnée dans ses certitudes d'adolescente, elle tremblait de la tête aux pieds.

« C'est votre fille ?

– Oui, enfin non. C'est la fille de mon conjoint. »

Barbara plongea sa tête dans le creux de mon épaule et se mit à sangloter. Émue, je posai une main derrière son crâne et caressai ses cheveux afin de la réconforter. Ce trop rare moment de complicité entre nous sonna comme un élément déclencheur. Pour elle, pour Dimitri, je ne pouvais pas sombrer, me répétant inlassablement « ne flanche pas, Alice, je t'en supplie ! ».

Ça s'agitait de partout. Des agents de la sûreté ferroviaire nous prirent sous leurs ailes. Grands, armés jusqu'aux dents, leurs uniformes étaient rassurants. Ils connaissaient cette gare comme leur poche et proposèrent de nous accompagner à leur quartier général, mais je déclinai l'invitation, préférant continuer à examiner les lieux en compagnie de l'un d'entre eux.

L'exploration du hall n'avait rien donné et c'est tout naturellement que nous nous rendîmes finalement au PC de sécurité. Sur place, on nous fit asseoir et on nous offrit de l'eau sucrée en guise de remontant.

Un homme s'accroupit devant moi et voulut entendre le récit de ce que j'avais encore du mal à nommer précisément. Je donnai un tas de détails, mais mon élocution était confuse, tout autant que la chronologie des événements. Barbara était prostrée sur sa chaise, les yeux dans le vide. Mon téléphone se mit à vibrer.

« Alice, j'ai réussi à me libérer. Mon père et moi sommes en route. Vous êtes où ? » me demanda Guillaume.

Sa voix était gaie, en décalage complet avec l'atmosphère ambiante.

Comment lui dire ?

« Alice ! Alice, tu m'entends ? »

J'étais bouleversée, incapable de prononcer le moindre mot. Devant ma détresse, l'agent présent à mes côtés m'emprunta l'appareil et lui fit un point de la situation.

Tout juste entendis-je : « Comment ça, vous ne retrouvez pas Dimitri ? »

Un inconnu à l'allure soignée venait de faire irruption dans la salle, provoquant une soudaine confusion qui laissait supposer de son importance. Je l'observai du coin de l'œil, tout en récupérant mon téléphone. Prenant les informations de manière posée et réfléchie, il se tourna vers moi lorsque l'un des patrouilleurs me désigna, et vint immédiatement à ma rencontre.

« Bonjour, madame. Bernard Chabrac, le directeur de cette gare. On vient de m'expliquer ce qu'il s'est passé. »

Groggy, j'en oubliai de me présenter :

« J'ai mon conjoint au bout du fil. C'est le père de l'enfant. »

Avant qu'il ne me réponde, une femme s'immisça dans notre discussion et me proposa de la suivre.

« … Alice, dis-moi ce qu'il se passe, bon sang ? Alice ? braillait Guillaume, dont la voix n'avait plus rien d'enjoué.

– Je suis au PC sécurité de la gare avec Barbara. Rejoins-nous dès que possible. »

J'entrai dans un nouveau bureau à la suite de mon accompagnatrice, Barbara sur mes talons. Dans l'affolement, je n'avais même pas pris soin de repérer l'endroit exact où l'on nous avait emmenées. Un groupe d'individus s'était formé au centre de la pièce. Des dizaines de moniteurs étaient positionnés au mur, permettant de suivre les allées et venues des milliers de voyageurs. L'opérateur en chef, yeux noisette et crâne dégarni, maîtrisait sa console avec dextérité, surfant d'une zone à l'autre avec une étonnante facilité. Soudain, il désigna l'un des écrans.

« Regardez par là. C'est votre enfant ? »

Un couple venait de descendre les escaliers menant à la ligne 1 du métro, tenant par la main un petit garçon. Je ne pouvais voir son visage, mais la silhouette ressemblait effectivement à celle de Dimitri. Difficile pourtant d'être affirmative. J'hésitais. L'opérateur prit l'initiative d'agrandir l'image, mais sans succès. Dans la précipitation et complètement déstabilisée, Barbara certifia qu'il s'agissait de son frère, mais ils avaient urgemment besoin de mon aval.

« Attendez… Il y a des similitudes, mais je ne suis pas certaine. »

Tout en pressant le blouson de Dimitri contre moi, je les informai que l'anorak de l'enfant dans la vidéo n'était pas le sien. Ils m'affirmèrent que les kidnappeurs ne s'arrêtaient pas à ce genre de détails, n'hésitant pas à travestir un gosse après l'avoir enlevé.

Kidnappeurs.

Pour la première fois, le mot était lancé.

« Continuez à le suivre à la caméra ! » ordonna le directeur.

L'opérateur s'exécuta. Barbara était terriblement nerveuse, me suppliant de prendre une décision. L'un des agents décrocha son talkie-walkie de sa ceinture et exigea de ses collègues un contrôle d'identité.

« On va être fixés d'ici trois minutes ! » lâcha Chabrac.

Imaginer Dimitri aux mains d'un inconnu m'était insupportable.

« Oui, je crois. Je crois que c'est lui ! » m'exclamai-je.

Puis j'ajoutai :

« Mais jamais il n'aurait suivi une personne qu'il ne connaît pas ! Jamais ! »

Je souhaitais me rendre sur place, mais une certaine Noémie s'interposa :

« Restez là, madame Guenver ! Vous nous serez plus utile ici. »

J'acquiesçai. Barbara rongeait ses ongles avec anxiété.

Guillaume vint aux nouvelles :

« Vous en êtes où ?

– On a aperçu un gamin à l'entrée. Les policiers vérifient. »

À l'écran, les agents s'approchaient calmement de la femme et l'enfant, opérant avec délicatesse. Mon cœur battait la chamade, frappant, cognant tel le marteau du forgeron sur l'enclume. Cette montée de stress était asphyxiante, si bien que je suffoquais en silence…

Mais à la découverte du visage du gamin, mes espoirs furent douchés.

« CE N'EST PAS DIMITRI ! criai-je. Barbara, tu restes là, je retourne dans la gare. »

Les agents tentèrent par tous les moyens de me retenir, mais il était trop tard. Déterminée, je dévalai les escaliers aussi vite que mon état me le permettait.

Arrivée en bas, j'envoyai un SMS à Guillaume :

Rdv hall 1

Jamais je n'avais vécu une telle situation d'angoisse. Mes mains avaient du mal à se coordonner, quant à mes jambes, elles me soutenaient à peine.

Ne flanche pas, je t'en supplie ! Ne flanche pas.

Tant bien que mal, je repris ma course. De temps à autre, je posais une main sur mon ventre, comme pour tranquilliser le bébé.

Apeurée, la foule s'écartait sur mon passage.

Tout à coup, j'aperçus un enfant ressemblant à *mon* Dimitri, s'apprêtant à franchir les portillons menant à la voie H. Je redoublai mes efforts, bousculant les passagers agglutinés.

« DIMITRI ! DIMITRI ! »

Il était déjà sur le quai. Je hélai l'accompagnatrice, mais elle fit semblant de ne pas entendre.

« ARRÊTEZ-LES ! ELLE A MON ENFANT ! »

Un contrôleur en uniforme délaissa son collègue et partit à sa rencontre. Tout le personnel avait été informé de la disparition du garçonnet, et tandis qu'un voyageur plaquait son billet électronique sur le lecteur digital, je profitai de l'aubaine pour m'introduire sur le quai en me glissant derrière lui.

« Madame ! »

Je m'arrêtai en plein élan. Mon premier sentiment fut une immense déception. Il fallait me rendre à l'évidence : ce n'était pas Dimitri. L'agent se tenait à côté de l'enfant et de sa mère, il devina aussitôt mon désarroi. Un bip de notification m'informa de l'arrivée d'un SMS :

Avec papa, place de l'horloge

Je fis demi-tour sans un mot, empruntant le chemin le plus court, à gauche de la brasserie Montreux, à l'opposé de la zone de taxis.

Un clochard quémanda une pièce tandis qu'un autre individu me proposa les services d'une moto-taxi. Je n'avais pas la tête à ça et les rembarrai, il est vrai, un peu sèchement. Se considérant humilié, le type à la moto me poursuivit en brandissant son casque. Les traits de son visage étaient durs, il n'avait pas l'air de plaisanter. Apeurée, je pressai le pas, déterminée à lui échapper, remarquant à peine le camion de livraison qui démarrait en trombe.

« Alice, Alice !!! »

De l'autre côté de la chaussée, Guillaume et son père m'avaient aperçue, et me faisaient signe de les rejoindre au coin de la rue de Lyon, perpendiculaire à celle de Bercy.

J'étais si soulagée de les voir, que je m'élançai sans réfléchir. Je vis les yeux du septuagénaire s'écarquiller et sa bouche se déformer. Il se mit à hurler quelque chose, mais je ne compris pas un traître mot de ce qui semblait être une mise en garde.

Trop tard. Les feux d'une calandre m'éblouirent. Le camion de livraison déboula et me percuta violemment, me projetant à plus de quatre mètres.

Tout était allé si vite que je ne ressentis rien, pas même l'intensité du choc. Dans un silence dont seule la mort a le secret, isolée du monde, je me laissai glisser dans l'abîme.

5

Paris – Hôpital de la Pitié-Salpêtrière

J'ouvris les yeux.

Où suis-je ?

La pénombre de la pièce ne me laissait que peu d'indices. Je me sentais engoncée jusqu'aux orteils. Bougeant légèrement le crâne, je le regrettai aussitôt. Une vilaine contusion se rappelait à moi, m'arrachant un cri silencieux. Une minerve m'entourait le cou, m'interdisant le moindre mouvement, tandis qu'un énorme tuyau m'emplissait la bouche et la trachée. Je paniquai un moment, avant de m'obliger à me calmer en réglant ma respiration sur le rythme de l'appareil d'assistance.

Au loin, une voix exagérément grave se fit entendre. À n'en pas douter, c'était celle d'un fumeur. Je distinguais un bruit de semelles râpant le sol. On s'agitait de l'autre côté de la cloison. J'étais donc clouée sur un lit d'hôpital. Une pensée totalement absurde traversa mon esprit torturé : étais-je paralysée ?

Cette perspective me bouleversa tant et si bien que je m'évertuai aussitôt à remuer chaque membre, ignorant la douleur. Une minuscule surélévation des pieds fut un premier motif de soulagement. Pour les bras, en revanche, ce fut une autre histoire : si le droit revenait sans problème sur ma poitrine, muni de son cathéter, le gauche, lui, ne répondait pas à mes efforts répétés.

Pourvu qu'il ne soit pas amputé, pensai-je avec effroi.

L'entrebâillement d'une porte diffusa un halo de lumière et j'imaginai sans mal une infirmière introduisant le haut de son buste afin de vérifier que tout allait bien. Dans un réflexe que je ne pouvais rationnellement expliquer, je fermai les yeux. C'était comme si je souhaitais prolonger mon isolement de quelques heures. Elle n'insista point.

En revanche, ce qui m'apparut sous mes paupières closes me glaça le sang. De furtives images traversèrent les entrailles du temps à la vitesse de l'éclair, remontant un film de plusieurs heures, peut-être même plusieurs jours : un camion me percutait de face tandis qu'un homme me hurlait de faire attention.

Qui était-il ?

Je revécus maintes et maintes fois la scène de cet accident, comme si j'en étais spectatrice. Sous les draps, mon corps réagissait, se couvrant de sueur. Chaque effort, chaque réminiscence me coûtait une énergie considérable. Ce n'étaient que flashs successifs et pièces de puzzle que je ne parvenais pas à assembler, du moins pas encore.

Épuisée, je finis par lâcher prise.

Le réveil fut brutal et douloureux, bien que l'on m'ait débarrassée du tuyau du respirateur. Le visage d'un enfant dont j'ignorais l'identité apparaissait en filigrane, devenant au fil des minutes de plus en plus prégnant. Je ne parvenais pas à distinguer s'il s'agissait d'un mauvais rêve ou de la dure réalité, mais je n'aimais pas ça. Ma nuque se raidit, m'expédiant une décharge électrique dans le bas du corps.

Lui ai-je fait du mal ?

Difficile à déterminer… Une espèce de culpabilité et un énorme sentiment de danger m'oppressaient, et je finis par éclater en sanglots. Inconsolable, je suppliai Dieu que cet enfant soit sain et sauf. Ce cri du cœur mélangé à des spasmes m'extirpait de terribles râles.

« C'est vous qui faites tout ce bruit ? »

Une infirmière éclaira la pièce et se précipita jusqu'au rideau. Dehors, la pluie s'écrasait contre les parois vitrées. Soulevant mon bras gauche, elle en vérifia le pouls. C'était la meilleure nouvelle depuis mon réveil : il était plein d'ecchymoses, mais toujours là ! Elle se pencha au-dessus de mon visage et observa mes paupières.

« Bonjour, Alice, comment vous sentez-vous ? »

Si les pleurs s'étaient estompés provisoirement, je n'étais pas encore en état de m'exprimer.

« Ça va pas fort, hein ? »

D'une légère torsion du cou, à la manière d'une enfant ne voulant répondre, je retenais de nouveau ces larmes qui ne demandaient qu'à se transformer en torrents.

« Le professeur Tordjman va venir vous voir. Voulez-vous que je vous redresse ? »

Incapable de hocher la tête à cause de la minerve, je lui répondis en clignant fortement des yeux. Elle s'exécuta tandis que la porte s'ouvrait, laissant entrer un homme en blouse blanche.

« Ah ben, quand on parle du loup ! Je crois qu'il est accompagné. Regardez un peu ! »

En position assise, j'étais effectivement plus à l'aise pour apercevoir l'individu derrière lui : un homme élégant, la quarantaine… qui contourna le lit et vint m'embrasser la main ! Tétanisée par cette marque d'affection venue d'un parfait étranger, je n'osai réagir… Il prit ensuite un mouchoir et essuya mes joues humides.

« Comment ça va, ma douce ? »

Sa voix était chaude et ses yeux bleus étaient semblables à l'océan. C'était troublant, j'avais la sensation de le connaître – et sûrement était-ce le cas, vu son attitude – mais impossible de me rappeler ni son nom ni notre lien.

À l'autre bout du lit, le praticien observait la scène.

« Ne la fatiguez pas trop ! » lui conseilla-t-il.

Ma gorge était nouée par la peur et l'angoisse. L'étranger posa un baiser sur mon front, ajoutant :

« Ce n'est pas ta faute ! »

Ma faute ?! Ma faute de quoi ?

L'homme en blouse blanche réclama mon attention :

« Alice, vous m'entendez ? Je suis le professeur Tordjman, je suis neurologue. Vous avez été renversée par un camion et vous êtes tombée dans le coma. On vous a transférée à l'hôpital de la Pitié-Salpêtrière dans un état critique. Votre crâne s'est ouvert à l'arrière sur douze centimètres, provoquant un œdème cérébral vasogénique. Pour faire simple, du liquide s'était accumulé dans votre boîte crânienne. Vous pouvez dire merci à votre beau-père pour sa rapidité d'intervention. »

Celui que j'étais censée connaître serrait mes doigts entre les siens. Le médecin poursuivit :

« Vous avez été placée en réanimation afin que l'œdème se résorbe et pour éviter une anoxie. Aux dernières radios, la masse œdémateuse est en train de se réduire. Vous êtes sur la voie de la guérison mais on va vous garder encore quelques jours en observation pour confirmer tout ça. Je vous laisse en compagnie de votre fiancé. »

Mon fiancé !??

Il fit un signe que l'on pouvait facilement interpréter par « ça suffit pour aujourd'hui » et se tourna vers l'infirmière, prêt à nous laisser en tête à tête. Mon visiteur le remercia de son aide et l'accompagna jusqu'à la porte en lui parlant à voix basse. Tordjman le réconforta d'un geste chaleureux et fraternel. Mon « fiancé », le visage soudain devenu sombre, revint auprès de moi, s'approchant si près que je pouvais sentir son souffle :

« Alice… »

Ses yeux le trahirent en se remplissant de larmes contenues. Mon cœur se serra.

« … ce que j'ai à te dire n'est pas facile. »

Incapable de soutenir mon regard, il jugea préférable de s'attacher à un élément de la pièce.

« Le bébé… »

Instinctivement, je descendis une main tremblante sur mon ventre…

Soudain une douleur immense, comprimant viscères et boyaux, et d'un coup, tout me revint en mémoire : Guillaume, la grossesse… et Dimitri !

Dans une grimace qui voulait dire « non » à cette réalité s'imposant à moi, je reçus en pleine face ce qu'aucune femme ne souhaite entendre un jour dans sa vie : mon bébé, *notre bébé*, n'avait pas survécu à l'accident. Dévastée, meurtrie dans ma chair, j'aurais voulu hurler mon désespoir, mais je ne réussis qu'à exploser en sanglots.

« Je suis si désolé, Alice… » murmura Guillaume en pleurant contre la paume de ma main.

Nous restâmes ainsi, collés l'un à l'autre, jusqu'à ce que l'épuisement ait raison de la douleur et m'emporte de nouveau dans le sommeil.

Guillaume revint en fin de journée. Nous abordâmes la perte du bébé, mais plus encore, la disparition de Dimitri. J'étais restée entre la vie et la mort durant cinq jours.

« On ne l'a toujours pas retrouvé. La police a lancé le dispositif Alerte Enlèvement sur toutes les ondes de radio et de télévision, mais sans aucun résultat. »

Il plongea son visage dans ses mains. Avec délicatesse, je caressai sa chevelure fine. Il releva la tête, ses yeux étaient rougis et abattus par la fatigue :

« Toutes les polices de France sont sur le pont. Un enquêteur va venir t'interroger d'ici la semaine prochaine. »

*

Paris – Bureaux de LIV'TV

Le présentateur vedette Denis Clays entra dans la loge sans frapper. Son consultant préféré était en pleine séance de maquillage pour son émission hebdomadaire. Il prit place dans un fauteuil tandis que l'autre ouvrait les yeux.

« Quand tu fais cette tête, c'est jamais bon signe. Ça signifie que tu as un service à me demander ! »

Clays préféra en rire :

« Comme quoi, vous les anciens flics, vous avez un sixième sens. »

Serge Guiguet était de ces crocodiles[1] qui avaient fait le choix de rejoindre les bataillons de consultants des chaînes d'information. Expert en criminologie, disposant d'une solide et profonde capacité d'analyse, il était régulièrement interrogé pour exposer son point de vue sur telle ou telle affaire judiciaire. À la retraite depuis trois ans, la chaîne venait de lui confier tout récemment les rênes de sa propre émission, *Fenêtres sur crimes*, dont les courbes d'audience grimpaient semaine après semaine. Charismatique et particulièrement apprécié des téléspectateurs, le public l'avait rapidement hissé à la vingtième place du hit-parade de ses présentateurs préférés. Une soudaine et belle notoriété pour ce novice, face à une ribambelle de vedettes telles que Nagui, Arthur, Denis Brogniart et autres Cyril Hanouna. Physique avantageux, ton percutant et sémantique simple, il avait le débit de paroles idéal pour le petit écran. Ce surdoué en communication avait acquis les codes du milieu journalistique avec facilité, aisance et brio, à tel point d'ailleurs que l'on redoutait en plateau la perspicacité de cet ancien capitaine de gendarmerie au PICC[2].

Denis Clays poursuivit :

« Dis-moi, ça fait une semaine que tu traites l'affaire du petit Girod lors de la matinale… »

Guiguet affirma avoir couvert durant sa carrière des milliers d'enquêtes et des centaines de disparitions, toutes aussi sordides les unes que les autres. L'autre acquiesça.

« Je n'en doute pas. Et celle-ci, qu'a-t-elle de si particulier ? »

Serge fit la moue. La question méritait d'être posée.

« Je ne sais pas, une intuition. On n'est même pas sûr que ce soit un enlèvement ! Cette absence d'éléments, voire de rançon, perturberait n'importe quel enquêteur.

---

1 Surnom donné dans la gendarmerie pour désigner les enquêteurs expérimentés.

2 Plateau d'Investigation Cold Case.

– Bah, tu penses à quoi ? Un pédophile aguerri ?

– Non, je n'y crois pas une seconde. Il ne prendrait pas autant de risques. Regarde le mode opératoire d'un Fourniret ou d'un Dutroux, il préfère les sorties d'écoles ou des routes désertes, à l'abri des regards. Faire ça dans la gare la plus fréquentée de France est sans doute l'acte isolé d'un amateur complètement inconscient. Ça peut être n'importe qui ! À vrai dire, j'aimerais pas être à la place de la PJ. »

Denis Clays eut un léger sourire :

« Et moi, je crois tout le contraire. Je crois que tu meurs d'envie de replonger dans ce genre de saloperies. Pour toi, c'est du classique ! »

Était-ce le terme « classique » qui dérangea à ce point l'ex-gendarme ? Toujours est-il que Denis Clays avait prononcé cette phrase avec tant de détachement que cela le blessa. Son regard laissa transparaître un brin de mépris pour ces professionnels qui n'avaient aucune espèce de compassion pour autrui. C'était comme s'il avait annoncé la montée d'un cours en Bourse ou le résultat d'un match du PSG en ligue des champions.

« Tu sais à quoi je pense ? » fit Clays.

Serge Guiguet caressa sa barbe naissante sans répondre.

« Je me dis que ce serait bien d'avoir les parents en plateau. Qu'en penses-tu ? »

Le chroniqueur se désola de cette proposition qu'il redoutait plus que tout. Sous prétexte de vouloir informer, certains éditorialistes ne reculaient devant rien pour obtenir un scoop. Cette absence de sentiments était consternante, le renforçant encore un peu plus dans ses convictions sur la nature humaine. Il refusa, exprimant clairement sa volonté de ne pas profiter du malheur des autres.

Mais Clays insista, revenant à la charge :

« T'es reconnu, Serge ! Tu maîtrises ce genre d'affaires mieux que quiconque. Pour moi, y a pas plus légitime que Guiguet. Je suis sûr qu'ils accepteraient de répondre à tes questions. Et si je demandais à mon assistante de contacter leur avocat ? »

Les yeux de Clays respiraient ceux du connard ayant trouvé une idée lumineuse. Enthousiaste, il y alla de son argument fétiche :

« Si ce n'est pas nous, une autre chaîne le fera. »

Il y avait fort à parier que Clays serait d'ici cinq minutes dans le bureau du directeur de l'information pour lui vendre le concept, à moins que ce ne soit déjà fait.

« Je te laisse réfléchir ! » lança-t-il avant de se retirer, fièrement.

Guiguet sollicita un instant de répit à la maquilleuse. Il avait besoin d'une pause pour clarifier ses pensées. Il s'empara du journal posé devant lui. Le dispositif Alerte Enlèvement continuait à publier la photo de Dimitri Girod en page intérieure : cheveux bruns, mèche rebelle et oreilles décollées, ce gosse n'inspirait que sympathie et compassion.

*

Paris – Hôpital de la Pitié-Salpêtrière

J'avais bouclé ma valise. Assise au bord du lit, je méditais sur ce que serait ma vie désormais. La reprise de mon activité professionnelle ne se ferait pas dans l'immédiat. Ancienne créatrice de mode, j'avais accepté un licenciement pour raisons économiques et décidé de me mettre à mon compte en intégrant le monde des stylistes exerçant en free-lance. J'avais besoin de temps pour panser mes blessures.

Guillaume avança dans ma direction et referma la porte.

« Ça va aller ? »

Que pouvais-je bien répondre à cela ? Le moral dans les chaussettes, je refusais de lui infliger la double peine. Il prit un verre d'eau et m'informa de la présence des policiers.

« Qu'est-ce qu'ils me veulent encore ?

– J'en sais rien, ma chérie, j'imagine que c'est dans leur façon de procéder. »

Un certain capitaine Raphaël Neves de la police judiciaire se présenta, sollicitant la permission d'entrer. Une femme répondant au nom d'Agnès Demare lui emboîta le pas, un carnet de notes en main. Guillaume prit place à mes côtés :

« J'ai déjà dit tout ce que je savais l'autre jour à votre collègue. »

Le policier se préoccupa de mon état de santé et me remercia de cette collaboration. Son entrée en matière était des plus habiles. En charge de l'enquête, il était évident qu'avec lui, l'interrogatoire prendrait une tout autre forme :

« Nous n'en aurons pas pour très longtemps. Sachez que nous n'avons reçu aucune demande de rançon jusqu'ici. Vous non plus, n'est-ce pas ? »

Il avait accompagné ses paroles d'un regard plus que suspicieux envers mon fiancé, qui répondit par la négative. Il s'écoula bien deux, voire peut-être trois secondes avant qu'il ne poursuive. On avait déjà vu des affaires similaires où les ravisseurs s'adressaient directement aux familles afin de leur extorquer de l'argent. Mais, devant notre silence, il n'insista pas.

« À part quelques illuminés qui se sont manifestés, nous explorons plusieurs autres pistes… »

Au fur et à mesure des propos du capitaine, la pression des doigts de Guillaume sur ma main s'accentuait.

« En pleine journée et à la vue de tous ? Vous vous moquez de nous ! » s'énerva soudain ce dernier.

Agnès Demare intervint :

« Toutes les probabilités sont examinées, monsieur Girod. On passe au crible le profil des voyageurs du TGV Lyon-Paris. En général, nous sommes plutôt en face d'adolescents, des mômes voulant fuir l'environnement familial, mais on les retrouve toujours ! »

Je m'aventurai sur un terrain qui n'était pas le mien :

« Et combien d'enfants ont l'âge de Dimitri ? »

Surprise, elle balbutia un « je ne sais pas », mais le capitaine s'empressa d'ajouter, chiffres à l'appui :

« Disons que le dernier cas connu est celui de la petite Jessica Ducrot, disparue en gare de Bourges, mais elle a été retrouvée trois semaines plus tard aux abords d'une forêt. »

L'affaire Jessica Ducrot ! Cette gosse de 6 ans avait défrayé la chronique quelques mois plus tôt. Enlevée en pleine journée, elle aussi, par une femme se faisant passer pour un membre de sa famille, on soupçonnait dès lors les agissements d'une kidnappeuse expérimentée que les médias appelaient « La Demoiselle » !

« Cela fait deux avec le vôtre. »

Nous nous regardâmes, bien incapables de donner une quelconque valeur à ce chiffre. Ce qui semblait se dessiner était bel et bien un enlèvement. De toute évidence, Demare aurait volontiers ajouté une indication, mais son supérieur lui fit signe de se taire. Mon fiancé se désespéra de ce comportement et les interrogea sur l'analyse des bandes vidéo. Les fonctionnaires échangèrent un regard.

« Sur les images, on voit Dimitri traverser le parterre de gosses assis devant le piano, mais sans pour autant s'y attarder. Comme si… »

Le lieutenant Demare fit une pause, avant d'ajouter en guise de conclusion :

« … Ensuite, il disparaît des radars. »

Le capitaine s'adressa à moi :

« Alice, essayez de vous souvenir encore. Y a-t-il un événement, un détail inhabituel qui vous aurait échappé ? »

Inutile de fermer les yeux et de me replonger dans cette terrible fin d'après-midi.

« Ça s'est passé si vite. J'ai toujours des absences, comme si ma mémoire tournait en boucle. Je fais des efforts, mais pour l'instant c'est le néant, je suis désolée. »

L'homme se montra compréhensif, évoquant le diagnostic du professeur Tordjman et ce traumatisme jugé transitoire. Ils étaient sur le point de sortir de la chambre, quand le lieutenant revint sur ses pas :

« Ah, j'oubliais ! Je sais que le moment ne s'y prête guère, mais la mère de Dimitri, Isabelle Girod, a déposé une plainte contre vous pour négligence. »

L'annonce fit l'effet d'un cataclysme. Interloquée, je cherchai un peu de réconfort dans les yeux de mon fiancé, mais, atterré, il semblait tout comme moi découvrir l'information.

Rien ne me serait donc épargné ! Le sort s'acharnait une fois encore et je me sentais totalement impuissante. De toute évidence, Isabelle me jugeait responsable de la situation et rien ni personne ne pourrait la faire changer d'avis.

Guillaume réagit le premier :

« Je vais aller lui parler !

– Et pour lui dire quoi ?... J'ai perdu votre enfant, Guillaume ! Vous me l'aviez confié ! C'est pire que tout, je crois, non ? À se demander si ce n'est pas plus terrible que de... »

Impossible de finir ma phrase. C'était bien au-dessus de mes forces.

« Je ne me le pardonnerai jamais, Guillaume... »

Les policiers, qui assistaient à la scène, s'excusèrent, préférant quitter la pièce.

Malgré une migraine lancinante, j'empoignai la valise, ne souhaitant pas rester une seconde de plus dans cet endroit. Guillaume me rappela la dernière visite de contrôle, mais je ne l'écoutai pas. Je finis par vaciller, prise de vertige.

« Sois raisonnable et viens t'asseoir ! »

Mon chagrin était immense. Je me laissai tomber sur le lit. Il s'installa à mes côtés et posa un bras sur mes épaules.

« Tu n'es pas seule, Alice. Je suis là. »

*

Vingt-cinq ans auparavant

Paris – Cabaret Chez Michou

D'un pas énergique, l'animateur se précipita sur le devant de la scène :

« Alors lui, mesdames et messieurs, il nous arrive du centre de la France. Il est venu un beau matin comme une hirondelle au printemps. D'ailleurs, je ne sais pas grand-chose de ce garçon, si ce n'est peut-être qu'il a été un valeureux soldat. Il sait absolument tout faire et j'en suis jaloux. »

Le public se mit à rire.

« Que ce soit Dalida, Mylène Farmer, France Gall ou la grande Édith, il peut pendre la voix de n'importe qui avec la facilité d'un surdoué. Cet artiste n'est pas à la mode, il EST la mode ! Et quelque chose me dit qu'il va faire une très grande carrière dans le music-hall. Sa gestuelle est tout aussi incroyable, alors je vous demande d'accueillir comme il se doit mon nouveau protégé. »

Il jeta un œil vers les coulisses.

« Tu es prêt, mon chou ? Il me dit que oui. Quelle chance vous avez ! Mesdames et messieurs, vous n'allez pas en croire vos yeux et vos oreilles. Faites un triomphe absolu à notre toute jeune Vanessa. »

Dans sa longue robe noire à paillettes, le travesti avança jusqu'au micro et réajusta la mèche de ses cheveux blonds. Il ouvrit les bras et entama son tour de chant a cappella. Ce fut si prodigieux que le public en resta stupéfait.

À l'issue de cette première chanson de Piaf, une épouse assise au premier rang s'adressa à son mari :

« Tu es sûr qu'il s'agit d'un homme ? »

6

Paris – Hôpital de la Pitié-Salpêtrière

Sur le parvis de l'hôpital, je fermai les yeux, l'espace d'un instant. Que c'était bon de se retrouver dehors ! Malgré les douleurs, je me sentais revivre. Guillaume ne lâchait pas mon bras, précautionneux et plein d'attention à mon égard. Comme souvent, il intériorisait sa souffrance et ses sentiments. « C'est de famille », disait-il pour se justifier. J'étais mal en point et son soutien était indispensable à ma survie.

Assise à l'arrière du taxi, j'observais le ciel de Paris. Il était bas, donnant une dimension funèbre à cette journée. Malgré le froid et les gouttes de pluie qui s'abattaient sur les vitres de la berline, je pris la liberté d'ouvrir la fenêtre. Surpris, le chauffeur jeta un coup d'œil dans son rétroviseur. Mon visage fendait cette légère « grêle » qui giflait mes joues et glaçait le bout de mon nez. J'avais mal, mais c'était d'un enseignement terrible : depuis l'enfance et la mort de mon père, j'avais toujours ce côté destructeur et frondeur chevillé au corps. J'aimais la douleur physique, un peu comme si le châtiment divin se rappelait de temps en temps à moi. Je lus un panneau de signalisation et paniquai tout à coup.

« On va où ? »

Le chauffeur inclina la tête sur le côté avant de s'adresser à Guillaume :

« Monsieur, vous m'avez bien dit “gare de Lyon” ? »

Un instant perplexe, celui-ci parut revenir à la réalité. Nul besoin de lui expliquer la situation, il comprit immédiatement. Je n'étais pas prête à revenir aussi vite sur les lieux de la disparition de Dimitri.

« Oh, je suis désolé, ma chérie. »

J'eus des palpitations, une angoisse qui montait inexorablement. Le taxi avança dans l'avenue, stationnant devant l'hôtel Mercure. Je distinguai la place de l'accident et tous les souvenirs s'y rapportant.

Embarrassé, mon fiancé paya la course et ouvrit la portière.

« Reste sur le trottoir avec les bagages. Je vais trouver une solution ! »

Il s'éloigna et disparut dans la foule. Je me retrouvai seule au milieu de tous ces anonymes. Me bousculant, un passant manqua de me faire tomber. En d'autres lieux ou en d'autres temps, je l'aurais volontiers traité d'abruti, mais je n'avais plus l'énergie nécessaire.

À une dizaine de mètres à peine se trouvait ce foutu passage menant au hall 1… Mes jambes se mirent à trembler. Certaines images me revenaient en mémoire, brusques et instantanées, comme ce motard me proposant avec véhémence ses services de taxi. Les policiers avaient raison : tout finirait par revenir avec le temps.

Toujours pas de Guillaume à l'horizon. Impatiente, j'accrochai un sac sur la valise et avançai, fuyant le moindre échange avec ces « démarcheurs ».

Sans m'en rendre compte, je me retrouvai dans le minuscule sas qui menait jusqu'aux voies. Au fond, il régnait encore et toujours cette effervescence de voyageurs pressés. Mon regard s'immobilisa sur mon reflet dans une vitrine de magasin. Je fermai les yeux, les rouvris, soulevant un bras comme une enfant découvrant un miroir. Pour la première fois depuis des mois, je pris le temps de me contempler. J'étais laide et horriblement négligée. Main gauche sur le front, l'index épousa les contours de mon visage avec délicatesse, n'oubliant aucun sillon. Pas de doutes, c'était bien moi.

« Dylan ! »

Je sursautai. Une mère hurlait à son fils de revenir jusqu'à elle. Cette saynète sans importance eut un lourd retentissement en mon for intérieur, et mes mains se mirent à trembler instantanément.

« Alice ! Qu'est-ce que tu fais là ? »

Je retins ma respiration. Guillaume brandit la clé d'une voiture de location devant mon nez, tout sourire.

« Ton carrosse est avancé. »

Au même instant, une très jolie *backpacker*[1] m'aborda avec une demande de renseignements, mais je fus bien incapable de lui répondre. Guillaume s'en aperçut et géra la situation mieux que personne. Puis il empoigna les bagages et me prit par le bras. Je ressemblais à une vieille femme ayant besoin d'assistance et de soutien.

Dans le coin opposé et à l'abri du vent, un mendiant arborant un chapeau rond tendit son gobelet et m'invita avec insistance à y déposer une pièce. Je fis mine de ne pas l'avoir vu, mais il m'apostropha de nouveau. Très vite, des agents de surveillance l'obligèrent à déguerpir à coups de « y en a marre, Achille ». Il se releva péniblement et accrocha mon regard.

*

Dix-huit mois plus tôt

Col de l'Échelle – Hautes-Alpes

Un coup de feu retentit dans toute la vallée de la Clarée, manquant de le faire trébucher à son tour. La détonation résonna entre les différents versants de la montagne, se prolongeant jusqu'à l'infini.

Bassem stoppa son effort afin de reprendre son souffle et songea avec tristesse à Naël, son cousin, bien plus épuisé que lui. Les vingt kilomètres à pied depuis Bardonecchia avaient été rudes et terriblement éprouvants. Dans ce froid glacial, avec une barre chocolatée comme seul repas, il manquait cruellement d'énergie. Qu'à cela ne tienne, il sauverait sa peau coûte que coûte.

---

1 Touriste parcourant le monde avec un sac à dos.

Bassem frotta ses mains sur le jean trempé qui lui collait aux cuisses. Par ici, la poudreuse était épaisse et lourde, si bien que l'on s'y enfonçait jusqu'à la taille. Elle engourdissait chacun de ses membres et il se démenait, tel un animal blessé espérant échapper à son triste sort. La température était négative et la bise vous giflait les joues comme une pluie battante emportée par le vent. Il aurait donné n'importe quoi en échange d'un peu de chaleur ou de vêtements secs, mais pour rien au monde il ne serait retourné là-bas.

Le village qui scintillait de mille feux en contrebas de la vallée raviva un semblant d'espoir. Ce devait être la fameuse commune de Névache dont le guide avait parlé à de multiples reprises. Il évalua la distance à deux heures de marche tout au plus, mais en attendant, il devait échapper à ces trois fous.

« Je l'ai vu, par là ! »

Nul besoin pour lui de maîtriser le français pour comprendre leurs intentions. Depuis le début, cette haine dans leur regard l'avait convaincu du bien-fondé de leur fuite précipitée.

Bassem jeta un œil vers le ciel, contemplant cette pleine lune de décembre éclairant le chemin, telle une mère guidant son fils vers la liberté. Dissimulé derrière un sapin, il aperçut le puissant faisceau lumineux d'une lampe torche qui parvenait jusqu'au feuillage du conifère – à moins que ce ne soit la frontale de son passeur approchant à grands pas. À n'en pas douter, cet enfoiré avait l'équipement adéquat pour ce type de terrain.

D'ici une dizaine de mètres, la forêt ne serait plus qu'un lointain souvenir. Il rassembla ses dernières forces, espérant avoir suffisamment d'avance. Dans la précipitation, son chandail marron s'accrocha à une branche, manquant de le blesser.

Au pied de la butte, s'apprêtant à basculer sur l'autre versant tel un alpiniste, il posa une main sur un rocher, puis l'autre, assurant sa prise, lorsqu'une chaussure écrasa volontairement ses phalanges.

Il aurait voulu hurler sa douleur, mais aucun cri ne sortit de sa gorge nouée. Et pour cause, on venait d'y glisser le canon encore tiède d'une arme, l'empêchant presque de respirer. Le jeune migrant observa son assaillant, la peur au ventre, espérant un signe de sa part, mais il était dit que cette intimidation ne s'arrêterait pas là. L'index s'écrasant sur la gâchette souple du Sig Sauer fut la dernière chose qu'il vit…

7

Tassin-la-Demi-Lune

J'avais erré toute la journée comme une âme en peine, passant du lit au canapé et du canapé au lit à intervalles réguliers. Je luttais contre mes insomnies en doublant les doses de somnifères.

Ce soir, j'avais froid et grelottais. Le parfum acidulé de citron vert de cette tisane chatouillait mes narines comme une pommade médicamenteuse à base de camphre et d'huiles essentielles.

Enfoui sous un coussin, mon téléphone vibra. Je le récupérai rapidement : une photo de Diane s'affichait sur l'écran. Comme à son habitude, mon amie entama la conversation par une interrogation :

« Comment va ma patiente préférée ?

– Salut, Diane.

– Ben, dis donc, c'est toujours pas la grande forme. Comment tu te sens ?

– Disons que j'ai connu des jours meilleurs. »

Elle prit une grande inspiration. Pesant chaque mot avec soin, cette brune légèrement ronde d'à peine 38 ans, qui avait renoncé à une spécialité en psychiatrie, y alla de son couplet réconfortant. D'aussi loin que je m'en souvienne, Diane procédait toujours ainsi lorsque la situation le demandait, son expertise prenant le pas sur tout le reste.

C'est étrange, mais la première image qui me vint à l'esprit à ce moment-là fut son visage d'enfant triste. Elle était arrivée dans notre école au cours du second trimestre. Fuyant la misère et le communisme, la famille Rubyk était venue en France au début des années quatre-vingt-dix. « Diana » était son véritable prénom. Élève brillante, elle puisait sa force et son énergie dans l'adversité. Notre toute première rencontre s'était déroulée en classe de CM2. On ne dira jamais assez combien il est difficile pour une jeune écolière ne maîtrisant pas la langue du pays de parvenir à s'intégrer. D'un physique peu avantageux, certains l'avaient surnommée « la petite grosse ». De par sa différence, le groupe des filles l'avait volontairement mise à l'écart durant les trois premières semaines. Elle n'évoquait quasiment jamais cette période, mais au fond d'elle, Diane en avait terriblement souffert.

« Tu as toujours ces cauchemars ? me demanda mon amie en me tirant de mes souvenirs.

– Toujours. Je trouve même que ça empire.

– Je vais regarder comment t'aider. Faut que tu prennes soin de toi, Alice. Le processus sera long, et seul le temps peut t'aider. »

Elle proposa une séance de piscine pour se changer les idées, mais je refusai l'invitation. En fait, je n'avais envie de rien.

« Ben, un apéritif entre filles alors ? Le vendredi, le père Ysern fait son repas entre golfeurs. »

Celui qu'elle nommait « le père Ysern » n'était autre que Jérôme, son époux, rencontré sur les bancs de la fac de médecine. Il avait finalement préféré un cursus en pharmacie pour ouvrir six ans plus tard sa première officine. Le couple avait fait le choix délibéré de ne pas avoir d'enfant, mais au fil du temps cette décision paraissait lourde à porter, si bien que la révélation de ma grossesse fut accompagnée d'un enthousiasme plus que modéré.

« J'en sais rien. Demain, Guillaume rentre de Paris…

– Dis-moi, ce ne serait pas plutôt ça qui te chagrine ?

– De quoi parles-tu ?

– À quoi sert un médecin d'après toi, si ce n'est à comprendre ses patients ? Je suis devant la télévision et tu devrais en faire tout autant. »

Sur sollicitation de LIV'TV et de son journaliste d'investigation, Serge Guiguet, Guillaume avait accepté de témoigner sur les plateaux de la chaîne d'information.

La diffusion répétée du portrait de Dimitri dans les médias et l'humanisation de sa personne étaient le moyen le plus sûr d'émouvoir le ou les ravisseurs. Car désormais, il n'y avait plus aucun doute pour les enquêteurs : Dimitri avait été kidnappé. Bien que sérieuse, la piste conduisant au prédateur sexuel Marcel Porona, présent ce jour-là dans une brasserie de la gare, avait été abandonnée. Condamné à quinze ans pour enlèvements, viols et séquestrations sur mineurs dans la région de Marseille, il avait été libéré depuis peu pour bonne conduite. Concernant sa présence sur les lieux, il avait été disculpé, justifiant d'un rendez-vous avec son éditeur, car ce triste personnage prévoyait de publier ses mémoires lors de la prochaine rentrée littéraire.

« Tu ne regardes pas ? » fit Diane.

Évidemment que j'allais regarder. Depuis mon retour, je m'abrutissais de tous les reportages, séries et shows de télé-réalité, alors ce n'était pas pour rater la seule émission intéressante de la journée. Le téléphone dans le creux de l'épaule, j'allumai l'écran. Comme à son habitude, le présentateur prenait son air grave, jouant merveilleusement bien la comédie, c'était un peu comme si l'enfant enlevé était le sien.

« Il me fait penser à la blague de Coluche ! On dirait que l'avion s'est écrasé sur ses pompes ! » commenta Diane.

C'est idiot, mais au-delà des circonstances graves, cette remarque m'arracha un sourire furtif. Alors que l'on retraçait les faits, la caméra se figea sur Guillaume, mais pas seulement : Isabelle se tenait à ses côtés.

« Tu savais qu'elle faisait partie du voyage ? » me sonda Diane.

J'avais du mal à contenir mon étonnement. Pour moi, c'était la douche froide.

« À vrai dire, on n'en a pas parlé ! »

Ressentant mon émotion au travers du combiné ou souhaitant simplement détendre l'atmosphère, elle justifia sa présence d'un « bon, en même temps, c'est la mère du gosse ! ».

Depuis ma sortie de l'hôpital, je n'avais pas eu le courage d'appeler Isabelle. C'était bien au-dessus de mes forces. Et pour lui dire quoi ? Que j'étais désolée ?

Elle m'avait confié la responsabilité de son fils et je n'avais pas été en mesure de le protéger. Cette culpabilité était un fardeau si lourd à porter que j'étais à fleur de peau, ne supportant pas le moindre reproche. Quant à sa plainte à mon égard, je la comprenais. Guillaume m'avait retracé leur dernière entrevue, décrivant une femme au bord de la crise de nerfs.

Malgré un maquillage sobre, son visage était terriblement marqué. Ses cernes trahissaient la douleur d'une mère anéantie par la disparition de son enfant.

La reconstitution des faits était des plus émouvantes. Les acteurs étaient si ressemblants que c'en était troublant de réalisme. Voir la petite bouille de Dimitri à la télévision me figea.

On interrogeait les agents de sécurité de la gare, son directeur Bernard Chabrac et quelques badauds ayant assisté à la scène. Un flash me revint, plus prononcé cette fois : j'errais dans le poste de contrôle sans que personne prête attention à moi, un peu comme si j'étais invisible à leurs yeux. Rien d'autre. Avec un peu de temps et de patience, je finirais certainement par me souvenir de l'intégralité de cet après-midi-là…

Je ne perdis pas une miette des échanges entre ce Serge Guiguet et Guillaume. Comme à l'accoutumée, mon fiancé était calme, réfléchi, et parlait de Dimitri avec sensibilité. Pas un mot ne sortait de sa bouche sans qu'il soit mûrement pesé. Le consultant s'adressa ensuite à Isabelle. Son regard était vide. Elle avait du mal à interagir, se contentant de répondre par des formules courtes. Guillaume tenait sa main dans la sienne en guise de soutien. Le présentateur insista un peu trop lourdement sur « le malheureux moment d'inattention » de l'accompagnatrice de l'enfant à l'instant du drame. Personne ne le reprit en plateau. Personne n'intervint pour expliquer que je n'étais pas une

« accompagnatrice », mais bien la future belle-mère de Dimitri. Comment assumer cet affront, et pire encore, l'absence de réaction de Guillaume ?

En arrière-plan, Isabelle se blottissait contre son épaule. Leur couple semblait plus que jamais uni dans l'épreuve.

À l'autre bout du fil, Diane ne prononçait plus un mot, sans doute par gêne. Qu'aurait-elle pu ajouter ? Rien d'autre que je ne savais déjà. Ils étaient soudés comme au premier jour.

*

Gouzon

Annabelle dormait à poings fermés lorsque la sonnerie du téléphone retentit.

Qui peut bien appeler à une heure pareille ? songea l'infirmière libérale.

Depuis l'accident de voiture de son fils unique, elle détestait ces appels de nuit qui la tiraient de son sommeil sans prévenir. De l'autre côté du combiné, elle n'entendit d'abord rien d'autre qu'un souffle court. Puis on exigea de parler à Philippe Trémoux.

Était-ce l'heure matinale ou cette absence d'émotion dans la voix qui la terrifia à ce point ?

Toujours est-il qu'elle n'insista guère et sortit de la maison à la recherche de son agriculteur de mari. Il faisait glacial ce matin, la température devait avoisiner zéro degré. Elle s'aventura du côté de la grange, mais sans succès, puis l'aperçut dans la serre voisine :

« Philippe, Philippe ! »

L'homme se redressa. D'un ton rustre, il la sermonna :

« Tu ne vois pas que j'ai du travail ? »

Son indélicatesse de paysan n'avait aucune emprise sur elle.

« Et moi, je dormais, figure-toi. »

Il se tut, constatant que sa moitié n'avait rien perdu de son mordant. Il remarqua la bretelle de sa nuisette qui dépassait et posa un doigt dessus, mais Annabelle lui tendit le combiné.

« On verra ça plus tard, c'est pour toi.

– Pour moi ? C'est qui ? »

Un numéro masqué. Il s'empressa de raccompagner son épouse jusqu'à l'entrée du pavillon :

« Va te mettre au chaud. Je m'en occupe ! »

Portant le téléphone à son oreille, il s'excusa pour l'attente.

« Vous êtes prêts ? » lui demanda simplement son interlocuteur.

D'un pas rapide, Philippe se dirigea vers le fond du hangar pour plus de discrétion, et jeta un regard en direction des néons, dont l'un clignotait par intermittence.

« Oui. Vous pouvez compter sur nous. »

*

Tassin-la-Demi-Lune

Dimitri !

Les réveils en sursaut étaient devenus une pénible habitude.

Assise et à moitié désorientée, j'observai l'environnement de la chambre. De ces murs blancs sans relief à ce couloir sombre et terne, mon premier repère fut le réveil digital de la table de chevet. Il indiquait 3 h 59. La plaquette de Zopiclone[1] posée à côté me rappelait que j'en avais avalé le dernier comprimé avant le coucher. Cette soirée resterait comme un mauvais souvenir. Injoignable juste après l'émission, Guillaume avait mis ça sur le compte de l'épuisement et des innombrables sollicitations médiatiques. J'aurais tellement aimé qu'il me rassure, me confie une fois encore ses

1 Un puissant somnifère.

sentiments, mais tous ces désirs resteraient lettre morte. J'étais en train de sombrer, perdant totalement confiance en moi.

Les yeux grands ouverts, je me levai prudemment, mais voilà que les vertiges reprirent de plus belle. Je vacillai au point de devoir prendre appui sur le bord du lit. Le docteur Tordjman m'avait certifié que cela finirait par s'estomper, oui, mais quand ?

Un pas après l'autre, l'estomac au bord des lèvres, j'allai jusqu'aux toilettes et déversai mon mal-être sous forme de jets continus. Recroquevillée sur le carrelage, je tremblais de la tête aux pieds. Il ne faisait aucun doute que j'avais de la fièvre.

Comment allais-je pouvoir vivre le reste de mes jours avec ce drame sur la conscience ?

Ne flanche pas, je t'en supplie ! me répétais-je sans cesse.

À cette heure, la télé ne proposait que rediffusions et niaiseries pour insomniaques. Je montai donc à l'atelier, dans lequel je n'avais pas remis les pieds depuis mon retour de l'hôpital. Par manque d'envie et plus sûrement par une absence totale d'énergie créative. Rien n'avait changé ici. Tout était soigneusement rangé et à sa place. Je me voyais encore dans ce canapé d'angle, à caresser mon ventre, dialoguant avec ce bébé tant désiré.

Je m'assis à la table de travail et, machinalement, posai la main sur la souris du Mac. En veille, il afficha le fond d'écran le plus tragique qui soit : une photo prise lors de nos dernières vacances à l'île Maurice. Tandis que Dimitri grimaçait en direction de l'objectif, Barbara, Guillaume et moi respirions le bonheur d'être ensemble. C'était au Restaurant de la Plage, la veille de notre départ. Si seulement j'avais su ! Cette volonté de revenir en arrière était destructrice à bien des égards.

Je n'avais rien d'autre à faire que de consulter mes e-mails qui s'accumulaient comme des feuilles mortes à l'automne. J'éliminai les publicités et classai les messages par ordre d'importance. La troupe de théâtre s'inquiétait pour moi. À commencer par Gabin qui s'informait régulièrement sur mon état de santé.

Je pris mon temps et surfai sur mon compte Twitter. C'était une avalanche de posts. Très vite, je m'aperçus que les dizaines de messages de soutien ne pesaient rien face à toutes les déclarations de haine. Profitant de leur anonymat, des internautes déversaient gratuitement leurs insultes. Aux yeux de mes détracteurs, j'étais coupable de légèreté et méritais « de crever comme une belle salope ».

Mon frère m'avait également partagé des photos de sa tournée des casinos d'Asie. Honnête joueur de poker, il courait les tournois de seconde zone à la recherche d'un sponsor lui permettant l'accès aux tables d'une grande compétition. Désolé de ne pouvoir être présent à mes côtés, il m'adressait une pensée chaleureuse et promettait de venir nous voir à l'occasion.

Je repoussai la corvée des e-mails à plus tard, et préférai admirer la lune flamboyante au travers de cette rotonde au toit de verre. Fermant les paupières, je ressentis cette énergie venue du ciel.

La méditation dura deux bonnes minutes et j'eus comme une révélation. Les yeux de nouveau rivés sur l'écran, je tapai « DIMITRI », mais l'effaçai presque aussitôt au profit de « ENFANT DISPARU » afin d'élargir la recherche.

À ma grande surprise, les sites internet étaient nombreux. On était sans nouvelles de certains mômes depuis si longtemps que l'on affichait également leur photo retouchée avec quelques années de plus. Ce cas de figure effleura mon esprit torturé : serait-on obligé d'éditer un jour une telle photo de Dimitri ?

Je naviguai au hasard des publications, dont la plupart avaient été mises en ligne par les familles. Peu importe les fautes d'orthographe ou l'amateurisme général qui s'en dégageait, toutes respiraient la sincérité et trouvaient écho en moi. Une mère témoignait. Elle devait avoir 35 ans, mais elle en faisait aisément dix de plus. L'attente était devenue si insupportable qu'elle en arrivait à espérer… l'irréparable.

Recoupant certaines informations entre elles, j'ouvris plusieurs fenêtres. J'avançais sans but précis, mais apprenant quantité de choses sur ces disparitions.

En France, selon le ministère de l'Intérieur plus de 40 000 personnes disparaissent chaque année. Plus de 30 000 sont retrouvées. Il reste environ 10 000 disparitions non élucidées classées inquiétantes, dont presque un dixième (environ 800) concerne des mineurs.

Je finis par écrire « DIMITRI ». Google me proposa son portrait parmi d'autres Dimitri célèbres. Son visage souriant serait désormais mon écran de veille, histoire de ne pas oublier que cet enfant était aussi le mien. Mon regard se laissa happer par une bannière publicitaire apparaissant par intermittence afin d'attirer l'attention.

Pour ne pas les oublier
Samedi prochain
Marche des disparus

8

Tassin-la-Demi-Lune

« Alice, on en a déjà parlé. Ce n'est pas une bonne idée, je t'assure ! »

Guillaume s'était levé aux aurores, espérant me convaincre de renoncer à ce voyage sur Paris. Après un rapide échange avec Diane, et persuadée que cela me ferait le plus grand bien, j'avais décidé de me rendre à la marche annuelle en faveur des enfants disparus. Alors que je rassemblais mes affaires, il me poursuivit jusqu'à l'atelier. Dans un dernier élan, Guillaume agrippa mon bras, m'empêchant tout mouvement :

« Arrête, Alice !

– Tu es sérieux ? Tu crois que j'ai envie de continuer à me morfondre dans un canapé pendant que…

– Pendant que *quoi* ? »

Devenue sensible à la moindre contrariété, je me sentis sur le point d'éclater en sanglots. Pour ne pas flancher, je posai la tête contre son torse à la recherche de réconfort.

« Je ne peux pas… Si tu savais, je ne peux pas. »

Je me dégageai et observai attentivement ses yeux bleu azur jusqu'à ce que cette irascible pulsion destructrice recommence à m'envahir. C'était plus fort que moi.

Entre les déchaînements de haine sur les réseaux et les mauvais regards dans la rue, je ne supportais plus cette situation irrespirable.

« Laisse-les parler, c'est des conneries !

– Hum, facile à dire ! Je suis devenue la personne la plus infréquentable de France. Certains se demandent même comment tu peux rester avec la femme qui a été capable de perdre ton enfant !

– Tu exagères, Alice !

– Non, je n'exagère pas ! J'ai manqué de vigilance ! La vérité est malheureusement implacable. Ta chair, Guillaume ! Ce qu'aucun père ni aucune mère ne sont prêts à pardonner. Je suis condamnée à n'être que la mégère irresponsable et je vais devoir vivre avec ça sur la conscience. Ce voyage ne ramènera pas Dimitri, sur ce point tu as raison, mais j'ai besoin de partager ma douleur. »

Je m'accordai un instant de réflexion avant de lui lâcher ce qui pouvait être la plus absolue des abominations :

« Je fais d'étranges rêves… comme celui de remercier Dieu que notre bébé soit mort dans mon ventre.

– Qu'est-ce que tu racontes ? Comment peux-tu dire des choses pareilles ?! Tu m'inquiètes sérieusement ! »

Mon téléphone vibra. Diane m'attendait dans le taxi devant chez nous, en double file. Il s'éclipsa quelques secondes avant de revenir avec une lettre.

« De la part de mon père. Il voulait t'appeler pour te témoigner sa compassion, mais il a préféré t'écrire. »

Je pris l'enveloppe et l'enfouis dans mon sac à main, approchant ma bouche de la sienne – à moins que ce ne soit le contraire. J'ouvris la porte et fis un signe à mon amie pour qu'elle patiente. Dans un sursaut d'amour, je sautai au cou de Guillaume et lui promis de l'appeler le soir même, depuis l'hôtel.

On s'était installées à la voiture-bar, à la recherche d'un café salvateur. Accoudées à une table haute, Diane et moi évoquions nos tracas du quotidien. Son approche était des plus précises, comme si elle cherchait en permanence à me psychanalyser. C'était si flagrant que j'en arrivais parfois à être sur mes gardes.

« Tu arrêtes un peu ! J'ai l'impression d'être ta patiente. »

Démasquée, elle se mit à rire et se baissa pour attraper son sac.

« Tiens, j'allais oublier ! C'est pour toi. »

Elle posa entre nous un petit flacon orange qui me laissa perplexe.

« C'est quoi ?

– Des tranquillisants. »

Exactement ce qu'il me fallait ! J'allais ramasser la mise, quand, dans un réflexe soudain, elle s'en empara et rejeta le bras en arrière, confisquant l'objet comme une enfant cherchant à m'appâter.

« Ça va calmer tes crises d'angoisse. Un par jour. Deux, grand max. Tu fais attention à ne pas en abuser, hein ? »

Je la remerciai.

« En fait, c'est plutôt Jérôme que tu devrais remercier. Ça provient de sa pharmacie. »

Sa tête chancela de droite à gauche et elle prit un air contrarié. Lors d'un déjeuner, quelques semaines plus tôt, elle m'avait confié les difficultés traversées par son couple et nous nous étions longuement épanchées sur cette relation qui s'étiolait au fil du temps. Entre le manque de désir et les absences répétées de son époux, Diane avait fini par suspecter une autre femme dans sa vie, allant même jusqu'à engager un détective privé. Le verdict fut sans appel : Jérôme, fils d'un modeste ouvrier du bâtiment et d'une aide-ménagère, n'avait d'autre maîtresse que son travail. Attiré par le monde des élites comme un clou à son aimant, il véhiculait cet insupportable besoin de réussir. Le plus dur était fait et rien n'aurait pu le dévier de cette route désormais toute tracée pour lui. Chaque week-end, il rivalisait d'extravagance et de « m'as-tu-vu » ! Cette nouvelle bourgeoisie des affaires s'invitait à une soirée par-ci, se retrouvait à un tournoi de golf par-là, sous prétexte d'en partager les codes.

Elle préféra orienter l'échange sur notre petite virée du jour et me remercia une énième fois de lui avoir proposé de m'accompagner.

« C'est moi qui devrais te remercier ! »

Après un temps de silence, elle demanda d'une voix extrêmement douce :

« Alice… Te sens-tu prête à affronter la déferlante ? »

La « déferlante » ! Pour Diane, il s'agissait de se mêler à cette foule d'anonymes dont la plupart espéraient un miracle qui ne se produirait sans doute jamais. On venait là comme en pèlerinage, gardant un maigre espoir de retrouver un fils, une fille, un parent disparu. S'immiscer parmi eux signifiait accepter un destin similaire pour Dimitri.

La sonnerie de mon téléphone se manifesta, Diane en profita pour se rendre aux toilettes.

« Alice Guenver ?

– Elle-même.

– Lieutenant Agnès Demare de la PJ à l'appareil. Vous vous souvenez de moi ? »

Le TGV filait à vive allure, si bien que je ne saisissais qu'un mot sur deux. Elle me proposa un rendez-vous pour faire un point sur l'avancée de l'enquête et m'interrogea sur les motifs de ce déplacement sur Paris. Je n'avais rien à cacher et l'informai donc de notre participation à cette initiative citoyenne – dont elle avait entendu parler –, avant de raccrocher.

Le contrôleur annonça l'arrivée à Paris dans moins d'une heure, ce qui provoqua aussitôt des réminiscences de mon précédent voyage. Au même instant, Diane réapparut devant moi. Elle remarqua aussitôt la main tremblante que j'essayais vainement de dissimuler.

« Alice, ça va ? »

Émue aux larmes, j'étais sur le point de craquer. Mon amie se pencha au-dessus de mon siège pour m'enlacer.

« Allons, ma chérie, je suis là. Ça va aller. Je ne te quitte pas d'une semelle. Je vais être ton ange gardien durant tout le séjour. »

Puis elle s'écarta et me fit promettre de consulter une spécialiste lyonnaise.

« Une psychiatre avec qui j'ai fait mes études. On s'envoie des patients de temps à autre.

– Une psy ? Mais je ne suis pas…

– Folle ? Je n'ai jamais dit ça ! Elle sera seulement là pour t'aider et t'accompagner. Cesse donc d'être si méfiante. »

Il est vrai que je ne parvenais plus très bien à me situer. Elle insista avec sa mine des mauvais jours et glissa le flacon en plastique dans le creux de ma main. En échange, je promis une visite chez sa psy machin chose. Diable, que cette fille avait un redoutable sens de la persuasion !

9

Paris – Place de l'Opéra

J'avais oublié à quel point il était épuisant de piétiner ainsi durant des kilomètres. Sur le lieu du rassemblement, un service d'ordre essentiellement composé de bénévoles nous avait pris en charge, encadrant les manifestants avec discipline et bonne humeur. Nous étions nombreux, des milliers selon les organisateurs. L'ambiance était relativement calme, sauf peut-être lorsque nous marquâmes une halte devant l'Assemblée nationale où certains revendiquèrent haut et fort un projet de loi à nos chers députés.

La grande majorité des participants était composée de femmes, exposant leur douleur sur des panneaux en carton. Il y avait de la créativité dans les slogans, mais ce qui m'impressionna davantage, ce fut le nombre d'enfants qui accompagnaient le cortège. La mine grave, certains criaient le prénom d'un frère ou d'une sœur disparus. J'étais empruntée, n'osant aller à la rencontre de ces mères, culpabilisant peut-être de ne pas en être une. Quant à Diane, elle abordait sans vergogne nos voisins, cherchant à créer du lien, son air enjoué détonnant avec l'état d'esprit général.

À côté de nous, une jeune Africaine défilait au pas, tête baissée, regard enraciné sur le bitume, on aurait dit une repentie sur le chemin de l'absolution. Revêtue d'une tunique ample et colorée descendant jusqu'aux chevilles et d'un foulard couvrant ses cheveux, la pauvre femme m'inspirait compassion et mansuétude. Tout comme moi, elle semblait ne connaître personne. Je l'observai du coin de l'œil. Elle n'avait pas de pancarte, mais entonnait un prénom, Moïse (très certainement celui de son fils), sous forme de complainte, la croix du Christ entre les mains. J'étais bouleversée par une telle détresse. À ce moment-là, je me rappelai une certaine citation de je ne sais plus qui : « La désolation n'a ni couleurs, ni races, ni frontières. »

« Je crois qu'elle est dérangée », murmura Diane.

Je m'apprêtais à lui répondre vertement, mais mon amie se laissa emporter par la foule et disparut, renvoyant à des années-lumière sa promesse de veiller sur moi. Sur ma droite, la jeune femme s'immobilisa un instant et se mit à faiblir. Par réflexe, je me précipitai sur elle pour l'empêcher de finir face contre terre en la rattrapant dans mes bras. Un attroupement se forma autour de nous tandis que je l'allongeai au sol, sa tête sur mes genoux. Une organisatrice partit chercher des secours. J'obligeai ma belle métisse à s'hydrater par petites gorgées.

« Prenez votre temps. Restez calme, on est allé chercher de l'aide !

– Non ! S'il vous plaît. S'il vous plaît… »

Elle serrait mes doigts tandis que ses yeux semblaient m'implorer. La foule continuait à défiler, s'écartant au tout dernier moment des quelques spectateurs qui nous encerclaient.

Des personnes du SAMU arrivèrent enfin. Elle exigea que je reste à ses côtés, ne lâchant pas ma main avec l'énergie du désespoir alors qu'on l'allongeait sur le brancard. Cette femme avait peur, ça ne faisait aucun doute. Un peu troublée et sans réfléchir, je grimpai dans l'ambulance avec elle.

Devant l'état de fatigue de Muskeba – tel était le prénom de la jeune femme que j'avais secourue –, on lui proposa d'appeler un taxi qui la raccompagnerait jusqu'à son domicile situé en banlieue, mais elle refusa, préférant se rendre à la gare la plus proche.

Je joignis Diane sur son portable pour lui expliquer la situation. Dans le brouhaha général, celle-ci m'assura avoir fait des rencontres intéressantes et ne se préoccupa que très peu de mon récit. J'en arrivai à me demander si elle était venue en soutien ou pour s'imprégner de certaines situations afin d'alimenter l'une de ses prochaines conférences à la fac. Nous convînmes de nous retrouver directement à l'hôtel.

Adaptant mon rythme au sien, je marchai avec Muskeba jusqu'au parvis. Son français était approximatif, mais elle parvenait à se faire comprendre. Elle accepta de prendre un verre au bar de l'hôtel. Discret et dans une ambiance feutrée, c'était l'endroit idéal pour un échange. À notre arrivée dans le hall, l'hôtesse d'accueil l'observa de la tête aux pieds, sans doute dérangée par son accoutrement.

Une fois installées, j'entamai la conversation :

« Je ne connais que votre prénom. Et si nous nous présentions ? »

Sa voix était fluette, monocorde et douce : arrivée en France voilà cinq ans, elle avait suivi un époux prénommé Moussa. Elle marqua un temps d'arrêt avant de parler de son premier et unique enfant – Mosi, et non Moïse. De manière stupide, oubliant sa présence dans le cortège, je lâchai spontanément :

« Oh le pauvre ! Il doit s'inquiéter. »

Elle prit son Perrier et le porta à ses lèvres. Cet instant de silence n'était pas bon signe.

« Disparu ! lâcha-t-elle.

– Comment ça, “disparu” ? »

Elle relata les circonstances. Cela s'était déroulé en toute fin de journée. La jeune femme tint à préciser :

« La police dit Moussa venu enlever Mosi pour rejoindre Mali, mais pas vrai. »

D'un geste en hauteur, elle indiqua :

« Nord !

– Nord ? Vous voulez dire en Belgique ? À Lille ? »

Elle secoua la tête, s'agaçant de cette impatience occidentale à donner des réponses trop rapides.

« Non, gare !

– Vous voulez dire que Mosi a été kidnappé en gare ? Gare du Nord ? »

Elle confirma d'un clignement des yeux. Quelle étrange coïncidence ! J'avais en face de moi une maman qui se trouvait dans une situation semblable à la mienne. Cependant, Muskeba apporta une nuance de taille : son fils avait été vu pour la dernière fois dans un quartier jouxtant la gare et non pas dans l'enceinte même. Elle pianota sur son téléphone, à la recherche d'une photo de son petit garçon, et je remarquai une tache de café tout en longueur sur le cou du gosse. On aurait dit les contours de l'Italie. Une larme ruissela le long de ses joues, mais elle l'essuya rageusement avec sa manche.

Elle se laissa aller contre le dossier de la banquette et, le front orienté vers le ciel, s'abandonna, somnolente, pendant quinze bonnes minutes – durant lesquelles je n'osai lui parler. Se réveillant en sursaut, elle s'affola, contrariée à l'idée de s'être laissé emporter par la fatigue.

« Ce n'est rien. Vous vous êtes juste assoupie quelques minutes.

– Merci, madame.

– Alice. Appelez-moi Alice. »

Cherchant à se relever, elle empoigna son sac mais, terriblement affaiblie, elle s'écroula dans mes bras.

« Ouh là ! Ma chambre est au quatrième étage. Vous allez vous y reposer. »

Elle refusa, mais j'insistai tant et si bien qu'elle ne trouva aucun argument pour se dérober.

« Faites-moi confiance. Vous y restez le temps nécessaire et dès que vous vous sentez mieux, je vous laisse repartir. »

Nous prîmes l'ascenseur. D'un bras, j'entourai ses épaules. Sitôt arrivées, je lui retirai ses chaussures et l'allongeai sur le lit. Elle me remercia une bonne dizaine de fois de cette gentillesse à son égard. Sans doute la pudeur inexplicable de l'étranger n'osant rien demander.

« Dites-moi, Muskeba, depuis quand Mosi a-t-il disparu ? »

Comme une enfant cherchant à se faire comprendre, elle ouvrit ses deux mains, et aligna six doigts.

« Six jours ? »

Elle fit non de la tête.

« Six semaines ?

– Oui… »

D'un rapide calcul, j'en déduisis qu'il avait été enlevé une semaine environ après Dimitri et cette coïncidence m'interpella considérablement.

Ma pensée était pour mon petit ange et j'avais bien du mal à présent à contenir cette angoisse. Telle une automate, et préoccupée par ce fait ô combien troublant, je remontai la couverture jusqu'à ses épaules. Elle détourna le regard, préférant ne pas exhiber son visage marqué par la douleur.

Je me précipitai à la salle de bains pour avaler un des anxiolytiques offerts par Diane, accompagné d'un filet d'eau bu directement au robinet. Je contemplai mon visage en sueur dans le miroir. Qu'allais-je bien pouvoir faire en attendant le retour de mon amie ?

De nouveau dans la chambre, je frappai sur le clavier de mon PC portable :

disparition enfant gare

On comptait trois autres enfants disparus en région parisienne sur cette dernière année. Ce qui corroborait peu ou prou les propos du lieutenant Demare. Toutes sortes de pistes y étaient évoquées, du détraqué sexuel au père cherchant à récupérer son enfant lors d'un conflit familial, mais toutes ces affaires avaient été résolues.

Je poussai les recherches jusqu'aux gares hexagonales, ne constatant rien de particulier jusqu'à ce que l'enlèvement de la petite Jessica Ducrot en gare de Bourges attire mon attention. Les soupçons de certains enquêteurs se portaient sur la fameuse Demoiselle ; seulement, un élément ne correspondait pas au mode opératoire de cette criminelle. En effet, contrairement aux autres fois, la gamine avait été retrouvée saine et sauve.

J'activai la lampe de bureau afin de soulager mes yeux.

Après quelques secondes d'inaction, je me levai pour aller ouvrir la baie vitrée. Rien de tel qu'un grand bol d'air frais pour avoir les idées claires. Du quatrième étage, on entendait parfaitement bien les annonces des trains défilant à un rythme soutenu. Nous avions pris cet hôtel afin de ne pas perdre de temps le jour du départ.

Dans mon dos, Muskeba dormait paisiblement, agrippant l'oreiller comme une bouée à laquelle on se raccroche. Je refermai un peu trop sèchement l'écran d'ordinateur, manquant de la réveiller. Je pris connaissance de l'heure et levai un dernier regard en direction des étoiles.

Une petite voix intérieure m'exhortait à franchir le pas.

10

Paris – Gare de Lyon

En moins de dix minutes, je me retrouvai dans le hall de la gare. Impossible de reculer désormais, plus de Guillaume pour m'empêcher de faire ceci ou cela. J'étais seule et à l'affût du moindre indice. Diane vint aux nouvelles :

« J'arrive, ma poulette. La manifestation touche à sa fin et je suis allée boire un verre avec des gens de Metz. Ils sont sympas, ces Lorrains.

– Prends ton temps. »

Le bruit couvrait une partie de ma voix. D'un ton sarcastique, elle poursuivit :

« Ah, mais t'es à la gare, tu as laissé ta nouvelle copine ? »

Je renonçai à lui fournir les détails et raccrochai sur des banalités.

Quatre agents de la sécurité ferroviaire passèrent à proximité, attentifs aux gestes de chaque voyageur. Ils se dirigèrent vers le hall 2, là où mon cauchemar avait commencé.

« Que puis-je faire pour vous ? m'interrogea une voix féminine dans l'interphone.

– Bonjour, ou plutôt bonsoir, je m'appelle Alice Guenver. »

Une caméra était pointée sur moi. Je poursuivis :

« Je ne sais pas si vous vous souvenez de moi, mais je suis la personne qui accompagnait Dimitri Girod lorsqu'il a été kidnappé mi-décembre. »

Silence de l'autre côté.

« J'avais été formidablement accueillie par le directeur, M. Chabrac, et toutes les personnes de la cellule de crise. Je suis simplement venue les remercier. »

Cette visite impromptue pouvait être surprenante, j'en convenais. Naturellement, elle hésita un long moment. Peut-être demandait-elle la permission à un supérieur ? N'empêche que trois minutes plus tard, la porte s'ouvrit et une femme vint m'accueillir :

« C'est moi qui vous ai porté secours. Je m'appelle Noémie. »

Tandis que son collègue en profitait pour sortir boire un café, elle me proposa d'entrer quelques instants. Nous étions loin de l'effervescence de ce samedi après-midi maudit.

Alors que je la complimentais pour son travail et sa gentillesse, elle reprit place sur son siège, tout en précisant préalablement que l'endroit n'était pas ouvert au public. Je sentais bien que ma présence dérangeait. Surveillant les écrans de contrôle, elle se renseigna sur l'évolution de l'enquête. La réponse était brève : « Au point mort. »

Je poursuivis la discussion, mon idée toujours en tête.

« Ce jour restera le plus douloureux de toute ma vie. »

Noémie acquiesça, employant une formule toute faite :

« Je ne le souhaite à personne !

– Vous avez des enfants ?

– Deux filles. »

J'examinai le dispositif ultramoderne de ce « bunker », ne m'expliquant toujours pas comment Dimitri avait pu leur échapper.

« Vous avez des patrouilles et des caméras de surveillance dans tous les coins. C'est impressionnant. »

Soudain, son haut-parleur radio se mit à grésiller :

« *Groupe d'intervention à Noémie ?*

– Oui, groupe d'intervention ?

– *Nous sommes devant le fast-food, on a arrêté le gars qui a volé le blouson chez Blue Expert. Il dit que c'est le sien !* »

Elle manipula les images vidéo sur sa console et indiqua à l'agent :

« Dis-lui qu'il est entré avec un manteau marron. »

Puis elle se tourna vers moi :

« Désolée, où en étions-nous déjà ?

– Nous parlions de mon gamin, et je me disais qu'avec tout ce matériel high-tech, c'est impensable qu'il ait pu vous échapper. »

Court silence. Noémie secoua la tête :

« Ne vous fatiguez pas, mademoiselle Guenver. Je ne peux rien vous divulguer. C'est strictement interdit.

– Vous avez donc les images ?

– N'insistez pas, je vous dis. C'est non ! »

Son refus n'entama en rien ma détermination. Néanmoins, j'eus beau la rassurer sur mes intentions, elle resta campée sur ses positions.

« Mademoiselle Guenver, je n'aurais jamais dû vous ouvrir. C'était une erreur. Je vais vous demander de partir. »

Cet affrontement était voué à l'échec. Noémie ne perdit pas un pouce de terrain et agrippa mon bras. Sur le seuil de la porte, je tentai une approche plus frontale :

« Je vous souhaite de ne jamais vous retrouver dans cette situation ! »

Sans la moindre compassion, elle affirma que la police n'avait strictement rien trouvé sur les bandes vidéo et que c'était peine perdue.

« Admettons que vous ayez raison. Savez-vous que d'autres enfants ont été enlevés tout récemment dans des gares parisiennes, et dans des circonstances similaires ? »

J'y étais allée au bluff, me servant du drame de Muskeba pour tester mon interlocutrice.

« Vous délirez ! »

J'avançai des arguments qu'elle balaya aussitôt avec indifférence. C'en était si blessant que je ne pus m'empêcher de réagir avec méchanceté et bêtise :

« Un bon conseil, Noémie, ne perdez jamais vos filles de vue ! »

Le moins que l'on puisse dire c'est qu'elle fut loin de goûter à cette attaque personnelle et elle m'obligea par la manière forte à dégager le passage. Sans plus opposer la moindre résistance, je lançai néanmoins un dernier appel à l'aide :

« Si jamais vous changez d'avis… je dors au Mercure de la gare, juste en sortant sur la gauche. »

*

Orléans

Alain s'était préparé durant deux bonnes heures dans la chambre de Madeleine. Un homme d'une cinquantaine d'années y était entré, mais c'est une vieille femme voûtée qui en sortit.

Durant cette préparation méticuleuse, il avait passé en revue chaque tenue, jugeant l'une trop aguichante ou l'autre quelconque et sans âme. Son maquillage était d'une grande précision, quant à sa perruque, il l'avait ajustée si fidèlement qu'il était impossible de déceler que c'en était une. Cette photo de Madeleine dans la fleur de l'âge ne l'émut point. Avant de refermer le coffre de la coiffeuse, il se contempla dans le miroir.

« Merveilleux ! Merveilleux ! »

Il commença à siffloter une musique d'ambiance avant de chantonner, invitant son timbre de voix à se transformer progressivement et sans heurts. Cette technique de vocalise, enseignée par un vieux transformiste parisien, masquait sa voix avec perfection. Il admira le travail, retouchant le coin gauche de sa lèvre supérieure à l'aide d'un mouchoir en papier.

Le faux pli de sa jupe n'était qu'un détail sans importance et il expira un grand coup, raclant une ultime fois sa gorge récalcitrante.

La sonnette retentit. Pile à l'heure.

« J'arriiive… » lança-t-il avant d'aller ouvrir la porte.

Serviette en cuir à la main, l'assistante sociale Mélanie Fonck se tenait sur le perron en affichant son plus beau sourire :

« Bonjour, madame Bernet. Je suis… »

Le dos exagérément voûté et s'appuyant sur une canne en bois de merisier, « Madeleine » répondit :

« Oh, mais je sais très bien qui vous êtes : la jeune fille de l'année dernière. Donnez-vous la peine d'entrer. »

La jeune femme avança dans le couloir, inspectant les lieux du regard. Rien ne semblait avoir changé ici depuis sa précédente visite. Tout était vieux et sentait la moisissure. Les tableaux, disséminés sur des tapisseries défraîchies, étaient pour la plupart d'entre eux couverts de poussière.

« Votre fils n'est pas là ?

– Alain ? Pensez-vous ! Cet ivrogne préfère les comptoirs de bars… »

Mélanie jugea la réponse sans importance.

« C'est lui que j'ai eu au téléphone et je pensais qu'il serait présent. »

Satisfaite de sa tromperie, Madeleine leva la tête dans sa direction et laissa apparaître des dents en bien mauvais état :

« Bah, nous n'avons pas besoin de lui, n'est-ce pas ? »

Mélanie acquiesça. Après tout, c'était une simple visite de routine pour confirmer que la vieille femme allait bien et qu'elle pouvait continuer à toucher ses indemnités.

Depuis toutes ces années, Alain trompait les services sociaux de la mairie avec une facilité déconcertante, sans que ces bons à rien de fonctionnaires s'en rendent compte.

L'assistante sociale se déplaça dans le salon, effleurant quelques bibelots au passage.

« Je regardais votre dossier avant de venir et me disais que vous alliez être notre première centenaire sur la commune. Je crois que ça se fête ! » dit-elle, amusée.

Alain s'était bien préparé à l'exercice :

« Eh oui ! Comme le temps passe. Le 12 mars, ça fera 98 ans. Prenez un fauteuil, ma petite, je vous en prie. »

Assises l'une en face de l'autre, les deux femmes échangèrent durant une bonne demi-heure. L'atmosphère était détendue, si détendue d'ailleurs que la fausse Madeleine se dirigea vers le tourne-disque et en actionna la molette. Mélanie n'avait pas vu un tel objet depuis sa visite dans une brocante d'un village voisin.

« Vous reconnaissez ? »

Confuse, l'assistante sociale répondit machinalement et sans conviction :

« Non, ça ressemble à du jazz. Armstrong peut-être ? »

Madeleine esquissa un sourire :

« Presque. Django Reinhardt ! Sublime ! »

Sublime ! Cette expression ne ressemblait pas à celles d'une dame de sa génération. Ah ça, non ! Faisant mine de s'y intéresser, elle poussa jusqu'à en demander le titre. Relâchant son attention durant un instant, Madeleine murmura promptement « *Les Yeux noirs* ».

L'assistante sociale était troublée : quelque chose sonnait faux chez Mme Bernet, mais quoi ? Et pourquoi portait-elle ces gants blancs ? Durant l'entretien, pas une seule fois cette vieille femme ne s'était laissé prendre en défaut, ne confondant jamais la temporalité de tel ou tel événement. C'était comme si elle avait appris son texte sur le bout des doigts.

D'habitude, les personnes très âgées étaient grabataires, ou se présentaient dans un accoutrement négligé, mais pas elle. Non, pas elle ! La mamie presque centenaire était une exception.

Mettant un point final à son rapport, Mélanie leva une dernière fois les yeux dans sa direction, épiant, scrutant le moindre geste. Sans dire un mot, l'une et l'autre échangèrent un long regard, suspicieux et terriblement gênant.

Comment l'interpréter ? songea Alain.

Derrière cette apparence mensongère, il prenait un malin plaisir à se jouer de cette petite garce et de son inspection à la noix. C'était aussi jouissif que de tromper M. Jacquier, le banquier de la poste. Jouer la comédie était une passion. Mieux, une vocation ratée.

Il raccompagna la jeune femme jusqu'à l'entrée :

« Vous pouvez dire à votre directeur que la mamie Bernet se porte à merveille et qu'elle n'est pas près de passer l'arme à gauche. »

Il posa sa main sur l'épaule de Mélanie. Celle-ci se retourna et la prit dans la sienne.

« Je le lui dirai. Comptez sur moi. »

Elle chercha à apercevoir un fragment de peau. Sa main était-elle aussi flétrie que son visage ? Sentant le danger, Alain la retira instantanément. L'assistante sociale lui lança :

« C'est drôle !

– Quoi donc ? fit la vieille dame.

– Votre dos. Parfois, vous arrivez à vous tenir droite comme un I. »

Un frisson le parcourut.

Oh putain, c'est qu'elle a raison, cette conne !

Dans l'euphorie ou par excès de confiance, Alain s'était laissé dominer par son tempérament fougueux en négligeant ce détail.

N'attendant aucune réaction de sa part, la jeune femme tourna les talons et descendit les marches menant jusqu'à la sortie.

« Au revoir, madame Bernet ! Portez-vous bien ! » lança-t-elle encore avant de disparaître.

Embarrassé de sa bévue, Alain prit un léger temps de réflexion, puis se précipita à la fenêtre du salon.

« Mademoiselle, je crois que vous avez oublié quelque chose ! » cria-t-il à la jeune femme, qui stoppa net et se retourna.

Elle vérifia machinalement son sac, son foulard Hermès autour de son cou et tâta ses poches où se trouvaient les clés de sa 206.

« Vous êtes sûre ? »

Point de réponse.

« Oh ! Oh ! Madame Bernet ? »

Silence.

Après un moment d'hésitation, Mélanie revint sur ses pas.

« Madeleine ? »

Elle repoussa la porte laissée entrouverte.

« Madame Bernet ? Vous êtes là ? »

Elle avança jusqu'au salon, et le claquement sourd de la porte d'entrée la fit sursauter.

Mélanie observa autour d'elle, convaincue pourtant de n'avoir rien oublié. Ce morceau de musique à base de cuivres rendait l'atmosphère lugubre et effrayante. Mieux valait ne pas rester ici plus longtemps. Elle se retourna, décidée à rebrousser chemin…

… et tomba nez à nez avec une Madeleine démunie de sa canne.

« Vous m'avez fait une de ces peurs ! J'ai bien regardé partout, vous avez dû vous tromper, je n'ai rien oublié ! »

Sans un mot, Alain retira une à une ses épingles à cheveux, laissant des mèches grises retomber délicatement sur sa nuque. Pas un instant il ne la quitta des yeux, se délectant de sa stupéfaction, puis de sa peur.

« Je… je ne comprends pas ! »

Il ôta l'immonde prothèse dentaire qui lui obstruait la bouche. Il n'en fallut pas davantage à Mélanie Fonck pour saisir la situation.

« Oh mon Dieu ! »

11

Paris – Hôtel Mercure

À mon retour de ce « rendez-vous » manqué au PC sécurité, Muskeba m'attendait, assise sur un coin du lit, le regard hagard et malheureux.

« Lorsque la réalité vous rattrape, elle n'en est que plus douloureuse », disait le proverbe.

Mon invitée s'inquiéta de l'heure et rassembla ses affaires à la hâte afin de retourner chez elle. Je lui commandai un Uber, l'assurant que cette course serait à ma charge. Bien qu'embarrassée et désireuse de ne rien me devoir, elle accepta. Dans l'ascenseur, la Malienne ne se montra pas très bavarde, mais avant de grimper à l'intérieur du véhicule, elle tomba littéralement dans mes bras, me serrant si fort que je fus sur le point d'étouffer. Je la réconfortai par des mots simples, admirative de son courage face à une telle épreuve, tout en écrasant moi-même une larme. Tandis que son taxi démarrait, elle m'envoya un dernier signe de la main en guise d'au revoir.

« Je ne voulais pas perturber une si belle amitié ! »

Je sursautai. Diane se tenait derrière moi.

« Faut que je te raconte ! » lança-t-elle alors que j'apercevais dans son dos une silhouette qui ne m'était pas inconnue : l'opératrice de la gare se dirigeait droit sur nous ! « Tu m'écoutes, Alice ? »

Je l'écartai du bras et allai à la rencontre de Noémie. Il y avait manifestement de la gêne dans sa posture et je l'invitai à me suivre dans un lieu discret, au bar de l'hôtel. Elle accepta volontiers. Diane nous suivait de près, mais je sentis très vite que cette intrusion n'était franchement pas au goût de l'employée de la gare.

« Diane, attends-moi dans ta chambre, s'il te plaît, j'arrive. »

Elle fut ulcérée de cette exclusion en bonne et due forme, mais je m'en fichais éperdument.

Assise sur un tabouret et me faisant face, Noémie fouilla dans la poche de son pardessus :

« Ce que je fais là est interdit. Je peux me faire virer. »

Coup d'œil rapide à droite, puis à gauche, avant de me tendre une clé USB :

« Voici les images prises dans tous les halls de la gare jusqu'à l'entrée du métro. Il y a plusieurs heures de visionnage, mais à part remuer le couteau dans la plaie, vous n'apprendrez rien. C'est moi qui vous le dis, vous perdez votre temps. »

Qu'importe sa conclusion, j'étais aussi enthousiaste qu'une enfant :

« Je ne sais comment vous remercier.

– Comment ? En laissant la police faire son travail. Ne dévoilez jamais votre source. Je nierai vous les avoir transmises. »

J'en fis le serment. Elle consulta sa montre et prétexta devoir partir. Juste avant, elle me glissa :

« Alice, oubliez ce que l'on s'est dit tout à l'heure, je vous souhaite de tout cœur de le retrouver. »

*

Neuf mois plus tôt

Paris

Jamais une pancarte accrochée sur une porte n'aurait pu être plus explicite.

Défense d'entrer ! Je suis de mauvaise humeur !

Et pourtant, Mathilda s'y aventura.

Concentré, Serge Guiguet était en train d'écrire, griffonnant un mot, raturant un autre. Son épouse se glissa derrière lui et, de ses doigts fins, lui massa le crâne avec délicatesse. Il posa son stylo bille.

« Que c'est bon ! » approuva-t-il en poussant un gémissement de bien-être.

Sur le bureau, de vieilles coupures de presse étaient éparpillées. Les apercevant, Mathilda se crispa brusquement. Le journaliste s'en aperçut et ouvrit les yeux, conscient que quelque chose venait de se produire. Elle prit un rapport dactylographié et l'interrogea sur l'avancée de son prochain livre, mais l'homme était toujours mystérieux lorsqu'il s'agissait de dévoiler des renseignements sur ses écrits en cours.

« Ce sera quoi, le thème, cette fois ? Encore et toujours des *cold case*[1] ?

– En quelque sorte. »

Son tempérament espagnol était tel un volcan et elle s'agaça légitimement de cette expression.

« "En quelque sorte" ? Quoi, en quelque sorte ? Ça ne veut rien dire. »

Elle s'empara d'une autre feuille et en lut les premières lignes, marquant très vite sa désapprobation :

« Emma Duverne ? Oh, non, tu ne trouves pas que cette affaire t'a suffisamment pourri la vie ? Je t'en conjure, Serge, passe à autre chose. Pourquoi vouloir écrire un livre sur cette…

– Demoiselle ! Elle s'appelle La Demoiselle.

– Mais qu'est-ce qu'on en a à foutre ? Tu parles d'un nom. Une dingue, oui ! Tu as pourchassé cette femme durant des années sans parvenir à la coincer.

– Écoute, ma chérie, nous avons si peu de renseignements sur elle ! Il s'agit peut-être d'un duo aussi tordu que le couple Fourniret ! Son truc, c'est de changer d'apparence pour tromper son monde. Si seulement j'avais disposé d'un peu plus de temps la dernière fois, je lui aurais mis la main dessus, c'est certain ! »

---

1 Affaires criminelles non encore résolues mais susceptibles d'être rouvertes si un nouvel indice apparaît.

Alors que Mathilda s'apprêtait à réagir fermement, il ôta ses lunettes et lui tendit une note où l'on pouvait lire le mot « confidentiel ».

« C'est quoi ça ?

– Le rapport sur la petite Jessica Ducrot, enlevée en gare de Bourges il y a huit jours. »

Le doute s'installa dans le regard de son épouse.

« L'affaire est en stand-by. Les enquêteurs pataugent. Les similitudes entre ce kidnapping et celui d'Emma sont troublantes. Même procédé, même capacité à agir dans un lieu fréquenté, au nez et à la barbe des passants. »

Mathilda parut désemparée. Elle fronça les sourcils.

« Et tu comptes faire quoi ?

– Je veux comprendre. Emma a été enlevée devant son école primaire par une femme ressemblant trait pour trait à sa grand-mère. Des dizaines de mamans n'y ont vu que du feu. Tu t'imagines le culot ! C'est aussi stupéfiant qu'incompréhensible. Quant à Jessica Ducrot, devine un peu ? Eh bien, elle est sortie des toilettes accompagnée d'une femme se faisant passer pour sa nourrice. »

Après une pause, il s'exclama, les yeux remplis d'une fièvre soudaine :

« C'est elle ! Je suis convaincu que c'est La Demoiselle, Mathilda ! Elle réclame de l'aide et me supplie de l'arrêter ! »

12

Paris – Hôtel Mercure

Malgré les multiples relances de Diane, je n'avais rien dévoilé de cette entrevue avec Noémie. Mon amie m'avait retracé sa journée dans les moindres détails, mais mon esprit était ailleurs, accaparé par cette clé USB logée dans la poche arrière de mon jean. Plusieurs fois, j'avais tenté d'abréger notre repas, ne prenant ni entrée ni dessert, mais il était difficile de lui échapper, alors qu'elle souhaitait prolonger la discussion.

Enfin seule dans ma chambre, j'allumai la télévision pour l'ambiance et expédiai un SMS à Guillaume dans la foulée. Il me tardait de visionner les images. Les fichiers étaient hiérarchisés selon l'emplacement des caméras. En deux clics, je lançai la première vidéo. Le séquencement demandait méthode et rigueur. Les dossiers 11 à 20 étaient ceux du hall 2, lieu de la disparition de Dimitri. J'avais bien du mal à tenir en place.

La tension monta encore d'un cran lorsque enfin je compris que le flot de voyageurs débarquant sous mes yeux était celui du fameux Lyon-Paris. Tout à coup, je discernai ma silhouette, puis celles de Barbara et Dimitri.

La difficulté de l'exercice résidait dans la manipulation des images. Tantôt j'accélérais la bande vidéo, tantôt je l'arrêtais. L'ordinateur n'était pas l'outil idéal, mais je m'en accommodai.

Prenant un carnet, je notai CHV2-17, puis sélectionnai un autre film au hasard. En moins de dix minutes, je finis par identifier la signification de chaque lettre.

C pour caméra, H pour hall. Et si le V restait une énigme, le premier chiffre, 2, correspondait au numéro du hall et enfin le 17 pour indiquer l'emplacement de la caméra. C'est ainsi que je n'en dénombrai pas moins de trente-deux. Je fus assez fière de moi et repris mes recherches. C'était nettement plus facile désormais.

Un œil à ma montre : minuit quarante-sept. Guillaume n'avait pas donné suite à mon message. Qu'importe. Bouilloire en route, un sachet de thé vert au fond du gobelet, je me préparai à une longue, très longue nuit.

J'ignorais si les policiers avaient regardé l'intégralité des vidéos, mais moi, je ne manquais ni de patience ni de ténacité. De temps à autre, je posais mes lunettes, buvais une gorgée et respirais profondément.

Toutefois, au bout d'un certain temps, ma vision devint trouble. J'avais lutté durant deux heures pour ne pas flancher, mais c'était peine perdue. Je repris mon carnet, le parcourus rapidement, relevant la mention inscrite à côté de chaque enregistrement.

R.A.S. ne pouvait être plus explicite ; j'éliminai ainsi les trois quarts des bandes. Soit parce qu'elles étaient bien trop tardives, soit parce qu'elles ne correspondaient pas à la zone des faits. Néanmoins, une chose était sûre : nous avions perdu la trace de Dimitri au point de rencontre musical et aucune autre image ne permettait de l'identifier par la suite. Sur cette conclusion, j'étais en parfait accord avec la police.

À l'écran, on le voyait se faufiler entre des gamins installés à même le sol. Bon sang, mais pourquoi ne s'était-il pas assis parmi eux ? C'était incompréhensible ! Je concentrai mes efforts sur l'enregistrement de la caméra 14. Je l'avais déjà visionné, mais peut-être avais-je été trop expéditive dans mon analyse ?

Lunettes sur le nez, j'épiai l'environnement. Et uniquement l'environnement : voyageurs, badauds, agents d'entretien, musiciens. Quelques arrêts sur image me permirent de zoomer sur un visage, une attitude, mais rien de probant. J'extrapolais sur un détail, parfois un geste à la con, mais c'était sans espoir. Je tombais de sommeil.

Résignée, je m'étendis sur le lit pour un repos bien mérité après cette folle journée.

Le mendiant !

Je me réveillai en sursaut, frappée par cette vision de mon subconscient. Ni une ni deux, je me précipitai sur le PC, cherchant à vérifier cet élément troublant. Ce vagabond au blouson jaune et au chapeau rond y apparaissait de nombreuses fois, tantôt demandant de l'argent à des voyageurs, tantôt assis derrière un mur, à fuir les agents de sécurité de la gare.

Il avait un comportement étrange, dévisageant hommes, femmes, enfants avec un regard assez effrayant.

Peut-être avait-il été témoin de quelque chose ?

Reprenant mes notes, je visionnai cette fois le fichier CHV2-19, qui permettait d'obtenir un profil de Dimitri lors de son passage au milieu des gamins. Il disparaissait du champ tandis que les musiciens s'échangeaient un long regard. Je repassai la vidéo une seconde fois, puis une troisième jusqu'à ce que mon cerveau me supplie d'arrêter. Soit je devenais paranoïaque, soit je décelais bien un changement d'attitude de la part des deux hommes.

Posée devant mon nez, je vis le flacon de tranquillisants se déplacer sur toute la largeur du bureau... Voilà que j'étais à présent en proie à des hallucinations ! J'étais vraiment à bout de nerfs...

« Un seul », m'avait recommandé Diane ! « Deux, grand max. » N'écoutant que mon angoisse, j'avalai un autre comprimé. Le troisième de la journée.

*

Diane ouvrit les paupières. La tête enfouie dans l'oreiller, les bras écartés, elle avait profité du lit aux dimensions *king size* pour imiter la position de l'étoile de mer. Son premier réflexe du matin était d'ouvrir les chaînes d'information. Le rendez-vous avec Alice était prévu dans une heure, au petit déjeuner ; il n'y avait pas d'urgence.

Par habitude, elle consulta son téléphone portable, remarquant deux appels en absence provenant de Jérôme. Bah, ça pouvait attendre qu'elle prenne un bon café ! En revanche, ce SMS d'Alice l'alerta :

> Salut Diane, je ne veux pas te réveiller. Impossible de fermer l'œil. Je prends le premier train du matin. Désolée de te faire faux bond.

Elle se redressa :

« Mais qu'est-ce que c'est encore que ces conneries ?! »

*

Belvédère des Caillettes

Gaëtan souleva son fils de 6 ans par les aisselles.

« Comment ça s'appelle ?

– Une table. »

Les parents échangèrent un regard complice. Plus douce, mais aussi plus subtile, la mère accompagna son garçon dans chaque syllabe du mot à découvrir. Docile, celui-ci répéta :

« O-RIEN-TA-ZION.

– Tu y es presque ! » l'encouragea le père.

L'enfant demanda à rejoindre sa sœur en bas du belvédère. Bien qu'hésitants, ils finirent par accepter.

« Ne t'éloigne pas trop. On veut te voir du haut de la table d'O… RIEN… TA… TION. »

Mari et femme le suivirent du regard.

« Il grandit trop vite.

– C'est vrai. Tu sais quoi ? »

Gaëtan caressa le bas du ventre de sa compagne :

« Je me dis que c'est le moment où jamais ! »

Elle aurait aimé lui avouer que ce n'était pas dans ses priorités de femme, mais ils furent interrompus par les cris de leur fils. Le petit Yohan hurlait si fort qu'ils jugèrent la situation critique. Jamais ils ne descendirent des marches à si vive allure.

« Yohan ! Yohan ! »

Les pleurs venaient de derrière le buisson. Sans réfléchir, Gaëtan s'y engouffra, s'égratignant mains et genoux. Sa veste s'accrocha aux ronces, mais qu'importe, la première image fut celle de son fils, sain et sauf. Si Yohan allait bien, il n'en avait pas moins la bouche déformée par la terreur. Sa sœur se tenait derrière lui, se cachant les yeux à l'aide de ses doigts.

« Marie, que se passe-t-il ? »

Sans un mot, la gamine désigna une chose non identifiée en contrebas du talus. Inquiète pour ses enfants, Lindsey se jeta sur eux pour les serrer contre elle tandis que Gaëtan approchait du bord, prenant garde à ne pas tomber dans le ravin.

« Je vais aller voir, reste avec les enfants. »

Il emprunta le chemin escarpé. Quatre ou cinq mètres le séparaient de l'endroit en question. Rien de bien méchant pour un sportif aguerri comme lui. Il s'élança dans la pente sans freiner sa course, mais fut heurté par une odeur de putréfaction qui envahissait ses narines. Soudain, un milan noir déploya ses grandes ailes et s'envola. Gaëtan fut si surpris qu'il en perdit l'équilibre.

« Putain de charognard ! Fous le camp ! » hurla-t-il pour se donner du courage.

Une main devant le nez, il resta coi devant la vision monstrueuse s'offrant à lui : le cadavre d'une femme entièrement dénudée.

Il eut envie de vomir. Nul doute que cette image resterait gravée dans sa mémoire jusqu'à son dernier souffle.

Dans le soleil éblouissant du petit matin, il leva les yeux en direction de son épouse et hurla :

« Appelle la police, c'est horrible !!! »

13

Paris – Gare de Lyon

Mon téléphone frémissait toutes les trente secondes dans la poche arrière de mon jean. Inutile de parier une pièce sur l'auteur de ces appels, il s'agissait de Diane. J'hésitais à lui répondre. Décrocher signifiait entrer dans des palabres inutiles et reconnaître un mensonge, car je n'avais pas grimpé dans le premier train pour Lyon, mais arpentais depuis bientôt une heure les différentes travées de la gare, cherchant à retracer l'itinéraire présumé emprunté par Dimitri et son kidnappeur.

Nous étions dimanche matin et les allées étaient clairsemées : quelques couples, des étudiants à moitié éméchés et des militaires en patrouille constituaient l'essentiel du public. Le manque de sommeil se faisait cruellement ressentir.

Figée devant un présentoir de presse, je finis par repérer un drôle d'individu longeant la vitrine. Son chapeau était une piste. Il s'agissait peut-être du mendiant aperçu sur les vidéos. L'occasion était trop belle de l'aborder. Lancée à ses trousses, je le rejoignis tandis qu'il s'acharnait sur la poignée d'une porte.

« Pardon, monsieur ! Hé, monsieur ? »

Lentement, très lentement, il se retourna :

« C'est moi que vous interpellez comme ça, ma chérie ? »

Plissant les yeux comme s'il avait la vue défaillante, il avança d'un bon mètre dans ma direction. Il lui manquait une bonne partie de ses dents, si bien qu'il n'était pas d'un physique des plus engageant.

« Votre trombine me dit quelque chose », marmonna-t-il.

Espérant attirer sa sympathie, je fis allusion à Dimitri :

« Je sais que ça peut paraître surprenant, mais mon fils a été enlevé dans cette gare et je me disais que… »

Son premier réflexe fut d'observer tout autour, effectuant un 360 degrés déconcertant. Ses yeux étaient d'un vert sublime. En son temps, cet homme n'avait pas dû laisser beaucoup de femmes indifférentes. À cette heure matinale, son haleine empestait déjà le vin. Il me réclama une cigarette – que je ne pus lui offrir. Néanmoins, j'essayai de gagner sa confiance en lui proposant un café. Il se baissa à mes pieds, comme s'il cherchait à relacer ses chaussures. Son couvre-chef était troué sur le dessus, dévoilant un crâne dégarni qui aurait mérité un bon shampoing. Et là, contre toute attente, il murmura à voix basse :

« Il y a un bar qui fait l'angle entre la rue de Bercy et le tunnel Van-Gogh. Retrouvons-nous là-bas dans dix minutes. En attendant, laissez-moi partir devant et ne dites plus un mot ! »

*

Paris – Gare de Lyon – Dépose-minute

« Tu es sûr de n'avoir rien oublié ? »

Serge Guiguet vérifia le contenu de ses poches et confirma que tout était sous contrôle. Sa jeune épouse suivit son regard :

« Faut pas te gêner ! »

Les yeux du journaliste se détachèrent du pare-brise.

« Qu'est-ce que tu vas t'imaginer ? Il n'y a que toi, Mathilda. En revanche, j'ai comme l'impression de connaître cette jeune femme. »

Il glissa une main derrière la nuque de sa compagne et l'embrassa.

« Fais attention à toi, lui susurra-t-elle.

– Bah, des reportages comme celui-là, j'en ai fait des dizaines. »

*

Paris

L'Eviden !

Une partie des lettres manquait à la devanture. Ce bar ressemblait à ces vieux bistrots d'autrefois, avec comptoir en zinc sur toute la longueur et mobilier vétuste – si vétuste d'ailleurs que c'en était à se demander si l'on en trouvait encore. La baie vitrée était sale et plusieurs autocollants à moitié déchirés vantaient les mérites de boissons d'un autre temps.

J'entrai, repoussant la lourde porte en verre trempé. Pire que l'aspect général, ce fut l'odeur de tabac froid et d'huile d'arachide qui me rebuta. Les propriétaires n'avaient sans doute jamais entendu parler de la loi Evin.

« Par ici, ma petite dame ! »

Sur une banquette en cuir, mon vagabond me pressait de le rejoindre.

« Achille, enlève ton putain de pied de la chaise ! » lui lança le tenancier.

Il s'exécuta, non sans avoir exprimé son mécontentement au travers d'un « ça soulage ma circulation ».

« On le boit, ce café ? » tentai-je.

Il préféra un petit blanc. Je commandai les boissons, m'interrogeant l'espace d'une seconde sur ma présence dans un tel lieu.

« Tout à l'heure, je vous ai parlé de… »

Courbé sur la table, Achille recouvrit ma main de la sienne.

« Je sais très bien ce que vous m'avez raconté. Votre petit a été enlevé, c'est ça ? »

Je confirmai, mais il souhaita en savoir davantage, notamment sur les raisons pour lesquelles j'avais jeté mon dévolu sur lui. Il était terriblement clairvoyant et lucide, le bougre !

« Disons que la police tourne en rond et comme vous passez le plus clair de votre temps dans cette gare, je me suis dit que vous aviez peut-être remarqué quelque chose. »

Il se rejeta en arrière et se mit à rire, sautillant comme un enfant sur son siège. Une minuscule traînée de bave se dessina sur les contours de sa barbe. Le moment était gênant et je ne trouvais pas ça drôle du tout. Songeant à partir, je balançai :

« On peut savoir ce qui vous met dans un état pareil ? »

Puis, sans attendre de réponse, je me levai et empoignai mon sac avec précipitation. Ce départ simulé le ramena aussitôt à la raison. Il se voûta et m'invita à me rasseoir :

« Oh là, ma petite chérie, mais c'est que vous êtes une sanguine !

– J'ai horreur que l'on se moque de moi. »

Ses yeux pénétrèrent les miens avec une incroyable acuité. Cet homme aurait pu m'hypnotiser, dégageant une assurance surprenante.

« M'en voulez pas, je connais le refrain, et ce n'est pas le premier gamin qui est enlevé dans cette gare. »

Au diable son haleine de poivrot, les fesses au bord de ma chaise, j'espérais ne perdre aucune miette de cet échange et l'interrogeai :

« Comment ça, ce n'est pas le premier ? »

Prudent, il murmura cette fois :

« Ces derniers mois, il se passe des choses bizarres. Allez savoir… Des migrants ! La plupart du temps des sans-papiers. Ils traînent dans les gares. Fils de pute d'étrangers ! »

Cherchant à l'attendrir, je l'appelai par son prénom, espérant créer une proximité entre nous :

« Achille…

– Ils chassent sur nos plates-bandes et n'hésitent pas à nous intimider. De temps en temps, mes copains et moi, on se prend une dérouillée. »

Il approcha sa bouche de la mienne.

« Je suis chez moi ici. La France aux Français ! »

Allons bon, voilà qu'il me jouait le refrain du nationaliste…

« Mais Dimitri n'est pas un immigré. C'est un gamin de 4 ans et il est bien français ! »

Il porta son verre à sa bouche, ponctuant la gorgée d'un rot long et sonore.

« Ouais, c'est là où ça cloche. »

Bien que séparés par la table, je tentai d'effacer le moindre espace entre nous. Quelques centimètres de plus et c'était un corps à corps assuré. Droit comme un I, il avala son verre d'un trait et me le présenta. Je supposai que cela signifiait « un autre », et j'accédai à sa demande en repassant la commande, sans toutefois abandonner mon idée d'interrogatoire :

« Alors, pourquoi lui ?

– Hum… j'en sais fichtre rien, ma chérie. »

Devant mon désarroi, Achille fit la moue. Il semblait prêt à dévoiler sa vérité, mais se reprit au tout dernier moment. Il était évident que cette canaille savait quelque chose d'important.

Je plantai mon regard dans le sien.

« Ne vous en faites pas, je suis une grande fille et je sais me défendre. »

J'avais deviné l'inquiétude d'un père sur son visage. Il paraissait à présent sur le point de parler, mais hésitait encore. Mes yeux se transformèrent en griffes, transperçant sa chair comme une canine déchiquetant sa victime.

« Vous ne savez pas où vous mettez les pieds… » m'avertit-il.

J'agrippai son bras, le serrant si fort qu'il eut du mal à l'extraire de ma poigne.

« Achille ! Je vous en conjure, dites-moi ce que vous savez ! »

Changeant totalement d'attitude, il refusa obstinément de me répondre et ramassa ses affaires, glissant de droite à gauche sur la banquette pour s'en extirper.

« Fichez-moi la paix ! »

Le patron se précipita pour exiger que je lui règle les consommations ; mon vagabond en profita pour prendre la poudre d'escampette. Devant ma consternation, le gérant lâcha :

« Ne vous en faites pas. Achille est pire qu'un vieux garçon. Il a ses habitudes à cette heure. »

14

Paris

J'avais contourné le bâtiment et pénétré au 16 de la rue de Chalon. Au fond de la cour, un renfoncement aux trois quarts murés n'inspirait guère confiance. Le chemin était boueux, parsemé de détritus en tous genres. Écartant tôles rouillées et planches en bois, je m'engouffrai dans la minuscule ouverture, découvrant un hangar d'au moins cinq mètres de hauteur avec un puits de lumière pour seul repère. Sans doute un ensemble de bureaux désaffectés.

« Achille ! Achille !

– Vous n'auriez pas dû me suivre… »

Je sursautai et fis volte-face.

« … Je vous ai dit que ce n'était pas un endroit pour vous », fit le mendiant.

Il m'avait flanqué une de ces frousses !

Indifférent, il pivota sur le côté et jeta une poignée de croquettes au sol. En moins de dix secondes, quatre chats apparurent à ses pieds. Il s'accroupit, déchargea ses poches, frotta ses mitaines et s'écria :

« Y en a plus ! »

En se relevant, il approcha son visage du mien, l'index sur la bouche.

« Maintenant, ma petite chérie, vous allez commencer par écouter. Vous voyez la porte là-bas ? »

J'opinai du chef.

« Lorsqu'on aura passé cette porte, vous ferez exactement ce que je vous dis et marcherez dans mes pas. Ne vous avisez pas d'en faire à votre tête. Et surtout, taisez-vous ! »

J'étais frappée par son autorité naturelle.

« Pourquoi ? Pourquoi tant de précautions ? »

Il plissa les yeux et souffla à voix basse :

« Parce que de l'autre côté, il y a *le diable* ! »

*

Quelques mois plus tôt

Gap – Cour d'assises

« Maître, la parole est à la partie civile. »

L'avocat Jacques Girod se leva, poings et bras à la verticale en guise d'appui. Sa fine silhouette avait bien du mal à se redresser. Le poids des années peut-être, plus sûrement un mal de dos intraitable qui se rappelait à lui de temps à autre. Sous son apparente bonhomie se cachait un regard madré et perçant. La salle était bondée, prête à s'enflammer à la moindre de ses formules. C'était la première fois que le plus célèbre des défenseurs lyonnais plaidait dans un si petit tribunal, mais cela n'avait pour lui aucune espèce d'importance. Entre une interview pour le quotidien régional et une conférence à l'université voisine, il avait tenu à intercéder pour cette cause qui lui tenait particulièrement à cœur.

Tandis que des confrères tels que Lombard, Collard ou Dupond-Moretti refusaient systématiquement de se déplacer pour des affaires sans grand retentissement, lui, avait sauté sur l'occasion. Depuis trois ans, Jacques Girod s'investissait corps et âme dans l'association Enfants de Tout Horizon, une O.N.G. venant en aide à des orphelins du monde entier.

Sur le conseil avisé de ses amis politiques, il s'était entouré d'un expert en communication afin de travailler son image, espérant obtenir une reconnaissance que l'Union Internationale des Avocats s'obstinait à lui refuser. Jacques Girod voyait loin, pour lui et pour son fils Guillaume. « Paris est la France, la France est Paris », ne cessait-il de répéter. La toute récente ouverture de ce nouveau cabinet, situé sur les Champs-Élysées, était la première pierre d'une longue stratégie.

Le procès de ces trois jeunes saint-cyriens ne l'avait guère passionné jusqu'ici. Pas plus d'ailleurs que les médias nationaux. Les radios n'avaient pas daigné faire le déplacement, quant à la télévision, une seule et unique chaîne d'information couvrait l'événement.

Des fils de bonne famille complètement saouls avaient profité d'un week-end à la montagne pour se livrer à une véritable chasse à l'homme, tuant de pauvres migrants venant de passer la frontière.

Avançant d'un mètre, puis d'un autre, Girod fit face aux jurés. À voir l'air grave sur leur visage, il se remémora les propos de son vieux professeur de faculté qui répétait inlassablement : « Votre plaidoirie doit être digne d'un acteur de théâtre. »

« Monsieur le président, mesdames et messieurs les magistrats, mesdames et messieurs les jurés, nous arrivons au terme de ce procès. Enfin ! car avouons-le, c'est un soulagement pour nous tous. Vous allez devoir rendre votre verdict et autant vous dire que je n'aimerais pas être à votre place. Regardez-les ! Observez-les ! Ne sont-ils pas quelque part rassurants ? N'aimerions-nous pas avoir Valentin Dumont, Hippolyte Girardin et Maxime Russot pour fils… »

Figeant l'attention d'une femme plus âgée :

« … ou pour gendre ? »

Longeant la rambarde en bois, il avait un regard pour chacun d'eux. Le parfait silence qui l'accompagnait était quasi religieux.

« Tout à l'heure, et n'en déplaise à nombre d'entre vous, la défense plaidera l'égarement, l'erreur de jeunesse, l'alcool ou la drogue qu'avaient consommés en abondance les prévenus dans la soirée du drame. Ils vous réclameront même la plus absurde des clémences. Seulement… seulement… »

L'éloquence du discours prit le pas sur le déroulé de sa pensée :

« … seulement, et je vous le dis avec toute la conviction qui est la mienne en cet instant, aucune circonstance atténuante ne doit être octroyée à de tels monstres, car les trois accusés ici présents ont commis le plus odieux des crimes. Et justice doit être rendue ! »

L'attaque était redoutablement efficace. Citant tantôt Aristote, Zola ou la Bible, Jacques Girod jouissait d'une rhétorique envoûtante qui atteignait parfois le paroxysme.

« Qu'ont bien pu faire de si répréhensible Bassem ou Naël en ce soir d'hiver ? Et que leur reprochait-on d'ailleurs ? Leur origine ? Nul doute ! Leur couleur de peau ? Évidemment ! Doit-on blâmer de jeunes garçons vivant dans la misère de vouloir rejoindre notre eldorado occidental ? Doit-on être condamné à mourir parce que l'on naît du mauvais côté de la barrière ? De grâce, j'espère que non ! Cette France des droits de l'Homme où l'on mange à sa faim, cette France de la liberté où l'on peut s'exprimer sans être jeté en prison est-elle devenue à ce point intolérante ? Il est grand temps que notre pays redéfinisse ce qui faisait sa force. »

Il marqua un temps d'arrêt, nécessaire à l'ajout d'une certaine tragédie dans sa plaidoirie.

« La France de Victor Hugo ou de Molière, mais aussi d'une immigrée telle que Marie Curie, est-elle devenue inaccessible pour un citoyen du monde ? Ce sera à vous d'en juger et j'ai confiance en votre discernement. »

Il marqua une brève pause avant de reprendre :

« À 23 heures, les deux jeunes cousins ont bravé l'épuisement, le froid et la neige qu'ils découvraient pour la première fois de leur misérable vie. Et comme si cela ne suffisait pas, ils ont eu droit à la plus infâme des cruautés, celle d'une nature humaine sans foi ni loi. »

Jacques Girod désigna le box des prévenus de son bras tendu. Le dégoût se lisait sur son visage.

« Ce que vous avez fait est immonde. Vous avez anéanti ce qu'il y a de plus précieux chez un enfant. Son rêve ! Car voyez-vous, messieurs, le rêve, lui, n'a pas de frontières ! »

Cette métaphore entre le rêve et l'enfance se passait de commentaires, touchant de plein fouet la sensibilité de chacun des jurés.

Il porta enfin l'estocade finale :

« Naël et Bassem étaient des anges envoyés par Dieu. On ne tue pas les anges sans risquer de s'attirer la sentence divine ! »

Guillaume observait son père dans les moindres détails. Sapristi, avec une telle force de conviction dans le regard, il n'était pas prêt à déposer les armes ! Admiratif, il nota sa posture : avec sa main droite posée ainsi sur la hanche, on aurait dit un empereur romain !

15

Paris – Gare de Lyon

Achille connaissait les moindres recoins de ce labyrinthe souterrain, mais ça ne l'empêchait pas de faire preuve de la plus grande prudence. La dernière porte coupe-feu était particulièrement lourde. De l'autre côté, Simone Hérault, la célèbre voix de la SNCF, distillait toutes sortes d'informations aux voyageurs. Nous avions donc investi les couloirs invisibles de la gare sans que je m'en rende compte.

« Ouh ! C'est quoi ça ? »

Un horrible rat venait de slalomer entre mes jambes. J'eus à peine le temps de m'en remettre qu'un second déboula de derrière. Une main bien calleuse se posa sur mes lèvres pour étouffer mon cri.

« Chut ! Vous voulez vraiment qu'on se fasse choper ? Alors maintenant, écoutez-moi bien : vous allez entrer là-dedans, qu'il y ait un rat ou un fantôme. C'est bien compris ? »

*

Paris – Gare de Lyon – Hall 3

Lorsque l'on se rend à la gare avec deux bonnes heures d'avance, on a tout le loisir d'aller s'acheter un journal et de s'installer à la terrasse d'un bar pour y prendre un café. Parcourant la une de *L'Équipe* avec attention, Serge Guiguet levait de temps en temps les yeux pour les poser tantôt sur l'écran annonçant les trains, tantôt sur son portable afin de vérifier sa messagerie.

*

Paris – Gare de Lyon

« Tout s'est bien passé jusqu'ici, mais là nous allons être à découvert. Alors, vigilance ! »

Sans ajouter un mot, Achille ouvrit le tableau électrique et trifouilla derrière un disjoncteur, pour en extirper un laissez-passer, très certainement égaré par un agent d'entretien.

Ne connaissant pas les lieux, je lui faisais entièrement confiance.

Il sortit le premier.

J'attendis un signal de sa part, qui ne tarda pas à venir. Passer de l'obscurité à la lumière ne fut pas chose aisée. Je plissai les yeux comme une enfant éblouie par le soleil. Pas un badaud à l'horizon.

Je le rejoignis sans attendre à la porte située juste en face. Prenant toutes les précautions d'usage, il glissa la carte magnétique dans le lecteur vertical et s'engagea dans l'ouverture. Je le suivis.

Achille referma la porte d'un coup sec et énergique pour la reverrouiller. Nous descendîmes des marches en acier galvanisé. Elles étaient si raides que je dus m'accrocher à la rampe afin de ne pas trébucher.

« Voilà, c'est ici.

– Quoi donc ? »

Il se dirigea vers le fond de la salle et repoussa une antique chaudière au prix d'un effort considérable. La pièce était sombre et sentait le fioul à plein nez. Il se courba, déplaçant une vieille plaque du sol à l'aide d'une robuste tige en fer.

« À vous l'honneur !

– Vous voulez que… »

Il se mit à rire.

« Que vous descendiez, oui ! C'est l'ancienne cuve qui chauffait les bâtiments. Depuis, ils sont passés au gaz, mais ils ont conservé l'endroit sans se soucier de savoir… »

Il s'arrêta net. Espérant peut-être que je découvre la suite par moi-même.

« Prenez ça. Vous en aurez besoin. Et faites attention aux barreaux, ils sont glissants. »

Munie de la lampe torche qu'il venait de me tendre, et jetant un bref coup d'œil dans l'obscurité totale de l'ouverture, j'osai un timide :

« Vous ne venez pas ? »

Mon vagabond se mit à sourire, heureux de son petit effet.

« Je ne serai pas loin, rassurez-vous. »

J'entamai la descente de l'échelle, assurant chaque pas. À mi-parcours, un doute m'envahit soudain. Et si c'était un piège ? Si c'était *lui* le kidnappeur et qu'il faisait tout ça pour me séquestrer à mon tour ?

Tête vers le haut, j'observai durant plusieurs secondes son regard qui n'était en rien celui d'un homme malhonnête, puis décidai de poursuivre. Avant de poser un pied sur le sol, j'éclairai le fond du conteneur d'un rapide balayage.

« C'est quoi ça ? Il y a du sable là-bas. »

La fine pellicule couvrant le sol tendait à prouver qu'il restait du combustible.

« Ben, c'est normal. Ils font ça pour neutraliser le fioul. »

Le monticule gris visible un peu plus loin ne m'inspirait guère. Un pas après l'autre, je progressai lentement, redoutant par avance ce que j'allais y découvrir.

Un effluve écœurant me souleva l'estomac. Mon cœur s'emballa, si vite et si fort que j'éprouvai un mal fou à respirer.

« Oh, mon Dieu ! »

Derrière cette butte gisait un cadavre, ou du moins ce qu'il en restait. Ma première réaction, un réflexe primaire, fut de m'éloigner lentement à reculons de cette vision d'horreur. Entre l'odeur insoutenable de pourriture et cette sensation de chaleur suffocante, une violente nausée me submergea. Je luttai pour ne pas m'effondrer. Creux du bras sur le nez, j'attendis que la vague passe, puis avançai de nouveau, happée par l'insoutenable nécessité d'en avoir le cœur net : était-il possible que Dimitri… ?

À première vue, il s'agissait d'un très jeune enfant. Presque un nourrisson. Son visage était mutilé et dans un tel état de décomposition que je ne pus le regarder plus longtemps. Il devait avoir un an maximum. Une pensée dont je n'étais pas très fière traversa mon esprit : *Dieu merci, ce n'est pas Dimitri.*

Mon vagabond vint aux nouvelles. Je faillis avoir une attaque. Sa voix caverneuse résonnait comme dans un tombeau – et en un sens, c'en était un. Je revins sous la trappe.

« Il y a un cadavre là-dedans ! Un enfant… Faut prévenir la police, fis-je d'une voix chevrotante.

– Ah, vous voyez ! Je vous l'avais bien dit qu'il se passait des choses pas très catholiques. »

Il y eut un silence, puis il dit tout bas :

« C'est votre petit ? »

Je répondis par la négative en secouant la tête de gauche à droite.

Soudain, un claquement de porte.

« Bougez pas, je vais voir », fit Achille.

Torche en avant, j'explorai chaque recoin de la cuve, découvrant détritus et excréments séchés. Des sacs en plastique contenant des vêtements roulés en boule jonchaient le sol. L'un d'eux attira mon attention. Un pull bleu marine était posé sur le dessus. Mon sang ne fit qu'un tour. Pas de doute possible, c'était celui de Dimitri !

À la surface, un vif échange entre Achille et un individu éclata soudain. Le verbe haut, mon vagabond semblait justifier sa présence dans ce lieu. Je prêtai une oreille attentive à cette altercation, m'approchant prudemment de l'échelle tout en éteignant la lampe.

Tout à coup, la détonation d'une arme à feu me fit sursauter. Elle se prolongea jusqu'aux entrailles de la cuve, m'encerclant avec force et résonance. Dans la seconde suivante, le bruit d'un talon cognant le sol. Ce n'était pas Achille, ah ça non ! Précipitamment, je me glissai derrière l'échelle, pour éviter d'être à découvert. L'individu utilisa la lumière de son téléphone portable pour éclairer l'intérieur de la cuve.

« Y a quelqu'un ? »

Mon front suait à grosses gouttes. D'une voix douce et précautionneuse, il réitéra sa question, à laquelle j'opposai le plus lourd silence. Sur l'une des parois, je distinguai l'ombre de ce qui ressemblait au canon d'une arme. Il resta planté là durant deux interminables minutes, escomptant un geste, un bruit pouvant l'aiguiller sur une autre présence, mais tapie dans l'obscurité, je ne bougeai pas d'un centimètre. Jamais de ma vie je n'avais ressenti une telle angoisse. Mes muscles se tétanisaient au fur et à mesure de mon immobilité, allant jusqu'à me déclencher de terribles crampes. Quant à mon cœur, il battait si vite que j'étais prise de tachycardie. Un talkie-walkie cracha :

« *Patrick !* »

Maintenant, je connaissais au moins son prénom. S'agissait-il d'un surveillant ? Il éteignit son appareil. À distance et avec une concentration inébranlable, je suivis le moindre de ses mouvements. Je sus ainsi qu'il simula un départ précipité, car, bien que morte de trouille, j'étais certaine de n'avoir entendu aucun claquement de porte. J'en eus la confirmation quelques instants plus tard, lorsqu'il revint à son point d'ancrage. Sa démarche ne me semblait plus du tout aussi énergique. Il soupira longuement avant de reprendre son souffle et de lâcher :

« Mon salaud ! »

La projection de son ombre sur les parois me permit de discerner non pas un, mais deux hommes désormais. C'était très étrange. Je n'allais pas tarder à découvrir son complice, car dans un mouvement de bascule, il jeta un corps dans la cuve.

Achille !

Le vagabond dégringola de trois bons mètres et heurta le fond, tête la première. Je me retins de crier. Un rat entreprit de venir renifler le bas de ma cheville.

De grâce, faites que ce cauchemar s'arrête !

Dans l'instant suivant, l'accès à la cuve se referma.

Plongée dans le noir le plus total, je balançai ma jambe sur le côté, faisant couiner et déguerpir le rongeur.

J'attendis quelques secondes, puis rallumai ma torche pour me précipiter sur la dépouille du mendiant.

« Achille ! Achille ! »

Je compris aussitôt que c'était sans espoir. Il avait rendu son dernier souffle dans l'indifférence générale. Sa main droite, entièrement recouverte de sang, serrait encore la tige de fer qui visiblement n'avait pas servi à le défendre.

Soulagée de m'en être sortie, je tentai de reprendre mes esprits, songeant que si Diane était à mes côtés, elle m'abreuverait de conseils en tous genres sur la gestion de mes émotions.

Peu à peu, le stress laissa place à une grande détermination.

Appeler la police ! Faut que j'appelle la police !

Évidemment, pas de réseau. Posant la torche au sol, je grimpai sur les barreaux de l'échelle et tentai de repousser l'épaisse plaque de métal. Je m'y employai à deux bras, puis avec toute la force de mes épaules, renouvelant plusieurs fois l'effort. Par miracle, elle se souleva soudain.

« Laissez-moi donc vous aider, madame Guenver. »

De miracle, il n'y en avait point eu : le Patrick en question m'avait grandement facilité la tâche. En guise d'accueil, il pointa son arme contre mon front et m'invita à sortir.

« J'aurais dû m'en douter ! lançais-je.

– Étonnée ? »

Le fameux Patrick n'était autre que l'opérateur en chef du poste de surveillance et collègue de Noémie. Dès lors, je compris mieux la prudence d'Achille dans l'enceinte même de la gare. En revanche, ce que je n'eus pas le temps de comprendre, ce fut la gifle monumentale qu'il m'envoya, suivie d'un terrible coup de poing dans le ventre. Pliée en deux, allongée sur le béton, j'étais complètement sonnée.

Mes yeux fixaient la première marche de cet escalier métallique situé en face. Suivant mon regard, il s'en amusa :

« N'y songez même pas. À moins que vous ne souhaitiez subir le même sort que lui. »

Éjectant une bave de sang, toussotant entre deux mots, je tentai d'entamer le dialogue. Il fit preuve d'une certaine mansuétude.

« Croyez-le ou non, je suis aussi embarrassé que vous par sa mort. Je l'aimais bien, Achille, et j'aurais voulu l'épargner, mais il y a un moment où ça devient trop dangereux. »

Les mains jointes entre les cuisses, je me recroquevillai comme un animal cherchant un peu de chaleur. Il enfonça ses doigts dans mes cheveux, au centre de mon crâne, et me bascula violemment la tête en arrière.

« À nous deux, maintenant ! »

16

Paris – Gare de Lyon – Hall 3

Serge jeta un œil sur l'écran des horaires. Il plia son journal, le rangea dans son sac, et se leva pour aller déambuler dans l'allée centrale. La marche était un excellent exercice de méditation. Finalement, il y avait assez peu de différences entre le métier de gendarme et celui de journaliste. La violence du quotidien et les rapports conflictuels n'étaient peut-être pas du côté que l'on croit.

Il consulta son téléphone et le replaça dans sa poche.

*

Paris – Gare de Lyon

Patrick ne goba pas un instant mon histoire d'amie se languissant dans un bar.

« Je vous ai suivie sur la caméra de contrôle depuis ce matin. Vous êtes seule, et le temps que l'on vous retrouve, les rats auront déjà fait leur œuvre. »

Il s'imagina sans mal la scène, si bien qu'hilare, il détourna son attention. Dans un mouvement de la dernière chance, je me précipitai sur l'escalier en colimaçon, sautant sur la troisième marche. Un coup de feu m'explosa les tympans. L'ordure n'avait pas menti, n'hésitant pas un instant à faire usage de son arme ; cependant, il ne m'avait pas touchée. Le souffle court, j'accélérai, concentrée sur ma survie. Dans mon dos, sa foulée faisait trembler toute la structure métallique.

Très vite, sa respiration parvint jusqu'au creux de mes reins. Il m'avait rattrapée avec une insolente facilité. Ne restait plus que quelques mètres…

Il parvint à agripper mes cheveux et tira dessus avec férocité. Qu'importe la douleur, je me débattis avec l'énergie du désespoir, enfonçant la porte de sortie à l'aide du genou.

L'opérateur en chef enroula son bras ferme autour de ma taille, posa son autre main sur ma bouche, et me souleva comme une plume, décollant mes pieds du sol.

Tandis que je gesticulais comme une enragée, Patrick jeta un regard à droite, un autre à gauche, et en seulement deux pas, m'entraîna de nouveau dans son terrier tel un animal se retirant avec sa proie. La déveine voulut que personne ne sembla être témoin de notre lutte.

Molestée sans ménagement, je n'étais plus à même de me défendre. Il dévala l'étage tandis que mon corps cognait le moindre obstacle. À proximité de la cuve, il me laissa tomber comme un sac de pommes de terre. Une brève mais violente frappe dans le flanc eut raison de ma respiration. Rampant aussi vite qu'un escargot, je sentais son âme de prédateur au-dessus de ma tête.

« Où vas-tu comme ça, espèce de garce ? Hein ? Qu'est-ce que tu crois, que tu vas mettre en péril toute notre organisation ? »

J'avais au fond de la gorge et dans le palais tout entier, ce goût si particulier de sang. Ma lèvre supérieure enflait à vue d'œil, mais rien ni personne ne pouvait entraver ma progression vers la sortie. Quitte à mourir, autant en décider le lieu !

Particulièrement agité et nerveux, il continuait à déverser son flot d'injures. Son énième « putain de salope ! » fut bientôt ponctué d'un énorme shoot dans les lombaires.

*

Paris – Gare de Lyon – Hall 3

Adossé à un pilier, Serge vérifia l'appel en absence signalé sur son écran d'accueil : c'était Mathilda. Le téléphone coincé entre son oreille et sa clavicule, il attendait qu'elle décroche quand, à une vingtaine de mètres de là, son attention fut captée par une jeune femme cherchant à s'échapper précipitamment d'une zone privée, avant d'être happée par un homme.

La voix de son épouse se fit entendre :

« Tu es dans le train ? »

Sidéré par la scène qui venait de se dérouler sous ses yeux, le journaliste resta sans réaction.

« Serge, tu m'entends ? »

Il raccrocha sans un mot et rangea machinalement son smartphone. Il analysa la situation : ni agent de surveillance ni militaire. Quelle poisse !

En d'autres temps, il serait intervenu sans réfléchir, mais ses réflexes n'étant plus ce qu'ils étaient, il hésita.

*

Paris – Gare de Lyon

Patrick posa sa grosse semelle sur mes phalanges et se hissa dessus, dans l'espoir de les broyer. Je n'eus même pas la force de hurler. Jambes dehors, haut du corps dans la cuve, ma dernière pensée fut pour Dimitri. J'aurais tant voulu le secourir, mais au lieu de cela, je m'étais perdue moi-même.

« Tu veux rejoindre Achille ? Bouge pas, je vais t'aider. »

D'un pied appuyé sur ma hanche, mon agresseur me précipita en avant. La dégringolade fut expéditive. Les mains sur le visage en guise de protection dérisoire, j'atterris violemment sur le ventre, dans une douleur insoutenable qui irradia tout mon corps.

« Tourne-toi. J'ai horreur de tirer dans le dos d'un adversaire. »

Bien qu'en souffrance, je fis un effort surhumain pour me retourner et pour soutenir son regard. Un dernier signe de révolte, une façon ridicule de lui montrer qu'il ne m'avait pas entièrement vaincue. Puis j'attendis la mort.

Il ferma un œil et arma son calibre. Si près, il ne pouvait certainement pas me rater, mais voilà que, tout à coup, un inattendu et providentiel plaquage provenant de la gauche le balaya telle une tornade. Son 6.35 mm lui échappa des mains, percutant chaque barreau de l'échelle pour finir par s'échouer sur le sol.

J'étais malheureusement trop faible pour m'en emparer.

Au-dessus, l'affrontement entre deux hommes faisait rage. Je ne distinguais rien de l'autre individu, si ce n'était peut-être ses cheveux grisonnants qui apparaissaient furtivement, passant successivement de l'ombre à la lumière. Ils se rendaient coup pour coup, allant jusqu'à flirter avec le bord de la cuve, et finirent par y tomber simultanément, l'un entraînant l'autre dans sa chute. J'eus à peine le temps de déporter mon corps endolori sur le côté, évitant de justesse ces deux masses.

Durant plusieurs secondes, il y eut comme un flottement dans l'air. L'individu aux cheveux gris avait poussé un gémissement et ne bronchait plus. Quant à Patrick, il fut le plus prompt à reprendre ses esprits et ramassa son arme. Promenant ma main à l'aveugle, rapidement, je rencontrai le bras d'Achille.

« Voilà ce qui arrive quand on veut jouer les héros. »

Il visa le pauvre homme venu à mon secours et lui tira une balle dans le torse. Puis il se porta à ma hauteur, se courbant afin que je discerne l'expression de son visage sombre et féroce. Il pointa son arme à seulement quelques centimètres de mon front. Dans un réflexe aussi incroyable qu'imprévisible, je dégainai la tige en fer subtilisée un instant plus tôt des doigts de mon vagabond, et la lui plantai dans le cou.

« Ça, c'est pour Achille ! »

Le sang ne tarda pas à jaillir de la carotide. Ces grands jets successifs me confortèrent dans l'idée que je n'avais pas raté mon coup…

… et pourtant il retira la fine barre de métal comme si de rien n'était. L'instant fut troublant, mais de courte durée. Le fameux Patrick s'écroula sur les genoux dans une mare de sang et posa une main sur sa blessure – en vain.

Son dernier regard fut pour moi. Un regard d'étonnement face à cette ironie du sort. Son buste chavira d'avant en arrière et il s'écroula au sol. À cet instant précis, j'eus deux certitudes : je venais d'échapper à la mort… et pour la première fois de ma vie, j'avais tué un homme.

Mon sauveur anonyme se mit à gémir. Oh miracle, il respirait encore ! Malgré l'obscurité, son visage me disait vaguement quelque chose. Comme un air de déjà-vu.

Je m'approchai de lui en rampant.

Sa chemise maculée de sang ne présageait rien de bon. Il agrippa ma main tendue, la comprimant si fort sur sa plaie qu'il me fallut un moment pour comprendre qu'il me demandait d'arrêter l'hémorragie. Ce que je m'évertuai aussitôt à faire en attrapant un des habits abandonnés pour en faire une compresse sommaire.

Déjà plus d'un quart d'heure que nous étions prostrés ainsi. Le sang ne coulait plus à l'extérieur, mais voyant cet homme qui agonisait – certainement victime d'une hémorragie interne – je puisai dans mes dernières forces, espérant trouver le courage nécessaire pour passer à l'action. Coup d'œil sur les barreaux de l'échelle, je me lançai à l'assaut de cet Everest.

Je me traînai sur le sol comme un mollusque, gagnant mètre après mètre le droit de sortir de cet enfer.

Je parvins enfin à la sortie, repoussant cette porte pesant une tonne. De l'autre côté, l'agitation était rassurante.

Le visage et les vêtements maculés de sang, je faisais face à quelques voyageurs éberlués. Si un ou deux restèrent indifférents à ma détresse, un couple me vint en aide. Quelque chose d'inexplicable venait de se passer. Débarrassée de cette chape de plomb, rejetant une culpabilité qui me rongeait depuis des semaines, j'étais soudain redevenue… moi. Prise d'un instant de folie, je hurlai à travers le hall, mais aussi à la terre entière :

« JE SUIS VIVANTE ! »

17

Paris – Hôpital de la Pitié-Salpêtrière

La pointe de son stylo ponctua la phrase inscrite sur son carnet. Le capitaine Neves attrapa son téléphone et arrêta l'enregistrement.

« Il s'en est fallu de peu, cette fois. »

Le lieutenant Agnès Demare venait de faire son apparition. Il l'interrogea sur l'état de santé de Serge Guiguet. Les nouvelles étaient rassurantes, son état était stable, la balle n'avait touché aucun organe vital, plus de peur que de mal.

Neves reprit :

« Le vieil Achille s'appelait en réalité Albert Amouroux. Une figure dans le milieu des sans-abri. La police scientifique a bouclé les lieux et va inspecter le moindre recoin de la chaufferie. »

J'y allai de mon couplet :

« C'est incroyable que vous n'ayez jamais cherché de ce côté-ci. C'est bien le pull de Dimitri que j'ai trouvé dans le sac plastique ! »

Il consentit à le reconnaître, même s'il préférait s'en remettre à l'expertise de ses confrères. Neves avait employé à plusieurs reprises le terme de camouflet, car à coup sûr, c'en était un pour les enquêteurs. Nul doute que les journalistes en feraient leurs choux gras. À cette heure, on était en train de perquisitionner le domicile du chef opérateur Patrick Estre avec le secret espoir de remonter une piste sérieuse. Même si l'on ne me reprochait pas la mort de ce dernier, en revanche, les agents regrettaient fortement de ne pas pouvoir l'interroger. Son décès laissait planer son lot de mystères.

Mon téléphone vibra. Le visage de Guillaume s'afficha.

« Bon, ben, je vais vous laisser avec votre fiancé. Si d'autres détails vous reviennent en mémoire, vous connaissez mon numéro. Ah, une dernière chose : pour quelles raisons Achille vous a-t-il conduite jusqu'à la chaufferie ? »

Lors de notre échange, mon compagnon d'infortune avait fait allusion à des disparitions d'enfants de migrants dans l'enceinte même de la gare, mais il avait été si vague que je préférai ne pas jeter un trouble inutile.

« J'en sais rien. »

Les deux policiers quittèrent ma chambre tandis que Guillaume s'exclamait :

« Que c'est bon de t'entendre ! Comment te sens-tu ? »

Pour la seconde fois de l'après-midi, je détaillai ma rencontre avec Achille et l'agression dont nous avions été victimes. Après l'empathie vint le temps des reproches.

« Pourquoi mets-tu ta vie en danger ? »

Et me voilà repartie dans cette explication, inlassablement répétée, de la culpabilité dont je ne parvenais toujours pas à me défaire, de mon besoin de me rendre utile. Mais il refusa d'en entendre davantage.

« Alice, tu n'es pas de la police ! »

Ce reproche fut suivi d'un autre, plus cinglant cette fois, puis d'un autre encore. Bouche bée, je subissais son acharnement qui se répandait au fil des secondes tel un venin. Jamais jusqu'ici il ne s'était montré si cruel à mon égard. Je m'efforçai de ne pas lui en tenir rigueur, me répétant que cela devait être sa manière à lui de chercher à me protéger.

Allongée, un bras derrière la nuque, je suivais distraitement un programme de télévision sur LIV'TV, ressassant ma dernière conversation avec Guillaume que je ne parvenais pas à évacuer de mon esprit.

J'augmentai le son, espérant saisir l'analyse du présentateur Denis Clays, qui voyait en moi « une femme valeureuse ayant fait preuve d'un sang-froid exemplaire ». De belle-mère indigne et irresponsable, j'avais obtenu la rédemption d'un coup de baguette magique. Quel incroyable retournement de situation !

Un instant plus tard, il proposa de rejoindre en direct un envoyé spécial de la chaîne pour une interview exclusive de Serge Guiguet. Quelle ne fut pas ma surprise de reconnaître le visage de mon mystérieux sauveur, éprouvé par son opération ! Ce dernier remercia chaleureusement le public depuis sa chambre d'hôpital et se déclara touché par les nombreuses marques de sympathie. Journalistes, préfet, ministre de l'Intérieur, tout l'establishment parisien y était allé de son petit mot de reconnaissance. L'ancien capitaine de gendarmerie vivait son heure de gloire et comptait bien en profiter. Avant de livrer son récit, il rassura les téléspectateurs sur son état de santé, promettant un retour à l'antenne dans les plus brefs délais.

« Quel courage, Serge ! » ajouta le présentateur.

Le convalescent aborda la chronologie des événements avec la précision et la justesse qui le caractérisaient. Guiguet ne faisait jamais dans l'à-peu-près, tant et si bien que, par écran interposé, j'avais l'impression de revivre la scène en temps réel.

J'attendis la fin du reportage pour sortir de la chambre.

J'étais aussi empruntée et timide qu'une enfant rejoignant la salle des professeurs. Craignant de déranger, prête à rebrousser chemin, je toquai une première fois, mais sans conviction. Je dus m'y reprendre à deux fois.

« Entrez ! »

Sans doute fatigué de toutes les sollicitations dont il faisait l'objet, il n'avait pu s'empêcher de laisser échapper un soupir, mais lorsqu'il m'aperçut, son visage s'illumina, ce qui me procura un réel sentiment de soulagement.

« Oh, Alice Guenver !

– Bonjour, Serge, j'espère ne pas vous importuner, je viens prendre de vos nouvelles. »

À la seule force de ses bras et au prix d'une grimace épouvantable, il tira sur le triangle de la potence et se remonta en position verticale. Je le remerciai chaleureusement de son intervention dans la chaufferie et lui témoignai toute ma gratitude. Il me suggéra de prendre une chaise. Nous avions l'un et l'autre besoin de converser. Il se souvint de ce moment mémorable où les secours s'étaient chargés de remonter le brancard depuis la cuve à mazout et préféra en rire. Puis il ajouta que cette blessure par balle était la quatrième de sa longue carrière, avant de toutes me les passer en revue.

« Je vous ennuie avec toutes mes histoires. Avouez-le ! »

Je me gardai bien de répondre, mais esquissai un sourire.

« Dites-moi une chose, Alice, qu'est-ce qui vous fait dire que ce vagabond avait un lien avec l'enlèvement de Dimitri ? »

Personne jusqu'ici ne m'avait posé la question. Je tergiversai, refusant de parler des vidéos transmises par Noémie.

« Disons qu'il circulait dans la gare jour et nuit, et je me suis dit qu'il avait peut-être vu ou entendu quelque chose. J'ai eu de la chance, c'est aussi simple que cela. »

Le journaliste d'investigation était beaucoup plus perspicace que je ne l'imaginais, et je le voyais en train de chercher à discerner la part de vérité dans ce grotesque mensonge.

« Judicieux, en effet ! » me gratifia-t-il tout de même.

Achille – ou Albert Amouroux, de son vrai nom – s'était sacrifié pour moi, et je n'étais pas près de l'oublier. Serge reprit :

« Et l'autre homme ? Comment a-t-il su que vous étiez dans la chaufferie ? »

Je cherchai dans mes souvenirs, mentionnant son rôle de chef opérateur au PC sécurité et son affirmation selon laquelle il nous avait vus y pénétrer. Serge s'évertua à connaître les moindres détails de cet échange.

« Je me rappelle qu'il a parlé de ma présence comme d'une menace pouvant mettre en péril quelque chose. »

Il voulut savoir si j'en avais informé la police.

Léger hochement de tête de ma part.

À voir son œil vif, je pariai à cet instant que l'ancien gendarme au PICC avait supplanté le consultant de LIV'TV. Juste avant que je ne parte, il griffonna son numéro de téléphone sur un morceau de papier.

« Restons en contact, vous voulez bien ? »

Je me dirigeai vers la porte, mais il m'interpella :

« À mon tour de vous remercier pour tout ce que vous avez fait. Vous m'avez sauvé la vie et je vous en serai éternellement reconnaissant. »

J'agrippai la poignée de la porte et baissai les yeux, le cœur léger. Nous étions quittes !

Le Journal de Bab

J'étais si impatiente de t'écrire. Il s'est passé tant de choses depuis la dernière fois.

Ma vie est devenue un enfer.

Au lycée, il n'y en a que pour mon frère. On ne me connaît que comme « la sœur de Dimitri ». Je ne supporte plus tous ces regards. C'est comme si j'étais un animal en cage dans un zoo.

Heureusement, mes amies sont là pour me soutenir et faire fuir tous ces idiots.

Le seul côté positif ce sont mes notes. J'en arrive à me demander si elles ne sont pas remontées subitement suite à cet enlèvement.

Chaque minute qui passe me fait mal. Où es-tu, petit frère ? Cette année, pas de Noël, c'est trop triste sans toi.

Papa et maman sont passés en vedette l'autre jour dans une émission de télé. On dirait que ça les a rapprochés. Ils étaient si tristes que j'ai pleuré toute seule dans ma chambre au château, mais papi m'a proposé de l'accompagner à la chapelle et nous avons prié.

J'ai récité un Je vous salue Marie *pour la pauvre Alice aussi, car j'ai de la peine pour elle.*

Tout le monde oublie qu'elle a perdu son bébé. Et dire que je ne le verrai jamais !

Demain, c'est clinique des Lilas pour mes examens. Deux jours à me morfondre au fond d'un lit, mais heureusement, tu es là, mon journal. J'aurai tout le temps de te raconter ce que j'ai entendu chez papi l'autre jour.

Bab

P.-S. – Maman est toujours amoureuse de papa !

PARTIE II

Quel qu'en soit le prix

18

Tassin-la-Demi-Lune

La marche avait été organisée du côté de la place Bellecour, histoire de sensibiliser le public à la disparition de Dimitri dont on était malheureusement toujours sans nouvelles. Isabelle et Guillaume s'étaient retrouvés en tête de cortège, entraînant dans leur sillage plusieurs centaines de personnes acquises à la plus belle des causes. J'aurais pu me réjouir de cette initiative, mais le refus catégorique d'Isabelle de m'y voir avait douché mon enthousiasme, me replongeant dans des travers inéluctables. Elle n'avait pas digéré cette médiatisation de l'affaire dite « de la gare de Lyon », me reprochant de servir mes intérêts au détriment de ceux de Dimitri. Pauvre femme !

Errant dans la maison sans but précis, exclue, j'étais si attristée de la situation que je surmontais ma peine en abusant d'antidépresseurs. Certains jours, comme aujourd'hui, il m'arrivait de prendre le double de la posologie conseillée par Diane. En pareil cas, la seule personne en mesure de me remonter le moral était Amy, Amy Winehouse. Cela pouvait paraître paradoxal, car ce n'était pas la plus joyeuse des interprètes, mais son mal de vivre rejoignait le mien.

... I'll go back to black...

Le volume au maximum, plus rien d'autre ne comptait à cet instant. J'ouvris la porte-fenêtre du salon menant au jardin et m'arrêtai au pied du platane centenaire. Depuis ma plus tendre enfance, je considérais chaque arbre comme un sanctuaire, une forteresse imprenable où je pouvais me réfugier à la moindre occasion, fuyant la cruauté d'un monde dans lequel je ne me sentais plus à ma place.

Tout en retirant mes chaussures, j'évaluai la distance jusqu'à la première branche. Grimper aux arbres était pour moi une seconde nature. En l'espace de cinq minutes, je me retrouvai sur le toit du monde.

Ici, j'étais bien. Apaisée. Protégée. Contemplant le paysage, je goûtai une sérénité qui se refusait cruellement à moi depuis la disparition de Dimitri. Dans mon imagination, l'arbre était semblable à un corps dont les ramifications n'étaient que des prolongements de la destinée. Enfin assise, je caressai instinctivement ce ventre plat. Dans toute cette histoire, je m'étais oubliée, au point d'éluder ma propre douleur de mère ayant perdu son enfant et qui n'en aurait sans doute jamais plus. Personne ne s'était vraiment soucié de mon sort. Quelle injustice !

Sans se préoccuper de moi et de mes états d'âmes, Amy continuait son tour de chant, enchaînant les titres comme une complainte empreinte de détrésse.

*

Orléans

Alain ajusta sa perruque dans le miroir de l'entrée et se dirigea vers la cuisine. La sonnerie du micro-ondes indiquait que le récipient était à bonne température, mais il vérifia quand même en y plongeant le majeur.

Bras écartés, l'assiette dans une main, un verre d'eau dans l'autre, il descendit les escaliers menant jusqu'à la cave, prenant soin de se courber pour ne pas se cogner à la voûte en béton. Les escarpins n'étaient pas ses chaussures favorites, mais pour rien au monde il n'aurait négligé ce détail. Il tenait si bien son rôle que ses hanches accompagnaient son mouvement gracieux, comme un mannequin défilant sur le podium d'un grand couturier. Posant le contenu sur l'établi, il fit face à la grande armoire en bois et se glissa entre le panneau arrière et le mur, repoussant l'imposant meuble. Il stoppa son effort lorsque la trappe métallique d'un mètre de circonférence apparut. Cette planque avait été élaborée durant la Seconde Guerre mondiale par le célèbre résistant orléanais surnommé « Le fâcheux ». C'est ainsi qu'il avait pu échapper durant des mois à la Gestapo. Tout naturellement, Alain Bernet avait imposé à ses parents de la garder intacte.

L'humidité devenait un problème, et de la rouille orange et noir commençait à se répandre sur l'ensemble. Il souleva le lourd panneau. L'intérieur était plongé dans l'obscurité, aussi il y entra torche en avant. Il songea que son accoutrement de vieille femme devait faire peur à un si jeune enfant, mais c'était sa meilleure garantie si par malheur il se faisait arrêter.

L'endroit était exigu. Seule une minuscule ampoule accrochée à mi-hauteur servait à éclairer les lieux par intermittence. Impossible pour quiconque de savoir si c'était le jour ou la nuit. Il orienta sa lampe sur les recoins du réduit et posa un mouchoir devant son nez. Cette odeur de désinfectant chatouillait ostensiblement ses narines sensibles.

« Ah, tu n'as pas bougé ! » constata-t-il.

Recroquevillé sur une paillasse de fortune, les yeux ouverts, le gamin ne réagissait plus, comme « éteint ». Alain Bernet, déguisé en Madeleine, s'accroupit, remuant sa main à quelques centimètres de ce visage d'angelot.

Quel était donc ce point qu'il regardait fixement ?

Dans son dos, un homme arborant un collier de barbe et des tatouages sur l'épaule gisait dans la baignoire. Sa figure brûlée à l'acide le rendait méconnaissable. Ses bras ballants et son crâne en arrière semblaient indiquer qu'il se reposait dans son bain, mais il n'en était rien. Alain observa le gamin.

« C'est lui qui te gêne ? Je vais t'arranger ça. »

Le travesti se releva et agrippa le baigneur par le cuir chevelu, l'immergeant d'un coup sec dans l'extrait de javel. On avait beau dire que le chlore permettait d'atténuer les odeurs, il n'empêche que ça sentait toujours aussi mauvais.

*

Lyon

Marc ouvrit la porte, m'accueillant avec toute la courtoisie due à sa fonction, et me déchargea rapidement de mes affaires personnelles. D'aussi loin que je me souvienne, le majordome avait toujours été aux petits soins, mais jusqu'alors je n'avais jamais prêté attention à la dimension impressionnante de ses mains. Pour le personnel de la famille Girod, j'étais « la fiancée de Guillaume », et bien que cette gratification m'échappe, elle avait une réelle signification à leurs yeux. Approchant les deux mètres, son visage était si creusé que l'on aurait dit le célèbre croque-mort de la bande dessinée *Lucky Luke*.

Dès mon entrée dans le salon, je reconnus avec nostalgie le grand piano à queue, me remémorant ce jour de Noël où toute la maisonnée s'était réunie autour d'un Dimitri jouant ses premières partitions.

Jacques Girod vint me saluer. Il avait la mine radieuse. Ses mains entourèrent mes épaules, et il m'embrassa comme un père retrouvant sa fille. Ce veuf venait de fêter ses 72 ans, mais il ne faisait pas son âge. En maître des lieux, il prit soin de me présenter aux invités. Je le remerciai de cette attention, mais il s'arrêta brusquement :

« Écoutez, Alice. Je sais que vos rapports avec Isabelle ne seront jamais ce que vous espérez, mais laissez-moi vous dire ceci. Ma défunte épouse et moi avons toujours apprécié votre famille. Votre maman était une femme formidable, quant à votre père, je le considérais comme un ami. Vous accueillir comme la future épouse de mon fils est ce qu'il pouvait nous arriver de mieux. Que cela plaise ou non à Isabelle. »

Son propos fut accompagné d'un large sourire. Je me sentais réconfortée. Voilà qui avait le mérite d'être clair ! Il poursuivit :

« Votre absence à la marche de ce matin n'est pas de ma responsabilité, et votre place est parmi nous. »

Les yeux embués par le chagrin, son émotion semblait intense.

« Nous formons une famille. Vous savez à quel point ce mot a une signification pour moi. Et une famille, c'est indivisible. »

Sa douceur était le meilleur des remèdes. Depuis mon hospitalisation, ma sensibilité s'était terriblement accrue – une réaction normale, selon Diane –, si bien qu'une larme coula le long de ma joue.

« Eh bien, eh bien… qu'est-ce que je vois là ? Jacques, tu n'as pas fini de faire pleurer cette jeune femme ?

– Alice, laissez-moi vous présenter mon vieil ami Sharon, Sharon Hafari. Il est de passage dans notre belle ville de Lyon et nous a fait l'honneur de se joindre à nous. »

Jacques s'éclipsa sur le côté tandis que l'autre dégainait une main ferme. Il était de taille moyenne mais à la carrure d'épaules large. Cheveux châtains et yeux noirs, sa peau bronzée avait un avant-goût de soleil. C'était un individu à l'allure bien nette qui devait certainement prendre grand soin de lui.

« Enchanté, mademoiselle. On m'a beaucoup parlé de vous.

– En bien, j'espère ! »

Le moins que l'on puisse dire, c'est qu'il fut surpris de ma réaction spontanée et irréfléchie. Bon sang, mais quelle conne ! J'étais en présence de deux hommes charmants et d'une classe folle, et voilà que je n'avais rien trouvé à dire de plus approprié. Courtois, il ne me tint pas rigueur de cette maladresse et engagea la conversation.

C'était étrange, j'avais comme une impression de déjà-vu. Un peu comme si j'étais touchée par ce phénomène troublant de paramnésie. Je n'écoutais plus, m'évertuant à comprendre où j'avais pu vivre pareille scène.

« Messieurs, puis-je disposer de ma fiancée ? »

Guillaume entoura mes hanches comme si de rien n'était. Il m'éloigna du duo, préférant me conduire à l'écart d'oreilles indiscrètes. Je n'avais pas spécialement envie de lui parler, mais une fois encore il trouva les mots :

« C'est si bon de te voir ! Merci d'être venue. »

Il fit signe à l'employée de maison. Plateau en argent à moitié plein, elle ne proposait que champagne et vin pétillant. Il souleva une flûte, juste le temps pour moi de saisir un comprimé enfoui dans ma poche. Il releva néanmoins le geste.

« C'est quoi ? »

Je l'avalai d'un coup sec et lui souris exagérément. Cette provocation fut loin d'être à son goût, mais il n'eut pas le temps de réagir, car un convive approcha.

« *Oh, Guillaume, i was looking for you everywhere*[1] *!* »

Tous deux me plantèrent comme une vieille chaussette.

Jacques accueillit le préfet de Région à bras ouverts. Je ne connaissais pas le quart des personnes présentes. La plupart étaient des amis, des voisins, des collègues de travail d'Isabelle ou de Guillaume et prenaient grand soin de m'éviter. Malgré les derniers événements qui redoraient légèrement mon blason, j'étais passée à leurs yeux du statut de pestiférée à celui de simplement infréquentable.

Partir maintenant n'aurait fait que donner raison à toute cette horde d'âmes bien-pensantes. J'avais cependant besoin d'air. Sans doute le champagne, mais plus sûrement ce mélange audacieux de médicaments et d'alcool qui provoquait égarements et bouffées de chaleur à répétition.

---

1 Oh, Guillaume, je vous cherchais partout !

Je quittai la pièce à la hâte, parcourant la grande demeure bourgeoise. Jacques Girod n'y passait plus que la moitié de son temps, se partageant entre Lyon et son chalet de Haute-Savoie situé sur les hauteurs de Chamonix.

Mitoyen du célèbre parc de la Tête-d'Or, le domaine était magnifiquement arboré et fleuri avec goût. La plupart des arbres étaient tricentenaires et leur taille ne laissait guère de doute sur leur robustesse. Tête levée vers les nuages, je me laissai porter par le plaisir de flâner, respirant l'air frais, comme un alizé fouettant mon visage.

Soudain, j'eus le sentiment de ne plus être seule, l'impression d'être épiée. Mais, scrutant les alentours, je ne remarquai personne.

Voilà qu'un chemin de traverse s'ouvrit à moi, l'herbe y était haute et les quelques troncs d'arbustes fraîchement taillés représentaient un modeste obstacle à franchir. Je m'y engageai.

« Alice ? Alice, où es-tu ? »

Je reconnus sans mal la voix de mon fiancé s'époumonant sur le perron. Je renonçai pourtant à lui indiquer ma position, et poursuivis ma marche.

Le ciel s'assombrissait au fil des minutes, accompagné d'une humidité de plus en plus présente. Tout à coup, une biche à la robe marron clair déboula de derrière un buisson, me flanquant une trouille monumentale. Une fois remise de mes émotions, je continuai d'avancer. Me laissant guider par le hasard, slalomant au milieu de la végétation luxuriante, je parvins au bout du sentier, découvrant un vieux portillon en fer forgé orné de flèches verticales et pointues, encadré de deux murs en pierres de taille. J'essayai d'en forcer l'accès, mais sans succès.

À première vue, il s'agissait d'un cimetière familial, agrémenté d'une minuscule chapelle en arrière-plan. Les aboiements d'un chien me firent sursauter. Curieuse, j'actionnai la lampe torche de mon téléphone portable. Le bras tendu au travers d'une fente, je commençai à filmer malgré une mauvaise qualité d'image. Quelque chose se frotta à ma jambe, c'était le berger australien des Girod. Il était temps de faire demi-tour, mais à peine avais-je rangé mon smartphone que l'on m'interpella :

« Il fait bientôt nuit ! Vous ne devriez pas rester là, mademoiselle Alice. »

Je me retournai : avec un air sévère, Marc pointait un faisceau brillant sur mon visage.

« Je n'avais jamais vu cette partie du jardin. C'est un cimetière, n'est-ce pas ? »

D'un geste sobre et sans un mot, il me montra la direction du château, m'indiquant de couper à travers bois. Un sentiment d'insécurité m'envahit soudainement. Seule la présence du chien me rassura, si bien que je ne le laissai pas s'éloigner à plus de deux mètres.

Guillaume vint à notre rencontre.

« On te cherche partout !

– Oh, j'ai voulu visiter le parc et je me suis égarée. Heureusement, Marc est venu me chercher.

– Marc ? » s'étonna-t-il.

Voyant la surprise dans ses yeux, je compris qu'il y avait un problème. Je fis instantanément volte-face… pour constater que ce dernier avait disparu.

19

Paris

Avec un bon quart d'heure de retard, un café dans chaque main, le capitaine Neves poussa du bout de son pied la porte de la salle de réunion, prenant soin de ne pas renverser les gobelets en la refermant.

« Voilà pour toi ! »

Le lieutenant Demare le remercia et ils se mirent immédiatement au travail. Plus opérationnelle que son collègue masculin, la jeune femme exposa quelques éléments de contexte, rappelant la perquisition au domicile du chef opérateur, Patrick Estre.

Déversant un sachet de sucre dans son expresso, son supérieur l'interrogea :

« Qu'avons-nous appris ?

– Rien ! Casier vierge, mais des problèmes récurrents d'argent. Toujours à découvert, si bien qu'il quémandait mois après mois des avances au service comptable jusqu'au jour où…

– Où quoi ?

– Ben, jusqu'au jour où il a cessé d'en demander. C'était il y a sept mois. »

Inutile d'être un policier aguerri pour comprendre. L'arrêt des acomptes sur salaire pouvait parfaitement correspondre au début de ses petites combines. En presque trente ans de pratique, Neves avait élucidé toutes sortes d'affaires de stupéfiants ou de trafic d'armes, mais l'enlèvement d'enfant était une première.

« Les gares, c'est le lieu idéal. Pickpockets, drogue, prostitution. Pour dix euros, tu peux avoir une pipe dans les toilettes. On sait comment et par qui il a été recruté ? »

Le lieutenant ouvrit le dossier et en lut la synthèse.

« Impossible à savoir. C'était un habitué de Longchamp et il y passait tout son temps libre. Les courses, c'est vraiment un milieu particulier. Les gars ont indiqué dans leur rapport des centaines de tickets P.M.U. retrouvés dans son appartement. »

Neves exigea d'avoir une copie du dossier d'ici la fin de la journée.

« Que dit la scientifique ?

– Autant vous prévenir, ça ne va pas vous plaire. Dans la cuve, ils ont retrouvé des sacs contenant des effets personnels, un landau pour bébé démuni de roues ainsi que des couches usagées et des biberons ! »

Aussitôt, il cessa de se balancer sur sa chaise.

« C'est quoi, ces conneries ? »

À cet instant, l'un et l'autre s'imaginèrent la scène d'horreur. Neves poursuivit :

« On a identifié le corps ? »

D'après les légistes, il s'agissait d'un jeune garçon d'à peine un an, dont on ignorait tout. Sa disparition n'ayant jamais été signalée, il était impossible d'établir le moindre rapprochement. Néanmoins, les policiers échangèrent sur le fait que la cuve avait servi aux ravisseurs pour dissimuler Dimitri. Demare aurait bien ajouté son intuition selon laquelle plusieurs enfants avaient sans doute pu être confinés dans ce lieu maudit, mais elle s'abstint.

Souhaitant avoir les idées claires, le capitaine traça un trait sur le tableau blanc.

« Si l'on reprend tout depuis le début, nous avons : cuve à fioul = repère ; 1 nourrisson mort = inconnu ; opérateur en chef = caméra ; pull bleu marine = Dimitri Girod. »

Neves posa son marqueur et recula d'un bon mètre. Ils élaborèrent l'un et l'autre de nombreuses hypothèses.

« On sait maintenant que le kidnapping de Dimitri était prémédité et surtout comment il nous a échappé avec la complicité de cet enfoiré de Patrick Estre ; Dimitri a été dissimulé dans la chaufferie en attendant que l'on quitte les lieux. C'est pas l'œuvre d'un amateur, ça, je peux te l'assurer. Faut demander aux équipes de se farcir toutes les vidéos de la gare dans les heures qui ont suivi son enlèvement.

– Combien d'heures après, capitaine ?

– J'en sais rien, qu'ils se démerdent.

– Vous pensez que ça pourrait être…

– Quoi, La Demoiselle ? »

Raphaël Neves en balaya rapidement la possibilité. Cette psychopathe n'était pas assez stupide pour venir commettre ses méfaits en plein cœur de Paris et dans l'une des gares les plus fréquentées d'Europe. Et puis, selon les enquêteurs, La Demoiselle ne s'en prenait qu'aux filles et non aux garçons.

Un feuillet entre les mains, le lieutenant s'approcha du panneau et s'empara du feutre pour ajouter à la liste :

La Demoiselle = impossible.

*

Lyon

Il attendit que les portes de l'ascenseur s'ouvrent avant d'en retirer la clé de commande. Inutile de frapper à cette heure tardive, Myriam devait somnoler depuis un long moment. À son entrée, l'infirmière, un numéro de *Paris Match* dans la main, se leva du canapé. Jacques Girod lui fit signe de les laisser.

La chambre était spacieuse et aérée. Une idée de ce célèbre architecte parisien de démolir deux cloisons afin de libérer du volume pour les nombreux appareils médicaux dont la malade avait besoin.

Ultra-fonctionnelle, moderne, la pièce offrait tout le confort d'un hôpital à domicile. Rien n'était trop beau pour cette sœur chérie. L'aile était située au dernier étage de la demeure lyonnaise que l'on appelait communément « le château ». Et personne, pas même

Guillaume, ne pouvait y accéder sans l'autorisation du patriarche. La plupart du temps dans l'obscurité, seul le coin du lit était éclairé par une veilleuse indirecte.

La première chose qui attira son attention fut le tableau de Matisse, situé au-dessus de la causeuse, qui penchait légèrement sur la droite. Il le réajusta et vérifia la présence des infrarouges sur les caméras de surveillance. Chaque angle de la salle était équipé de capteurs. L'atmosphère humide était produite par un appareil tout droit venu d'Australie, aseptisant quatre-vingts pour cent de l'air ambiant.

Comme tous les soirs, il se chargerait de l'accompagner dans son sommeil comme si c'était le dernier. Le bruit des moniteurs couvrait le moindre de ses pas sur le parquet ciré. Myriam ouvrit les yeux. Elle avait dû sentir sa présence.

« Jacques ? »

L'avocat repoussa le fauteuil roulant sur le côté et s'approcha de la barre antichute de ce lit bien trop grand. Ses mains écartèrent les arceaux en plastique qui la protégeaient. Il se lamenta intérieurement de la maigreur de ses jambes, pas plus épaisses que des rouleaux à pâtisserie. Quant à ses longs cheveux gris, ils s'étalaient sur l'oreiller de chaque côté de sa tête, donnant une dimension particulière à ce portrait tout en dents.

Ses soupirs étaient aussi pénibles à vivre que son décharnement. On aurait dit un cadavre attendant la fin. Jacques vit que sa bouche était sèche, et il prit un verre d'eau pour l'hydrater. Elle aurait voulu boire jusqu'à la dernière goutte, mais il se souvint des reproches de l'infirmière sur ce point.

Il alluma la lampe de chevet, distinguant les vaisseaux sanguins sous la peau de ce visage anguleux. Il saisit délicatement la main de sa sœur, attentif à ne pas effleurer le cathéter.

« Comment te sens-tu ? »

Au vu de la situation, la question pouvait sembler dénuée de bon sens, mais entre le frère et la sœur, il ne s'agissait pas d'une simple formule de politesse. Elle cligna des yeux afin de s'éviter un effort inutile.

« Je viens de raccompagner le professeur Hafari à l'aéroport. Il t'a injecté des anticorps qui vont peu à peu se développer. C'est un traitement transitoire qui devrait te soulager. Il est encore trop tôt pour l'opération, Myriam. Chaque jour qui passe, je prie notre Seigneur pour qu'il te donne la force et le courage. Je t'aime. »

Tout en lui caressant affectueusement le front, l'avocat lyonnais y déposa un baiser. Ses paroles étaient réconfortantes, si réconfortantes d'ailleurs qu'elle serra très légèrement ses doigts. Elle avait entièrement confiance en ce frère aîné qui employait toute son énergie pour l'extraire d'une mort certaine.

« Bientôt, tu pourras reprendre ta vie comme avant. Bientôt, je te le promets. »

Il éteignit la lampe, mais juste avant de quitter la chambre, il embrassa la croix du Christ.

Jacques Girod se dirigea ensuite vers la chapelle avec une seule quête en son cœur : le pardon de son âme.

*

Tassin-la-Demi-Lune

Somnifère ou pas, enchaîner cinq heures de repos d'affilée devenait un exploit. Thé Sweet Love avec du miel, je m'installai au bar de la cuisine et repris ma lecture de la biographie de Simone Veil, sans réussir à me défaire de ce qui me rongeait à petit feu. J'allai finalement chercher mon ordinateur, et consultai le compte Facebook d'Isabelle. Elle y avait posté tout un tas de photos prises lors de la marche blanche, ponctuées de nombreux témoignages de soutien. Je surfai d'une fenêtre à l'autre, me lassant rapidement.

Je consultai mes e-mails. Sur la partie gauche de l'écran apparut le dossier transmis par Noémie avec les fichiers de la gare. Des images que je n'avais pas revues depuis plusieurs jours. Pourtant, je me rappelais l'emplacement de chacune des caméras. Tout à coup, la vision d'Achille me provoqua une incroyable crise d'angoisse.

Une fois calmée, je chaussai mes lunettes.

« C'est une histoire de dingue… »

J'ouvris toutes les séquences simultanément et m'attachai à chaque détail, cherchant une particularité qui m'aurait échappé lors de mon premier visionnage. Mais que de temps perdu ! C'en était si décourageant que je mis rapidement fin à l'exercice.

Reprenant mon carnet de notes, je remarquai ce point d'interrogation en face de la caméra CHV2-19. Pourquoi cette ponctuation ? C'était la vidéo sur laquelle apparaissaient les deux musiciens. Le pianiste était sur son siège, tournant de temps en temps la tête sur la gauche. Il semblait s'adresser au violoncelliste, debout à ses côtés. Rien d'anormal en somme. En zoomant exagérément, je pus distinguer le nom de leur groupe inscrit sur l'étui d'un instrument. L'autocollant indiquait « Vitamine Jazz Bohémian ».

L'individu au violoncelle avait tendance à déplacer ostensiblement sa volute vers le pianiste et à lui glisser quelques mots au passage. C'était très net à l'écran.

J'attrapai mon casque audio. Volume au maximum, je fermai les yeux, cherchant à reconnaître la mélodie. L'un et l'autre jouaient divinement bien, et malgré tout le vacarme environnant, je pris un certain plaisir à écouter cet air de musique classique. Délaissant toute autre considération, je me laissai bercer, relâchant ma tête en arrière, disposée à m'endormir. Cet interlude m'apaisa au point de me donner envie de retourner au lit. Mains sur les écouteurs, je m'apprêtais à les retirer lorsque je fus interpellée par une subite variation.

Au beau milieu du concert, les interprètes venaient de changer radicalement… de partition. Ce revirement soudain concordait très exactement avec l'arrivée des voyageurs en provenance de Lyon.

Étrange coïncidence !

Je réexaminai la bande vidéo. Très vite, je distinguai Barbara sur la gauche de l'écran à qui je demandais de prendre son sac à dos sur le ventre par peur des pickpockets. La musique était maintenant plus entraînante, plus enjouée aussi, si bien que Dimitri me suppliait d'approcher des musiciens.

Après un instant de réflexion, je tapai le nom du groupe dans la barre de recherche : Vitamine Jazz Bohémian. Il en existait trois. Le premier se produisait exclusivement en Belgique ; je l'éliminai d'emblée de ma liste. Le deuxième, basé aux Saintes-Maries-de-la-Mer, ne proposait ses services qu'aux familles manouches à l'occasion de fêtes religieuses. Quant au troisième, il ne possédait pas de site à proprement parler, mais un lien renvoyait sur des événements auxquels le groupe avait participé tout récemment.

Sur l'un des trop rares clichés, je ne comptai pas moins d'une vingtaine de membres, instruments en mains et sourire forcé. On aurait dit les Gipsy Kings, mais en moins chaleureux. Je tentai d'identifier les deux comparses de la gare, mais sans succès. Leur lieu de résidence était situé du côté de la Seine-Saint-Denis, en région parisienne.

20

Lyon – Bar restaurant Les Vieux Traboules

« Regardez-moi un peu qui vient nous rendre visite ? »

C'est par ces mots que Gabin m'accueillit à l'entrée du restaurant. Très vite, Valentine lui emboîta le pas et se précipita à son tour. Je n'avais pas revu la troupe depuis l'enlèvement de Dimitri, échangeant uniquement par e-mails avec le metteur en scène. Les autres membres m'invitèrent à la table, se serrant les uns contre les autres afin de me faire une petite place. Ils me proposèrent de prendre un plat, mais je refusai poliment.

Médocs en main, j'avalai machinalement un comprimé tandis qu'ils m'assaillaient de questions concernant en majorité Dimitri. Je confirmai à demi-mot les informations véhiculées par les médias. Nous n'avions pas la moindre nouvelle de la police judiciaire, mais chacun y allait de sa propre vérité : enlèvement crapuleux pour les uns, séquestration par un couple en mal d'enfants pour les autres. Ainsi, je me retrouvai bien malgré moi au centre d'une controverse qui m'échappait. Aucune retenue n'accompagnait leurs propos. C'était sidérant ! Se rendaient-ils seulement compte qu'ils parlaient de lui en ma présence ? Prise de vertiges, je me précipitai aux sanitaires.

« Ça va, Alice ? »

C'était la douce voix de Juliette, qui m'avait suivie.

« Ils sont nuls de te parler de toute cette affaire.

– C'est de ma faute ! J'ai pensé que ça me ferait du bien de venir vous voir, mais je me suis trompée. »

Elle effleura ma joue d'un « pauvre chérie », puis accola son front au mien. Son regard était d'une ambiguïté folle. Cette attitude ne m'aurait pas tant dérangée si elle ne s'était mise dans l'idée de glisser, dans la seconde suivante, sa main dans mon chemisier pour caresser mon sein gauche. Juliette chercha ma bouche avec insistance, mais je m'écartai, déroutée par son comportement. Je ne recherchais absolument pas une histoire amoureuse, qui plus est avec une femme.

En remontant jusqu'à la salle du restaurant, je retrouvai Valentine Mercier accoudée au bar. La doyenne de la bande me proposa de prendre place sur le tabouret à côté d'elle. Elle porta son whisky à ses lèvres puis engagea la conversation :

« Tu veux que je te dise, Alice ? »

Elle m'observait dans le miroir situé droit devant, s'évitant un affrontement direct. Il y avait comme une sorte de pudeur dans son attitude, à moins que ce ne fût de la lâcheté.

« Je t'écoute. Tu as toujours été la voix de la sagesse dans ce groupe. »

Avec son majeur, elle effleura le bord du verre, prenant un instant de réflexion supplémentaire.

« Ce que je vais te dire va te paraître bizarre, mais ta vie ne redeviendra jamais comme avant tant que l'on n'aura pas retrouvé le gosse. »

Je ne pouvais qu'être d'accord et attendis la suite. Le moment fut suffisamment long pour m'agacer :

« Arrête un peu avec ce verre, Valentine ! »

Elle se tourna légèrement vers moi.

« Les gens n'osent pas te le dire en face parce qu'ils manquent de courage, mais regarde un peu ce que tu es devenue ? Tu es l'ombre de toi-même. Crois-tu que tes saletés de médocs vont colmater ton mal-être ? Où est passée notre Alice enjouée et brûlant la chandelle par les deux bouts ? On pourrait presque te souhaiter qu'on le retrouve mort, ce gosse, au moins tu serais fixée. »

Ses propos me firent l'effet d'un coup de poing en pleine figure. Dévastée par cette brutalité, je me levai et la quittai sans un mot. Sonnée comme une boxeuse, manquant d'air, je rasai le mur pour ne pas trébucher.

À la table principale, on parlait encore et toujours de Dimitri et d'une certaine négligence.

C'en était trop pour moi. Je ramassai mon sac à main et sortis, le cœur lourd.

Personne n'essaya de me rattraper, et c'était mieux ainsi. Dehors, une pluie fine et glacée m'accueillit, comme il y en a souvent dans la capitale des Gaules. Je levai la tête, observant un arbre qui dansait au gré du vent tel un cerf-volant tourbillonnant dans l'ouragan. J'étais abattue, mais il fallait continuer à lutter.

Ne flanche pas, je t'en supplie !

*

Orléans

Qui pouvait bien sonner à une heure pareille ?

Alain ajusta le réveil posé sur la table de chevet, l'œil gauche à moitié ouvert. Si c'était un livreur, il allait lui faire passer l'envie de jouer avec le carillon.

« Plus tard ! » hurla-t-il à travers les murs de sa chambre, avant de replonger sa tête dans l'oreiller.

Mais un « Bam-Bam-Bam ! » appuyé laissa à penser que c'était important. Il se leva, enfila un pull ample, ses pantoufles et glissa une arme à l'arrière de son caleçon.

Reprenant son rôle de fils modèle, il s'obligea à sourire, inspectant son visage soigné dans le miroir.

« J'arrive ! J'arrive ! »

Il entrouvrit légèrement la porte : un homme et une femme en tenue bleu marine se tenaient côte à côte face à lui.

« Monsieur Bernet ? »

Alain confirma son identité.

« Brigadier Monneau, dit l'homme, et voici le brigadier-chef Allegro.

– La police municipale ? s'étonna Alain.

– Nous pouvons entrer ?

– Bien sûr, je vous en prie », dit-il en ouvrant complètement la porte, jouant d'une amabilité rare.

Il évalua la corpulence de chacun d'eux. Si la femme était d'un physique chétif, l'homme en revanche était sacrément costaud.

« Vous désirez un café ? »

Les agents pénétrèrent dans le salon, mais déclinèrent la proposition. L'un observait la collection de disques vinyle, l'autre tenait entre ses mains le cadre photo où il apparaissait en compagnie de Madeleine, sa mère.

« Vous ne savez pas ce que vous perdez. J'ai une machine italienne qui est formidable. »

Il se dirigea vers la cuisine à toute vitesse, rangea son 9 mm dans le tiroir où se trouvaient les dosettes, et entreprit de se préparer un café. Profitant d'un reflet, il surveilla les déplacements de la jeune femme jusqu'à ce qu'elle le rejoigne.

« Votre mère est ici ? »

Fabrice Monneau entra à son tour. Alain Bernet s'efforça d'être naturel.

« C'est une lève-tôt, elle a dû sortir faire ses courses.

– Et elle fait son lit avant de partir ? » ajouta le brigadier.

Cet enfoiré avait déjà jeté un œil à la chambre à coucher située à l'étage. Alain se reprocha ce maudit détail. Un court instant, il songea à la trousse à maquillage qu'il avait oubliée sur la coiffeuse. D'habitude si rigoureux, il s'était laissé aller à une négligence plus qu'inhabituelle.

« Et généralement, elle met combien de temps pour faire ses courses ? » se renseigna la jeune femme.

Déjà deux questions en moins de trente secondes. Il lui fallait absolument reprendre l'ascendant. Portant la tasse à sa bouche, il fit mine de réfléchir.

« Ma mère est certes âgée, mais elle est autonome. Elle peut aller au marché et décider d'aller boire un thé chez l'une de ses amies sur le chemin du retour. Et pour répondre à votre première question, oui, elle fait son lit et le ménage avant de sortir. C'est ça, les anciens. On ne change pas facilement leurs habitudes. »

Fabrice Monneau jeta un œil à travers la fenêtre, observant le potager qui laissait à désirer. *S'ils veulent planter quatre légumes, ils vont avoir un sacré boulot !* Il remarqua un chat en train de s'amuser avec les herbes hautes. Nelly Allegro brisa le silence :

« Monsieur Bernet, une jeune femme a été retrouvée morte au Belvédère des Caillettes.

– Oh, mon Dieu ! fit Alain avec exagération. Mais quel rapport avec ma mère ? »

Les policiers échangèrent un bref regard et lui communiquèrent son nom et sa profession. Il s'agissait d'une assistante sociale nommée Mélanie Fonck.

« Nous avons retracé son emploi du temps, poursuivit Monneau. Mlle Fonck avait rendez-vous avec votre mère le jour de sa disparition. Les autres entrevues n'ont jamais eu lieu et, selon les informations dont nous disposons, elle a renseigné un questionnaire sur Madeleine Bernet et l'a expédié par Internet depuis votre domicile. Votre mère a-t-elle évoqué cette visite avec vous ? »

Le rapport avait été expédié par Internet. *Bon Dieu de merde !* Un élément auquel Alain n'avait pas songé un instant. Ça tendait à prouver que Madeleine était la dernière personne à l'avoir vue vivante. Quelque peu déstabilisé, il voulut montrer sa bonne foi en répondant :

« Oui, en effet, je crois me rappeler qu'elle a mentionné cette visite de routine, sans vraiment me la détailler.

– Y aurait-il un comportement ou une chose anormale dont elle vous aurait fait part ? »

Alain posa un index devant sa bouche, mimant une gêne sur son visage. Tombant dans le panneau comme une abeille dans un pot de miel, les policiers l'incitèrent à parler.

« Hum, maintenant que vous le dites. Je me souviens que maman m'a dit l'avoir trouvée fatiguée. C'est ça, anxieuse et fatiguée, ce sont ses mots. »

Monneau avança d'un pas, obstruant l'encadrement de la porte.

« Intéressant. Et c'est tout ? »

Alain prit une dernière gorgée de café.

« Je crois que le mieux serait encore de lui poser la question directement. »

De concert, ils décidèrent de prendre congé, non sans avoir insisté sur une dernière recommandation.

« Dites à votre mère de venir nous voir le plus rapidement possible au commissariat du faubourg Saint-Jean. Nous aurons besoin de sa déposition.

– Je n'y manquerai pas ! »

Ses poils se dressèrent d'excitation à l'idée de l'aubaine offerte de pouvoir narguer les policiers jusque dans leur sanctuaire. Alain Bernet les raccompagna à la porte. Allegro se retourna :

« Simple vérification, monsieur Bernet, mais… »

Alain anticipa la demande avec virtuosité et malice.

« Vous voulez savoir où je me trouvais lors de ce rendez-vous entre ma mère et Mlle Fonck ? J'étais chez Pastorel, le garagiste. J'y ai entreposé une vieille carcasse que je rénove à longueur de temps. Allez le voir, il vous confirmera. »

21

Paris

J'avais passé les dernières heures à réfléchir, ressassant maintes fois ce rendez-vous manqué de l'autre soir avec la troupe de théâtre. Les propos de Valentine tournaient en boucle dans ma tête. Comment allais-je pouvoir vivre le reste de mon existence avec cet enlèvement sur la conscience ?

Reprenant progressivement mon activité de styliste, je m'étais rendue sur Paris afin de prospecter des ateliers de couture pour conclure des accords de collaboration.

Après avoir expédié une entrevue dans le 11e arrondissement, en fin de journée, je décidai de me rendre du côté de Montreuil afin de rencontrer les musiciens du Vitamine Jazz Bohémian. À voir la tête du chauffeur de taxi, l'adresse ne l'enchanta guère. D'ailleurs, il me gratifia d'une mise en garde sur le quartier.

« Faites attention, il y a pas mal de Gitans là-bas.

– Ça tombe bien, c'est eux que je vais voir. »

Surpris, il ajusta son rétroviseur et me jeta un regard suspicieux.

Il me déposa à trois cents mètres du campement sans demander son reste. Le long du parcours, je découvris des sacs-poubelle jonchant le sol, des rats parcourant la rue et une voiture calcinée qui ne présageait rien de bon. Une seconde épave entièrement désossée reposait sur des parpaings. Quelques gamins hauts comme trois pommes jouaient au football à l'heure où d'autres récitaient leurs leçons. Ceux-là étaient livrés à eux-mêmes, si bien qu'ils me remarquèrent à peine.

Une grille en piteux état semblait tenir debout par la volonté du Saint-Esprit.

Voilà, nous y étions ! Au fond de la contre-allée, un gigantesque alignement de caravanes, et des barils d'huile usagée disséminés tous les dix mètres, probablement leur mode de chauffage.

Il n'y avait pas âme qui vive.

Je poussai le portail, malgré le panneau dissuasif :

Défense d'entrer – Grave danger

Bien malgré moi, j'avais attiré l'attention d'un chien qui vint à ma rencontre en aboyant. Sur la droite, le rideau d'une roulotte se referma furtivement. Un adolescent hurla sur le berger allemand, moment idéal pour tenter une approche amicale :

« Bonsoir. Je m'appelle Alice Guenver et…

– Je m'en bats les couilles de comment tu t'appelles, pouffiasse ! Allez dégage ! C'est privé ici. »

J'effectuai un pas dans sa direction. Une flamme orange jaillissant de l'un des tonneaux me permettait de distinguer son visage.

« Je suis venue voir un membre du Vitamine Jazz Bohémian. »

Malgré le froid, son survêtement aux couleurs du Paris Saint-Germain était ouvert sur une chaîne en or. Agité, crispé, il fit glisser sa chevalière dans un mouvement de va-et-vient.

« Tu comprends pas le français ? Je t'ai dit de foutre le camp ! » fit-il en me désignant la sortie.

Une gamine apparut et lui demanda des précisions sur « l'étrangère ». Il la sermonna, lui intimant l'ordre de retourner dans la caravane.

J'en profitai pour l'apostropher avant qu'elle ne disparaisse :

« Excuse-moi, ma grande, je cherche le Vitamine Jazz Bohémian. »

Le moins que l'on puisse dire, c'est qu'il n'apprécia guère le passage en force. D'une main ferme, il empoigna brusquement ma gorge et me comprima si fort le larynx que j'éprouvai le plus grand mal à respirer.

Les premières gouttes de pluie tombèrent sur mon visage. Dans son dos, des klaxons de voitures se firent entendre. Ce « tocsin » fut ma délivrance. Il relâcha son emprise et me repoussa sur le sol boueux.

« On va voir si tu fais toujours la maligne. Les *prals*[1] sont de retour. »

Il chargea un gosse de me surveiller. À genoux, une main au sol, je reprenais mes esprits, crachant toute la bile de mon corps. Cet enfoiré avait failli m'étrangler. Je repensai à la mise en garde du chauffeur de taxi et décidai de m'enfuir au plus vite…

… mais le gamin posa un pied sur mon dos. Les stores d'une autre roulotte se refermèrent aussitôt. On assistait à la scène, mais sans rien dire.

« Laisse-moi partir ! l'implorai-je.

– Ferme ta gueule. Jimmy a dit que tu devais rester là en attendant Marco. »

L'arrivée des voitures sonna le ralliement méthodique de tout le campement. Il y avait des hommes bien sûr, mais des femmes aussi, beaucoup de femmes. Leur regard méfiant se posait sur moi avec aversion. Je représentais un modèle qu'elles rejetaient en bloc, celui de la femme française. Yeux verts, élancée et claire de peau, j'étais une menace potentielle.

Les véhicules stoppèrent et les portières claquèrent. Un gars, sûrement le fameux Marco, approcha lentement, s'immobilisant à moins de deux mètres de moi. Vêtu d'un débardeur blanc, il ne semblait pas craindre le froid ambiant. Les autres s'étaient tus. Homme mûr d'environ une cinquantaine d'années, cheveux grisonnants et embonpoint prononcé, il portait une cicatrice à la base du cou et un tatouage sur l'épaule.

« Pourquoi une jolie fille comme toi est venue se perdre dans un campement de Gitans ? »

Enfin, je pouvais expliquer mon histoire !

« Je m'appelle Alice Guenver et…

– T'es flic ? » m'interrompit un gars se tenant à sa droite.

---

1 Frères, en argot gitan.

Cette prise de parole déplut fortement au chef. Ici, c'était lui qui posait les questions. Il fit signe à un barbu de m'aider à me relever. Ce dernier en profita pour m'arracher mon sac et fouiller à l'intérieur.

« Ne te donne pas la peine de répondre. Si tu étais flic, tu ne serais pas venue toute seule. Alors, je te repose la question : qu'est-ce que tu veux ? »

Telle une gamine répondant à l'autorité, je m'empressai de le satisfaire.

« Mon beau-fils a été enlevé à Paris Gare de Lyon il y a plusieurs semaines. »

Une voix m'apporta toute sa compassion :

« Mon Dieu tout puissant ! »

Irrité, Marco ordonna de renvoyer les femmes dans les caravanes.

Cette entrée en matière semblait avoir capté son attention, et il me prêta une oreille attentive en avançant d'un bon mètre.

« C'est assez long à expliquer, mais mon petit garçon est descendu du train avec moi. Et seulement quelques minutes après, il a été kidnappé. »

Il plaça sa main à la verticale comme un président de tribunal, suspendant ainsi mon témoignage.

« Et qu'est-ce que les Gitans ont à voir dans cette affaire ?

– Dimitri a échappé à ma vigilance. Il est allé écouter deux musiciens du Vitamine Jazz Bohémian qui se produisaient dans l'un des halls. Un pianiste et un violoncelliste. J'essaye de les retrouver. »

Marco se tourna de trois quarts vers les siens. J'aurais parié avoir touché un point sensible. Le grand gaillard posté derrière moi, un certain Lucho, tenait mon sac entre ses mains :

« Elle dit vrai. Alice Guenver et elle habite dans le Rhône. »

Marco fut surpris.

« Tu as fait tout ce chemin pour venir nous voir ?

– Je voulais simplement discuter avec eux et savoir si… »

Ses yeux marron changèrent d'aspect tandis que les poils de mes avant-bras se hérissèrent.

« Si quoi ? S'il y a un rapport entre nous et l'enlèvement de ton petit garçon ? »

Le raccourci était direct, mais je réitérai ma demande : discuter avec l'un des deux hommes présents en gare. Peut-être avaient-ils été témoins de quelque chose ?

Marco ouvrit les bras en se retournant vers la horde de mâles en retrait.

« Nous sommes des Gitans. La famille, les enfants, c'est sacré. Alors, passe ton chemin.

– Je vous en prie. Aidez-moi. Où puis-je les trouver ? »

Son regard devint sombre tout à coup. Son sourire laissa apparaître de petites dents blanches. Mon cœur s'emballa. Lucho m'attrapa fermement par les cheveux, m'obligeant à rester immobile.

« Tu penses faux, reprit Marco. Nous sommes des gens du voyage, on va là où la vie nous mène, et il n'y a jamais eu de musiciens ici. Je n'aime pas les femmes dans ton genre… Nous pourrions te laisser repartir, mais tu risques de revenir. »

La panique s'empara de moi.

« Écoutez, restons-en là, je ne voulais pas vous offenser ! »

Trop tard. Marco s'éloigna et regagna sa voiture, me laissant aux prises avec sa bande. Certains l'imitèrent, d'autres regagnèrent leur caravane, mais trois hommes, dont Jimmy, restèrent en ma compagnie…

Et ce fut un déchaînement de violence, chacun y allant d'un coup de pied dans mon ventre. Mais le pire était à venir : une odeur de brûlé chatouilla très vite mes narines.

Ces ordures venaient de mettre le feu à mes cheveux !!!

Morte de trouille, j'enlevai précipitamment mon blouson et le plongeai dans une flaque afin de l'imbiber d'eau.

Déjà les flammes atteignaient mon cuir chevelu…

Sans perdre de temps, je l'appliquai sur mon crâne comme une compresse de fortune. Le contact du tissu humide sur la plaie me soulagea immédiatement.

Comme si elle avait voulu me venir en aide, la pluie avait repris de plus belle, et le sol se transforma rapidement en boue épaisse, ce qui précipita la fuite de mes agresseurs.

Sauvée, mais brisée, j'éclatai en longs sanglots.

*

Neuf mois plus tôt

Bourges

Serge Guiguet avait fumé cigarette sur cigarette tout au long de la nuit, effectuant un incessant va-et-vient entre le balcon et sa chambre d'hôtel.

Allongé sur le lit, il fixait avec insistance la carte de la région qu'il avait affichée sur le grand mur blanc d'où des fragments de plâtre se détachaient. Son visage était terne. Les demi-verres de ses lunettes estompaient les poches sous ses yeux.

Depuis la veille, enfermé dans cette modeste pièce de douze mètres carrés, il cherchait à reproduire le parcours de celle que les médias avaient surnommée La Demoiselle. On la soupçonnait d'avoir enlevé Jessica Ducrot. Comment choisissait-elle ses victimes ? Telle était la question que tous les enquêteurs de France se posaient depuis bien trop longtemps. Si elle ne signait jamais ses méfaits d'une lettre ou d'un coup de fil, le mode opératoire restait désespérément le même.

Cette psychopathe dupait toutes les polices depuis quinze ans, mais aussi et surtout les proches des victimes, par une aptitude étonnante à changer d'apparence. La petite Emma Duverne, enlevée voici trois ans à la sortie de l'école élémentaire du côté de Dijon par une femme se faisant passer pour sa grand-mère, avait provoqué un émoi considérable. Prenant son temps, elle avait même eu le toupet d'échanger deux ou trois amabilités avec les parents d'élèves.

Seulement, un doute habitait Serge Guiguet depuis ce rapt : à quoi pouvait bien réellement ressembler La Demoiselle ? Et s'il s'agissait… d'un homme ?

Évidemment, le raisonnement pouvait paraître idiot ! Cependant, des pervers rusés et terriblement astucieux, il en avait croisé quelques-uns dans sa carrière, et certains éléments – tels que les gants blancs ou la taille de la suspecte – étaient tout de même troublants. Mais à l'époque, personne n'avait cru à sa thèse farfelue au sein de la gendarmerie.

Songeur, il se dirigea d'un pas lent vers la fenêtre, observant le remue-ménage devant l'entrée de la gare ferroviaire. Son téléphone portable vibra. Sa sœur Catherine l'appelait régulièrement depuis ce matin ; il la recontacterait plus tard dans la journée.

« Et maintenant Jessica Ducrot ! » maugréa-t-il.

Pour lui, il ne faisait aucun doute que le kidnapping de Jessica en plein hall de gare était l'œuvre de La Demoiselle. Prétextant vouloir y consacrer un chapitre de son prochain livre ou de réaliser un reportage insolite pour la chaîne, le journaliste avait interviewé parents, amis et la maîtresse d'école de Jessica. Évidemment, c'était son âme de capitaine de gendarmerie qui avait pris le dessus depuis que cette déséquilibrée avait frappé de nouveau.

S'emparant pour la énième fois de l'un des dossiers sur lequel était noté les « nom, prénom et ville » de chaque personne interrogée, il en recommença la fastidieuse lecture, à la recherche d'un détail qui aurait pu lui échapper.

À l'aide d'un feutre rouge, Serge Guiguet entoura la région Centre-Val de Loire sur sa carte et décrocha le téléphone de la chambre.

« La réception ? Je souhaite prolonger mon séjour de quarante-huit heures, s'il vous plaît. »

22

Montreuil

Depuis combien de temps étais-je allongée dans la boue ? Impossible de le savoir précisément.

La porte d'une caravane s'ouvrit, manquant de s'arracher de ses gonds sous l'effet d'une bourrasque. Une femme en pantoufles, accompagnée de deux hommes, exigea que l'on me transporte à l'intérieur.

Ils me placèrent sur un lit et ôtèrent mes chaussures. La vieille femme s'occupa de mes vêtements souillés. J'étais bien trop faible pour lutter et je grelottais de froid. Elle posa une couverture en laine sur mes jambes et la remonta jusqu'à mes épaules. Une lampe de chevet représentant un chevalier en armure diffusait une lumière douce. Le moelleux du matelas était des plus agréables. Éprouvée, je n'aspirais qu'à une chose : dormir.

La dernière image dont j'eus conscience fut celle des bougies alignées sur la fenêtre comme des lumignons à la fête des Lumières.

Une agitation au-dehors me réveilla en sursaut. Je me redressai, découvrant ma main gauche pourvue d'une bandelette blanche maintenue par d'énormes épingles à nourrice. Quant à la droite, elle avait seulement une contusion sur l'annulaire. À l'arrière de mon cuir chevelu blessé, un linge plié protégeait mes blessures.

En procédant à un rapide examen des lieux, je repérai plusieurs représentations du Christ sur la croix ornant les murs de la caravane, confirmant le lien entre les Gitans et le divin.

Je saisis mon sac à main posé à même le sol dans l'intention de contacter le capitaine Neves, mais je réalisai que ni lui ni le lieutenant Demare ne figuraient dans mon carnet d'adresses.

Dehors, une voix masculine capta mon attention. Elle semblait se rapprocher. Je rédigeai à la hâte un message que j'expédiai à Diane, Guillaume et Serge Guiguet. Ce dernier m'avait dit être prêt à me venir en aide ; eh bien, c'était le moment de le prouver.

Besoin de vous. Urgent.
Campement gitan Montreuil.

J'espérais être délivrée d'ici peu.

N'entendant plus personne derrière la porte, j'entrepris de visiter la roulotte, la couverture enroulée autour des hanches.

Sur l'étagère, la photo d'une vieille femme posant bras dessus, bras dessous avec un garçon que je n'eus aucun mal à reconnaître.

Bon sang !

Cette découverte raviva un sentiment d'espoir. Le voilà enfin, mon joueur de violoncelle ! Il était encore présent trois cadres plus loin, prenant la pose devant le Vésuve avec Marco, le chef du camp. Ce dernier avait donc menti délibérément.

La porte s'ouvrit lentement, laissant entrer les premiers rayons du soleil.

Une voix féminine :

« *Ap Katé*[1] *! Ap Katé !* »

Bientôt, une vieille femme apparut, avec à son bras une jeune fille l'aidant à gravir les marches.

Je serrai fort la couverture contre moi. Elle exigea qu'on la laisse seule, mais la gosse préféra s'attarder, m'observant de ses magnifiques yeux verts et purs semblables à des émeraudes. Tandis que la vieille dame m'indiquait la banquette, un bip m'avertit de l'arrivée d'un SMS. Elle fit semblant de ne pas l'entendre.

---

1 Viens ici !

« Tu avais de la fièvre, mais ta température est descendue ce matin. Pour tes cheveux, heureusement, c'est superficiel. Un remède de Gitane à base de citron et de pommes de terre va te soulager, mais tu vas devoir garder ça autour du crâne durant deux jours. »

Étonnamment, la douleur s'était réveillée lorsqu'elle avait mentionné la blessure.

« La mère de Lola est coiffeuse et sera là d'ici cinq minutes. Je suis désolée, mais tu vas devoir couper ta jolie crinière, ma belle ! »

Abandonner cette chevelure et des années d'entretien, voilà qui me donnait envie de pleurer. J'étais en colère contre elle, contre eux et leur cruauté injustifiée. Une minute de silence s'ensuivit durant laquelle elle ferma les yeux.

Faisant référence aux nombreux symboles en hommage à Jésus-Christ, je tentai de meubler le moment.

« À ce que je vois, vous croyez en Dieu ? »

Elle esquissa un sourire et posa les mains à plat sur mes épaules :

« *Il* t'a entendue souffrir hier soir, et *Il* était là. À tes côtés. »

Je désignai les nombreuses bougies présentes aux rebords des fenêtres et lui expliquai la signification des lumignons à la fête des Lumières, mais elle préféra donner sa propre version :

« C'est *Lui* qui est venu, afin de combattre la peste ! »

*

Paris – Plateau de LIV'TV

L'émission touchait à sa fin.

« Autre chose, Serge ? »

Le journaliste retira ses lunettes et mâchouilla l'une des branches. On lui avait répété plusieurs fois que cela ne se faisait pas lorsqu'il était à l'antenne, mais il avait bien du mal à se débarrasser de cette mauvaise habitude.

« Ce sera tout pour ce matin, Denis. »

Le présentateur reprit le fil conducteur de son journal, surfant sur les nouveaux chiffres du chômage et la météo du jour. Discrètement, Serge parcourut ses messages sur son smartphone. Un SMS attira son attention. Sans demander l'autorisation au réalisateur et se moquant éperdument de passer en plein champ de la caméra, il disparut dans les coulisses à la vitesse de l'éclair.

*

Montreuil

Sara expira doucement et mit ses mains sur les miennes, m'empêchant le moindre mouvement. Je fus frappée par le choc thermique : elles étaient brûlantes.

« Vous faites quoi ?

– Chut, arrête de lutter ! »

Elle semblait invoquer les esprits, telle une Indienne Navajo. C'était surréaliste. L'image aurait pu prêter à sourire, mais devant son sérieux je n'osai plus bouger. Elle exigea que je ferme les yeux.

Aussi incroyable que cela puisse paraître, un flash soudain apparut derrière mes paupières closes : un médecin muni d'un otoscope, le visage dissimulé sous un masque chirurgical, illuminait chacune de mes pupilles comme pour vérifier si j'étais encore en vie. Un autre homme se tenait en retrait. Sa silhouette floue et sombre était terrifiante…

Puis une seconde vision : mon père embrassant ma mère sur le front avant son départ.

J'eus si peur que j'entrouvris les yeux sans autorisation :

« Comment faites-vous ça ? »

Sara eut une mimique qui en disait long sur son pouvoir. Elle exhiba une main pointue aux doigts anguleux.

« Ni boule de cristal ni marc de café ! J'ai reçu un don qui libère les énergies. Nous autres nomades avons depuis toujours fait confiance à Dieu et à Lui seul.

– Vous prédisez l'avenir ?

– L'avenir n'est rien d'autre que le reflet de ton passé. Ce que tu accomplis aujourd'hui aura une conséquence plus tard dans ton existence. »

Je me retins de rire. On aurait dit Diane lorsqu'elle partait dans l'idée de me psychanalyser. Instruite et dotée d'un riche vocabulaire, Sara maîtrisait parfaitement la langue française. Elle ferma de nouveau les paupières, m'incitant à en faire autant.

« Relâche-toi », murmura-t-elle.

J'obéis. Après tout, je n'avais rien à perdre.

« Qu'as-tu vu, tout à l'heure ?

– J'ai vu mes parents.

– Très bien. Parle-moi d'eux ! »

Évoquer cet épisode douloureux dans une caravane, avec une Gitane comme confidente, me semblait irréel.

« Mon père était fleuriste et il est mort dans un accident de la route. Ma mère s'est retrouvée toute seule pour nous élever, mon frère et moi. Elle n'a jamais songé à refaire sa vie et elle est morte voilà deux ans des suites d'un cancer. »

On cogna à la porte, ce qui interrompit notre entretien.

« *Ap, Kelly*[1] *!* »

Sara devait être la doyenne de la communauté. Elle inspirait respect et considération. Se levant du fauteuil, elle donna ses consignes à la coiffeuse avant de s'adresser à moi :

« Dis à la personne qui viendra te chercher de ne pas arriver par le portail, mais du côté du terrain vague, là où se trouvent les voitures. Lola t'y conduira. C'est la petite de Kelly. »

Elle avait donc deviné mes intentions depuis la première minute. Avant qu'elle ne passe la porte, je lui montrai la photo de l'homme sur l'étagère.

« C'est Jason, son mari, fit Sara en désignant Kelly du menton. Le gendre de mon fils Marco. Il le considérait comme un fils et lui a donné la main de sa fille.

---

1 Viens, Kelly !

Ce n'est pas rien chez les Gitans. Mais Marco a été contraint de le chasser.

– Pour quelle raison ? » demandai-je innocemment.

Visiblement contrariée, elle se figea :

« Chez nous, on ne parle pas de ces choses-là ! »

Cette dernière phrase sonna comme une mise en garde pour Kelly, qui resta seule avec moi.

Le linge sur ma plaie s'était incrusté dans la chair et la douleur, lorsqu'elle l'ôta, fut épouvantable. Elle avait préparé une espèce de pâte blanche qui devait servir de crème réparatrice. Un coup de ciseaux m'arracha un cri. Quel calvaire !

Kelly contourna la chaise et m'exhiba ce scalp en guise de trophée, m'amputant sans sourciller trente-huit ans de vie.

C'était le moment où jamais :

« Kelly, où puis-je trouver Jason ? »

Elle baissa les yeux. L'avertissement de Sara flottait encore dans l'air, si bien que la jeune femme semblait terrorisée à l'idée d'en parler. J'insistai :

« Je ne lui veux aucun mal. Dites-moi où est Jason. »

Tiraillée entre la mise en garde de la doyenne et cette envie folle de me dévoiler sa vérité, elle chuchota :

« Plus de nouvelles depuis trois semaines. »

Telle une enfant, Kelly dessina un trois avec son index. Et très vite, elle extirpa de sous sa jupe un de ces vieux téléphones à clapet coincé au niveau d'une hanche.

« Marco dit qu'il aurait fait de vilaines choses, mais c'est pas vrai ! »

Elle se mit en tête de rechercher un SMS pour prouver ses dires. Malgré l'interdiction du clan, la jeune femme avait gardé une relation avec le père de son enfant.

Je fis mine de prendre connaissance du message, mais je me concentrai en réalité sur la mémorisation du numéro de son correspondant.

Lorsqu'elle entendit la voix de Marco au-dehors, Kelly me supplia de reprendre ma place et de lui rendre l'appareil. Je tendis l'oreille : le chef était en grande discussion avec Sara et le moins que l'on puisse dire c'est que l'échange était animé.

Kelly se dépêcha d'appliquer son mélange gluant sur mon crâne et fouilla dans son panier, extirpant un torchon pour protéger la blessure.

Une question me taraudait : pourquoi Jason avait-il été chassé de la communauté ?

J'imaginais bien que chez les Gitans, on ne se séparait pas de l'un de ses membres sans une raison extrêmement grave.

La poignée de la porte s'abaissa. La corpulence de Marco obstruait le moindre rayon de soleil à travers l'encadrement. Il ordonna à sa fille de sortir. Kelly inséra une dernière épingle à nourrice et remballa ses affaires avant de quitter la roulotte. Lucho lui barra la route, vérifiant le contenu de son cabas.

« Toi, tu te casses ! cracha Marco à mon encontre en me jetant des vêtements à la figure. Habille-toi et fous le camp ! »

Sara se tenait à un mètre derrière lui et ne pipait mot devant son autorité.

Foutre le camp ? Quelle aubaine ! Et avec plaisir même !

« Je m'habillerai quand vous aurez tourné la tête. »

Je le provoquais volontairement et ne le quittais pas des yeux. Avant de claquer la porte, Marco ordonna à sa mère de vérifier que je « n'emporte » rien. À peine avais-je commencé à enfiler mon pantalon qu'elle prit mes mains dans les siennes.

« Garde espoir et continue à chercher. L'enfant est vivant. »

Je manquai de tomber à la renverse. Une joie intérieure me réchauffa dans la seconde qui suivit.

« Comment pouvez-vous en être sûre ? »

Par deux fois, elle cligna des yeux. Ça voulait dire « fais-moi confiance ! » ou quelque chose dans le genre. Mes doigts ne répondaient plus, incapables de remonter la fermeture Éclair. Avec précaution, Sara descendit les marches et je lui emboîtai le pas, ignorant volontairement Marco. Visage impassible, il me balança :

« Tu me hais, n'est-ce pas ? Je ne peux pas t'en vouloir. Chez nous, une femme aux cheveux courts est soit une prostituée, soit une femme infidèle. »

Il voulait m'atteindre, peut-être pire, m'écraser, mais ses propos n'avaient aucune prise sur moi. Il lança une dernière attaque :

« Tassin-la-Demi-Lune ! Je suis sûr que c'est très joli ! »

J'arrêtai ma foulée et lui fis face. Il tenait entre ses doigts mon portefeuille et mes papiers d'identité. Bien obligée de les récupérer, j'avançai de quatre pas dans sa direction. Il me les tendit sans ouvrir la main, cherchant à capter mon regard sombre. Je ne pouvais faire autrement que de croiser ses yeux marron et mystérieux :

« Où que tu ailles, fais attention ! Un Gitan sera toujours là pour te rappeler qui nous sommes ! »

D'un geste sec, je récupérai mes affaires.

« Pour vous, je suis une traînée, hein ? Laissez-moi vous dire une dernière chose, Marco de Montreuil… »

D'un index désignant le ciel et avant de tourner définitivement les talons, j'ajoutai sous forme d'avertissement :

« L'avenir n'est rien que le reflet de ton passé. Ce que tu fais aujourd'hui aura une conséquence plus tard. »

23

Paris

Serge Guiguet effectuait les cent pas, ne décolérant pas devant mes explications jugées farfelues. Il martela la porte de la salle de bains.

« Alice, vous m'entendez ? »

Les doigts crispés sur la serviette en coton et souffrant le martyre, je tentai de le calmer :

« Bien sûr que je vous entends, mais ce n'est pas la peine de crier comme ça ! »

S'impatientant dans la chambre, il me proposa une aide que je finis par accepter.

J'étais de dos et nos regards se croisèrent au travers du grand miroir rectangulaire. L'espace était si étroit que cela provoqua une proximité bien involontaire. C'était étrange : avec cet ancien enquêteur à mes côtés, je n'éprouvais plus aucune peur. Il dégageait une force, un je-ne-sais-quoi de droiture et de sincérité. Je humai son eau de toilette boisée. Ses mains se posèrent délicatement de part et d'autre de mes épaules.

« Laissez-moi faire », murmura-t-il.

Sa voix suave me procurait bien-être et sérénité. Il ôta la dernière attache et déplia le linge comme on déballe un paquet cadeau. J'observai l'expression de son visage dans la glace. Il s'en aperçut et cessa de faire la grimace.

« C'est pas joli joli. Heureusement, la peau n'est que partiellement brûlée. Quelle bande de barjots ! Mais qu'est-ce qui vous a pris d'aller là-bas ? »

Penaude, je baissai le regard sans répondre.

« Bon, je vous emmène voir François ! C'est un copain, son salon de coiffure est dans le 5e arrondissement, tout près d'ici. On va voir ce qu'il peut faire pour vous arranger ça.

– Merci, dis-je simplement.

– Vous savez quoi ? J'ai l'impression d'avoir affaire à l'une de ces tondues ayant collaboré avec les nazis. »

Devant ma mine déconfite, il s'excusa :

« Pardonnez-moi, Alice. C'était idiot !

– Ce n'est pas de votre faute, seulement leur chef m'a comparée à une traînée. Décidément les femmes aux cheveux courts n'ont pas la cote. »

Alors que Serge négociait un rendez-vous en urgence avec son ami coiffeur, j'ouvris ma valise et retirai mon chemisier pour m'affubler d'un pull léger.

« Mon Dieu, Alice, votre dos ! Vous êtes couverte d'hématomes. Il faut se rendre à l'hôpital. »

Il était blême.

« Ne vous inquiétez pas, ça va aller ! »

Tandis que j'avalais le second tranquillisant de la matinée, il subtilisa le flacon et chercha à en connaître les propriétés.

« C'est quoi ça ?

– Rendez-le-moi ! »

L'absence d'étiquette l'intrigua. Poussée dans mes retranchements, je lui avouai cette anxiété qui me rongeait un peu plus chaque jour depuis la disparition de Dimitri. Le dessin de ses sourcils broussailleux se durcit.

« Vous ne devriez pas prendre ce genre de saloperies, de surcroît sans notice ! Il faut rester vigilant. En attendant, confisqué ! »

Tu peux toujours courir, j'ai de quoi voir venir dans ma valise !

Je ronchonnai pour la forme.

Puis il m'interrogea sur cette initiative stupide que j'avais eue d'aller seule jusqu'au camp des Gitans. Je pris place sur le lit et décidai de lui montrer les vidéos des caméras de la gare.

Fière de moi, ordinateur sur les genoux, je lui déroulai le fil de mes découvertes. Son regard d'ex-enquêteur ne trompait pas.

« C'est pas croyable ! J'espère que vous en avez informé la police ?

– Je n'en ai pas eu l'occasion.

– Vous vous moquez de moi ? C'est une erreur, Alice. Qu'avez-vous appris d'autre ?

– Il est vivant, Serge ! Dimitri est vivant ! »

Tout d'abord réticente, je lui dévoilai finalement ma source : une voyante prénommée Sara. Il resta sans voix, incrédule. Malgré son air consterné, il ne parvint pas à doucher mon enthousiasme.

« Je vous assure qu'elle a un don, un fluide. C'est incroyable ! Elle a réussi à raviver dans mon esprit de vieux souvenirs de mes parents. »

Je lui désignai les musiciens à l'écran.

« Celui-ci s'appelle Jason. Il a été chassé du campement. Pour quelles raisons, je l'ignore. »

Fouillant dans la poche de mon vieux jean roulé en boule, j'extirpai le minuscule morceau de papier où j'avais noté le numéro de téléphone du violoncelliste appris par cœur. Là, je dois dire qu'il était littéralement bluffé et je décelai une grande admiration dans ses yeux.

Il secoua la tête : « C'est pas croyable ! Elle a même pensé à noter son numéro de téléphone ! »

Puis il me demanda :

« Et c'est quoi, la suite ?

– Ben, on va l'appeler, pardi ! »

Il préféra en rire. L'ex-capitaine de gendarmerie était d'une prudence extrême et au carrefour d'un dilemme considérable : poursuivre son métier de journaliste en relatant cette affaire dans ses chroniques ou s'immiscer dans une enquête policière qui n'était plus de son ressort et avait bien failli lui coûter la vie.

J'usai de ce qu'il me restait de charme pour le convaincre.

« C'est entendu ! Qu'est-ce que je ne ferais pas pour une jolie femme ! »

Il composa le numéro à partir de mon appareil et activa le haut-parleur. Cinq sonneries avant que la messagerie de Jason ne se déclenche.

J'avais fondé tant d'espoir dans cet appel ! Serge parut aussi déçu que moi.

Mais, contre toute attente, moins de vingt secondes plus tard, le portable vibra. Nos regards se croisèrent. Il me tendit le téléphone, jugeant préférable que je prenne la communication. De l'autre côté, un souffle court et fort. On aurait dit un jogger récupérant de son footing matinal. Il s'écoula un long moment avant que nous ne l'entendions prononcer :

« Allô, Kelly ?

– Bonjour, je suis une amie de Kelly, et… »

L'individu me raccrocha au nez. Mon air éberlué amusa le journaliste.

« Eh bien, vous au moins, vous savez parler aux hommes ! »

Après avoir cherché dans sa liste de contacts, il plaqua son iPhone à son oreille.

« Sylvie ? Devine qui c'est ? »

Je m'apprêtai à m'éclipser dans la salle d'eau, mais il me retint par le bras, m'indiquant que ma présence ne le dérangeait pas.

Après les politesses d'usage, il en vint aux faits :

« Dis-moi, Sylvie, tu peux me rendre un petit service ? »

Je ne compris strictement rien à cette histoire de « bornes à localiser ». Serge Guiguet révélait son vrai visage, celui d'un redoutable enquêteur, enfreignant les règles les plus élémentaires de son ancienne vocation en contactant des collègues de son unité.

Ce fut à mon tour d'être sollicitée par téléphone. Guillaume cherchait à me joindre. J'allai dans la pièce attenante pour m'isoler.

Ni salutations ni préambules. Mon fiancé avait parfois des travers difficiles à corriger. Bien entendu, j'édulcorai la vérité, minimisant ce qui s'était réellement passé du côté de Montreuil.

Guillaume se désespéra de mon comportement de « justicière ». Depuis pas mal de temps déjà, je ressentais un décalage entre nous et ça ne faisait qu'empirer. Déboulant sur ces entrefaites, Serge semblait confiant.

« À qui parles-tu ? s'étonna mon fiancé.

– À Serge Guiguet, il est venu me secourir. »

Guillaume resta quelques instants sans voix, puis ajouta sans équivoque :

« À ton retour, il faudra que nous ayons une conversation, Alice ! »

J'étais d'accord. Après tout, cette mise au point nous ferait le plus grand bien. Nous nous séparâmes sans un mot doux.

« C'était mon fiancé. »

Serge soupira :

« Il s'inquiète pour vous, et il a peut-être raison. Vous devriez rester en dehors de tout ça pendant qu'il en est encore temps. »

24

Paris

C'était dans cet ensemble d'immeubles sans cachet, au numéro 23 de la longue avenue Garibaldi, que le téléphone portable de Jason avait été détecté.

À l'intérieur de son véhicule, Serge se courba et ouvrit la boîte à gants, empoignant une arme dans son étui en cuir. Juste avant de la fixer à sa ceinture, il se justifia, sourire aux lèvres :

« La dernière fois que je ne l'avais pas sur moi, j'ai fait votre rencontre… »

Ajoutant trente centimètres entre nous :

« J'adore votre nouvelle coupe de cheveux. »

Il attrapa une casquette qui traînait sur la banquette arrière et me la tendit.

« Tenez, mettez ça ! »

D'un rapide coup d'œil dans le miroir du pare-soleil, je l'ajustai, mi-figue, mi-raisin.

« Et on fait quoi, là ? »

Esquissant un sourire :

« "On" ? Non, il n'y a pas de "on", Alice ! Vous m'attendez là bien sagement, et si je ne suis pas revenu d'ici trente minutes, vous appelez la police. C'est clair ? »

Bien obligée, j'acquiesçai d'un signe de tête. Je verrouillai les portières et m'enfonçai légèrement dans le siège.

Je fus réveillée en sursaut par le moteur d'un camion frigorifique.

Bon sang ! depuis combien de temps m'étais-je assoupie ?

Quarante minutes !

Serge n'était toujours pas revenu de son périple. Sans réfléchir, je composai le 17.

L'opératrice me fit patienter un instant. Appareil en main, je sortis précipitamment du véhicule et finis par raccrocher. *Tant pis, pas le temps d'attendre !*

Au fond de l'impasse, j'identifiai un petit immeuble d'à peine trois étages. L'entrée du hall était ouverte. Une main sur la rambarde, je grimpai les escaliers. Malheureusement, sans indication sur les portes d'appartements, il serait difficile de reconnaître celui où logeait le fameux Jason. Je n'avais pas d'autre choix que de m'arrêter à chaque palier et de tendre l'oreille. Je tentai de joindre mon journaliste préféré sur son téléphone, en vain.

C'est au second que je perçus la sonnerie. Mon cœur s'emballa tout à coup. Je tambourinai à la porte. Il n'y avait aucun mouvement à l'intérieur. Calme plat.

Et alors que je m'apprêtais à rebrousser chemin, le bruit étouffé d'un objet tombant sur le sol m'interpella. Dans l'instant suivant, Serge apparut sur le palier, le visage tuméfié. Il murmura :

« Une ambulance, Alice… Faites venir une ambulance !

– Mon Dieu, Serge ! »

Il tomba littéralement dans mes bras. D'un rapide coup d'œil dans l'appartement, je constatai que tout y était dévasté. Un homme gisait au milieu du couloir. Serge devança ma question :

« Il… il est mort ! »

J'approchai du cadavre, prenant soin de me tenir à distance de la mare de sang.

« Mais ce n'est pas Jason ! »

Au bord de l'évanouissement et les yeux clos, il balbutia :

« Non ?

– Non. Lui, c'est l'autre, le pianiste. »

Sacrément mal en point, Serge eut tout de même la force et la présence d'esprit de me dire :

« Surtout, ne touchez à rien !… »

Je retournai auprès de lui. L'entaille était profonde, mais avec un peu de chance la lame du couteau n'avait peut-être pas touché d'organes vitaux. Je me précipitai dans la salle de bains et m'emparai d'une serviette.

« Mettez ça et appuyez bien fort, ça va stopper l'hémorragie. »

Deux légères gifles furent nécessaires pour le ramener à lui. Je pris sa main dans la mienne et l'embrassai. Malgré les circonstances tragiques, il ne manqua pas d'humour :

« Chaque fois que l'on se croise, je finis aux urgences… »

25

Paris – Hôpital de la Pitié-Salpêtrière

Le capitaine Neves n'apprécia pas, mais alors pas du tout, mon périple des vingt-quatre dernières heures et me le fit savoir avec véhémence, menaçant même de me passer l'envie de jouer à la détective. J'avais gardé pour moi les éléments gênants de mon expédition à Montreuil, dont cette coupe de cheveux dissimulée habilement sous une casquette.

En revanche, il fallut expliquer ma suspicion envers les musiciens de la gare, et là ce fut une autre paire de manches. Le pauvre Achille avait bon dos, car je rapportai de manière éhontée ses soupçons sur leurs agissements. Neves fit semblant de me croire.

Après avoir été rassurée sur l'état de santé de Serge Guiguet et prétextant un train à prendre, je le pressai de finir son interrogatoire. Plus compréhensive, le lieutenant Demare proposa de me raccompagner jusqu'à la gare, mais je refusai, optant pour un taxi.

En sortant de l'ascenseur, je tombai nez à nez avec un homme que j'identifiai aussitôt.

« Monsieur Hafari ? »

Il glissa son badge dans la poche de son veston en lin et remercia l'hôtesse d'accueil. Téléphone dans une main, serviette en cuir dans l'autre, il eut pour moi un regard suspicieux.

« Bonsoir, mademoiselle. Laissez-moi me rappeler… Alice Guenver ! »

Heureuse d'être reconnue, je le complimentai.

« Oui, je m'en souviens parfaitement, fit-il, nous nous sommes rencontrés chez les Girod, à l'occasion de la marche blanche en l'honneur de Dimitri… »

Il m'escorta jusqu'au taxi et prit de mes nouvelles ainsi que de la famille Girod, se lamentant des lenteurs de l'enquête.

« Veuillez m'excuser, mais mon rendez-vous m'attend. Au plaisir de vous revoir. »

Pétri de bonnes manières, Sharon Hafari ouvrit la portière.

« C'est idiot, mais je m'imaginais que vous exerciez hors de France », lui dis-je.

Il fut étonné de cette remarque et préféra en sourire, précisant travailler là où l'on avait besoin de lui.

« Vous allez où ? » me demanda le chauffeur.

Depuis le départ de l'hôpital, l'asphalte défilait sous mes yeux. Tout se mélangeait dans mon esprit.

Un bref coup d'œil au chauffeur, et la stupéfaction fut de mise : ce n'était plus un homme d'une quarantaine d'années mais Dimitri, bougeant les lèvres tel un automate. Les hallucinations devenaient fréquentes, et je luttais pour essayer de revenir à la raison.

« Voilà, nous y sommes. »

Ça ne ressemblait en rien à la destination prévue.

« Hein, quoi ? Mais nous ne sommes pas à la gare !

– Vous m'avez demandé de faire un détour par l'avenue Garibaldi. Ben, nous y voilà. »

Nous étions juste à côté de la voiture de Serge Guiguet. Ma valise attendait dans le coffre. À une dizaine de mètres, une Renault Master avec l'inscription « Police scientifique » était en stationnement, feux de détresse enclenchés. Une petite voix intérieure me suppliait de rejoindre mon train, mais c'était plus fort que moi.

« Laissez-moi ici. Je vais me débrouiller », dis-je au chauffeur.

Avec une bonne dose de culot, j'allai à la rencontre des policiers, bien décidée à apporter ma contribution. Le passager baissa sa vitre.

« Bonsoir. Je m'appelle Alice Guenver, c'est moi qui ai appelé le 17 tout à l'heure. »

Son regard semblait dire « et alors ? », mais il ne me laissa pas poursuivre, m'indiquant, index à l'appui, la direction de l'immeuble. Comme une conne, je le remerciai de son aide.

J'avançai dans la ruelle. Mes semelles plates ne faisaient aucun bruit sur les pavés en cailloutis.

Deux hommes, revêtus de la tête aux pieds d'une combinaison blanche, étaient en grande discussion dans la cour intérieure. On aurait dit des cosmonautes. Gants, lunettes, masques respiratoires, ils ne remarquèrent pas ma présence, me laissant filer jusqu'à l'entrée du bâtiment.

Tandis que je grimpais au second étage, un troisième membre de l'unité descendit l'escalier à toute allure, son portable à l'oreille. La porte de l'appartement était restée entrouverte.

« Excusez-moi, il y a quelqu'un ? »

Les « oh ! oh ! » successifs n'eurent guère plus de succès. J'y pénétrai sans y être invitée, bloquant ma respiration dès les premières secondes face à l'insupportable odeur de détergent. L'endroit était tel que nous l'avions laissé, le cadavre en moins.

Dans le hall d'entrée, un individu hurla à travers la cage d'escalier.

Que faire ? M'annoncer et expliquer les raisons de ma présence ou sortir précipitamment ?

Prise d'un mouvement de panique et devant l'urgence de la situation, je ne choisis aucune de ces alternatives et me réfugiai sans réfléchir derrière le rideau bleu nuit du salon. Dans l'instant d'après, deux hommes franchirent la porte.

« Tu as fait un dernier tour ?

– J'ai tout inspecté. C'est bon, on peut y aller. »

Je les entendis fermer à double tour.

Eh bien, me voilà dans de beaux draps !

J'étais chancelante et manquai de perdre l'équilibre. Je n'avais rien avalé depuis vingt-quatre heures. Où étaient mes médocs ? Dans mon sac, évidemment.

Je me précipitai à la cuisine pour y prendre un verre d'eau. La police avait dû perquisitionner les lieux et emporter les éléments les plus intéressants. C'était pire que de chercher une aiguille dans une botte de foin.

Et puis d'abord, qu'étais-je venue faire ici ?

Jason introuvable, son complice mort, il ne fallait pas être un enquêteur bien expérimenté pour comprendre que les deux musiciens n'étaient pas au-dessus de tout soupçon.

Au mur, le tableau de la statue d'un chevalier majestueux sur son cheval m'interpella, tout comme le reste de la déco. Les couleurs pastel étaient si lumineuses que ça donnait à l'ensemble un côté provençal.

Je déambulais sans idée précise. Même si la dépouille de cet homme avait été emportée à la morgue, je prenais un soin tout particulier à ne pas marcher sur les contours du corps dessinés au sol. Sans doute une manière de respecter le défunt.

Je m'adossai à la tapisserie, glissant lentement jusqu'à me retrouver les fesses à terre. Mon portable vibra : un message de Valentine Mercier, la doyenne de la troupe, qui venait aux nouvelles.

> Mon Alice chérie. Chaque jour qui passe est une épreuve. Si tu savais comme je culpabilise depuis notre dernière entrevue. Je voudrais que tu me pardonnes en me donnant une seconde chance. Ton amie Valentine.

Son SMS me redonna un peu de baume au cœur. Appareil entre les mains, je méditai sur un retour à Lyon et la mise au point nécessaire avec Guillaume. Jamais un homme ne m'avait permis de m'épanouir de la sorte, et pourtant je redoutais cette confrontation.

En me relevant, un détail dans la position du corps m'intrigua.

On dirait qu'il...

Coup d'œil à ma montre.

Il faut absolument que je trouve un moyen de sortir d'ici !

Je m'approchai de la porte d'entrée. C'était mon jour de chance : elle n'était fermée que par un verrou qu'on pouvait ouvrir de l'intérieur. Me retrouvant sur le palier, une idée plus que hasardeuse m'interrompit, m'incitant à composer le numéro de téléphone de Jason…

Bingo !

Une très légère sonnerie me parvenait de l'appartement. J'entrai de nouveau, en mode recherche. Le bruit paraissait provenir de la zone où l'inconnu était mort. J'en étais certaine.

Pourvu qu'il ne bascule pas sur messagerie…

Rampant à quatre pattes sur le sol, je ne trouvai rien.

Allez, Alice, réfléchis !

Dépitée, je m'assis en position du lotus au beau milieu du tracé et accompagnai dans un parfait mimétisme le bras tendu du « cadavre » semblant indiquer une direction.

Je me penchai pour plonger les yeux sous un meuble suédois, puis me relevai pour aller le déplacer, faisant dégringoler plusieurs bibelots.

Mais rien ! Pas de téléphone !

C'était comme si la mélodie émanait de l'intérieur du mur !

Je renouvelai l'appel, et collai l'oreille contre la paroi, tapant du poing de haut en bas. Rien de probant, jusqu'à ce qu'un léger décalage de la plinthe éveille ma curiosité. Je tentai de la retirer à l'aide d'un couteau de cuisine. Elle ne résista pas longtemps, révélant une petite ouverture d'une insolente attraction. J'étais comme une enfant face à un trésor : impatiente et exaltée. L'adrénaline montait crescendo. J'avais réussi là où d'autres n'avaient rien vu. Sans attendre, j'y plongeai l'avant-bras, libérant bientôt un carnet orange à spirale et le fameux portable de Jason.

Il était quasiment déchargé. Mais je n'étais pas au bout de mes surprises. Je tombai également sur une liasse d'argent enveloppée d'un élastique. Je remis son comptage à plus tard, et enfouis une dernière fois la main dans la cachette, histoire d'être sûre de n'avoir rien oublié. Mes doigts rencontrèrent quelque chose d'autre, comme une feuille cartonnée. Ce fut difficile, mais avec un peu de persévérance je réussis à m'en saisir. C'était en fait une photo. Une photo de…

« Oh, mon Dieu ! »

Enfin de retour chez moi, cherchant désespérément mon trousseau de clés au milieu du capharnaüm de mon sac à main, Guillaume me devança en ouvrant la porte. Son accueil fut glacial.

« Eh bien, tu te souviens que tu as une maison ? »

Je forçai le passage en m'infiltrant par-dessous son bras. La casquette de garçonne que je portais ne laissait rien transparaître de ma transformation capillaire.

Je retirai une couche de vêtements et me précipitai sur le frigo. Un vieux soda sans bulles et un morceau de poulet froid emballé feraient amplement l'affaire.

Dans un jean moulant qui mettait en valeur ses fesses, et une chemise blanche de chez Yves Saint Laurent légèrement ouverte, il m'observait du coin de l'œil.

« On peut savoir où tu étais ? »

La bouche pleine, j'osai à peine lui répondre.

« Je vais t'expliquer, mais laisse-moi respirer un peu. »

Guillaume avait son regard des mauvais jours. Un rien de ma part pouvait déclencher une dispute entre nous. Tout à coup excédé, il me lança :

« Et puis c'est quoi cette mode de manger avec une casquette sur la tête ! Enlève-moi ça ! »

Joignant le geste à la parole, il la retira d'un coup sec, m'arrachant un épouvantable cri de douleur. Il passa de la colère à la sidération.

« Alice ? Tes cheveux ? »

Ce qui n'était que rarissime au début de notre relation devenait de plus en plus fréquent : Guillaume haussait le ton, gesticulait, devenant menaçant par moments.

Sans réponse de ma part, il saisit mon assiette et la projeta dans l'évier.

« Que s'est-il passé ? »

Je tremblai de peur. Les reproches se mirent à pleuvoir, mais je ne pouvais le contredire, la plaidoirie de l'avocat était des plus brillantes. Les yeux rougis par la violence de ses propos, je pris la liberté de me dévoiler.

« Tu ne peux pas comprendre. Laisser tomber est impossible. Beaucoup de choses se bousculent dans ma tête. Une petite voix intérieure me dit que je n'aurai jamais la paix tant que… »

Les mains sur les hanches, il me coupa la parole :

« Alice, ce sont des conneries ! Ta voix intérieure, tu sais ce que j'en fais ? Depuis que Dimitri a disparu, tu te bourres de cette merde de médicaments. Il faut que tu consultes un spécialiste ! »

À croire que Diane et lui s'étaient donné le mot. J'enchaînai :

« Laisse-moi finir, s'il te plaît. Dans le campement des Gitans, j'ai croisé une voyante… »

C'était osé, sans doute absurde et voué à l'échec, mais je ne reculai point :

« … Elle m'a affirmé que Dimitri était toujours vivant. »

La nouvelle n'eut pas l'effet escompté. À peine avais-je prononcé le mot « voyante » qu'il ne m'écoutait déjà plus, hors de lui, effectuant les cent pas, à la recherche d'une explication rationnelle.

Fouillant dans mon sac, il s'empara de mon flacon d'antidépresseurs et le déversa dans la poubelle. Je tentai de l'en empêcher en me cramponnant à son bras, mais il me repoussa une première fois, puis une seconde. Cette dernière fut si appuyée que je trébuchai, tête contre le carrelage.

Honteux de sa maladresse, Guillaume vint me secourir en s'excusant, mais le mal était fait. Jamais il n'avait été violent jusqu'ici. M'éloignant de lui, mes mains en rempart, pour me protéger de ce « brillant et charmant garçon de bonne famille », je me laissai choir dans le canapé, submergée par l'émotion. Il tenta bien une nouvelle approche, mais je le repoussai.

« Je ne comprends pas ce qui nous arrive », murmura-t-il.

Fixant ses magnifiques yeux bleus, je répondis :

« Moi non plus, Guillaume, ce mal-être me bouffe de l'intérieur. L'enlèvement de Dimitri, la perte du bébé, cet accident… Je suis en train de sombrer et je me sens terriblement seule. Je me refuse à l'abandonner.

– Mais qui te parle de l'abandonner ?

– Quel qu'en soit le prix, je n'aurai de cesse de rechercher Dimitri. »

Il voulut m'embrasser dans le creux de l'épaule, mais, d'une main, je l'arrêtai aussitôt.

« Alice… » commença-t-il en prenant son air de chien battu.

Ne pouvant en supporter davantage, je l'interrompis :

« Je t'en prie. Ça ne fait aucun doute que je t'aime, mais je n'accepterai jamais tes accès de violence sous prétexte que mes choix ne te conviennent pas. »

Le moment était des plus douloureux, mais je poursuivis :

« Guillaume, n'abîmons pas ce que nous avons partagé. Je crois que nous avons besoin de prendre de la distance. »

« Prendre de la distance ! » La formule ne lui plut guère, mais il sembla résigné. Je proposai d'aller quelques jours chez Diane afin d'y voir plus clair, mais dans un geste d'élégance, il insista pour que je reste à demeure, préférant retourner chez son père. Avant de monter à l'étage, il se retourna une dernière fois, donnant une dimension tragique à la situation :

« Au petit matin, je ne serai plus là. »

Je regardai sa silhouette disparaître dans la pénombre, accablée, mais soulagée de ne pas avoir prononcé ces paroles que l'on regrette généralement plus tard. Les yeux perdus dans le vide, je cherchais à comprendre une situation qui m'échappait totalement.

À l'intérieur du sac à main, le carnet orange semblait m'appeler… Je l'avais parcouru dans le train, mais sans rien y comprendre. À présent, j'avais toute la nuit devant moi pour tenter de percer son mystère.

26

Lyon

La jeune femme ouvrit les rideaux d'un coup sec et m'invita à prendre place devant son bureau.

« Comment vous sentez-vous, Alice, après cette séance ? »

Une heure trente sur le divan, et elle a encore des questions à me poser ?!

« Ça va…

– Écoutez, je ne vais pas vous mentir. Voici mes premières conclusions : Diane avait vu juste, vous vous nourrissez d'une anxiété grandissante. »

La suite fut tout aussi désagréable à entendre. Cette psychiatre, recommandée par ma meilleure amie, déploya des termes aussi savants que « trouble existentiel persistant », « altération de la personnalité », « aliénation », et bien d'autres encore. Son vocable était parfaitement choisi et terriblement sévère. Selon ses dires, et contrairement à ce que je pensais, mes difficultés n'étaient pas passagères et pouvaient conduire dans certains cas à des pathologies graves comme la schizophrénie.

Ce dernier mot sonna comme une alerte et je trouvai aussitôt un prétexte pour abréger la consultation.

Annie Collet insista toutefois pour fixer un autre rendez-vous, basé cette fois sur les solutions à apporter.

Troublée, je grimpai dans ma voiture. Le jugement de cette femme m'avait blessée et, pour tout dire, je n'avais pas aimé son regard, hésitant même à poursuivre la thérapie. Alors oui, bien sûr, les dernières nuits avaient été agitées, mais l'absence de Guillaume y était pour beaucoup.

Ce matin, la circulation était dense sur Lyon, si bien que je bifurquai dans une petite rue perpendiculaire au cours Charlemagne dans l'espoir d'éviter les embouteillages.

Tandis que je patientais à un feu rouge, une mendiante s'approcha de ma fenêtre ouverte, main tendue.

« S'il vous plaît, s'il vous plaît… »

Son accent m'orientait vers une immigrée des pays de l'Est. Par précaution et sans doute dans un réflexe idiot, je vérifiai la présence de mon sac à mes côtés. Une idée traversa mon esprit.

« Vous venez de quel pays ?

– Argent… argent… »

Visiblement, elle ne me comprenait pas. Un enfant vint à sa rescousse et prononça le mot « Albanie ».

Le feu passa au vert et les premiers klaxons se firent entendre. L'opportunité était trop belle. Je garai la Peugeot un peu plus loin sur le bas-côté et rejoignis les deux nécessiteux abrités sous une sorte de préau en béton. Leur première réaction fut évidemment l'étonnement, puis très vite une certaine appréhension se lut sur leur visage. Peut-être me prenaient-ils pour une assistante sociale ou une personne représentant l'autorité publique ?

« Tu parles français ? »

Le gamin hocha la tête et partit. Le temps d'un battement de cils, il réapparut accompagné d'un individu bedonnant au visage rustre. Il me faisait penser à Marco, le chef des Gitans. J'agitai devant leurs yeux le carnet orange de Jason et leur demandai de l'aide.

« Selon mes recherches, il me semble que c'est de l'albanais, vous pouvez me le traduire ? »

La mendiante pressa l'enfant de lui expliquer la situation. S'ensuivit une discussion entre les adultes qui aurait pu dégénérer sans mon intervention : je sortis un billet de dix euros et le leur tendis. L'homme s'en empara et la femme retourna à ses occupations. Prétextant avoir besoin de lunettes, il sécha sur le premier mot, puis sur le second. J'avais la nette impression de me faire rouler. En désespoir de cause, je me tournai vers le gamin :

« Et toi, tu comprends ? »

Il acquiesça. J'ouvris une page au hasard. Il prit son temps, mais parvint à la traduire. Le gosse se débrouillait bien, mais l'adulte devint menaçant en se mettant entre nous, empêchant tout contact. Je sortis un autre billet et l'informai avoir besoin du môme l'espace de quelques minutes. Il accéda à ma demande et proposa de nous mettre dans un coin à l'abri des regards.

« Comment t'appelles-tu ?

– Arslan. »

Je feuilletai le carnet, stylo à la main, y reportant ses traductions. L'exercice était intéressant et le jeune garçon des plus attachants. Je me concentrai sur les dernières pages et la surprise fut de taille :

« *Dymbëdhjetë* ?

– Douze.

– *Dhjetor* ?

– Décembre. »

Douze et décembre, la date de l'enlèvement de Dimitri ! Encore et toujours cette date de malheur, comme une cicatrice indélébile. Cette information rejoignait la photo de Dimitri retrouvée avec le carnet dans la cache de l'appartement. J'approchais du but. C'était beaucoup et en même temps si peu.

Malheureusement, le reste était sans importance.

Désabusée, je pris appui sur la tôle servant de protection contre le vent.

Le jeune Arslan me subtilisa le carnet et continua à le parcourir, prenant plaisir à lire les mots albanais à haute voix. C'était un peu comme un exercice de prononciation. Je l'écoutais, figée tel *Le Penseur* de Rodin, l'esprit divaguant, quand soudain il perturba involontairement cette apathie passagère. Je me redressai d'un coup :

« Qu'est-ce que tu viens de dire ? »

Surpris, le garçon sursauta et détourna les yeux de sa lecture. Son visage de poupon à la peau aussi mate que brûlée m'attendrit. Il hésita :

« Caméra ?

– Non, tu as dit autre chose : “*Afrikane*”. Fais voir le carnet.

– … garçon noir !

– Un garçon noir ? Un Africain ? »

Cet enfant pouvait très bien correspondre au fils de Muskeba, cette mère éplorée rencontrée lors d'une marche blanche du côté de l'opéra. C'était un peu tiré par les cheveux, mais plausible !

Si mes souvenirs étaient exacts, son fils avait disparu une semaine après l'enlèvement de Dimitri.

Tout doucement, je retirai mon pouce de la feuille et me fis traduire la date du… 19 décembre !

Un frisson indescriptible me parcourut le bas du dos, comme une décharge électrique lancinante. J'eus besoin de temps avant de reprendre le fil :

« Arslan, que veut dire en bas de chaque paragraphe “*Skënderbeu Shëndetësore*” ? »

Il désigna le musée des Confluences situé en face.

« Quoi ? Un musée ? »

À voir sa mine défaite, je faisais fausse route. Arslan se mit à réfléchir et prit mon stylo, dessinant un enfant à côté d'une maison avec une croix de chaque côté.

« Un hôpital ? »

Son visage s'illumina.

D'un rapide coup d'œil sur Internet, je m'aperçus que Skanderbeg, *Skënderbeu* en albanais, était en réalité Georges Castriota Skanderbeg, un prince albanais du XVe siècle, né à Krujë. La ville en question se situait à quarante-cinq minutes de Tirana, et revenait désormais continuellement dans la bouche d'Arslan.

Alors que le môme continuait de lire, mon cerveau entra en ébullition, me submergeant littéralement : des soupçons d'Achille aux Gitans de Montreuil, en passant par le tableau du chevalier (celui de la statue de Skanderbeg sur son cheval) et ce carnet retrouvé chez Jason, tout menait à une ville…

Une seule !

27

Gouzon

Philippe Trémoux descendit du tracteur et referma la porte de la cabine. Son premier geste fut pour Brava, son labrador retriever. Il lui caressa la tête, mais celui-ci se mit à terre afin d'exposer son poitrail. Nous allions vers les beaux jours et l'agriculteur travaillait sans relâche jusqu'à la tombée de la nuit. Un regard au loin lui permit de distinguer les feux d'une voiture. À moins d'un voyageur égaré, cette route de campagne n'était empruntée que par des habitués de la ferme. Il retira sa casquette trempée de sueur. Brava remua la queue et jappa.

« Suffit, mon chien ! »

La berline noire roulait au ralenti, s'engageant si lentement sur le chemin menant jusqu'à l'exploitation que c'en était étrange. Un peu comme si elle transportait une marchandise fragile.

Pour se donner une contenance, l'agriculteur planta sa fourche dans le tas de fumier encore chaud, s'interrogeant sur qui pouvait bien s'inviter à cette heure indue.

Les mains dans les poches, il commença à avancer calmement, prêt à accueillir le visiteur, mais très rapidement, il changea d'attitude et élabora un scénario : un messager au volant d'un véhicule allemand dernier cri était peut-être porteur d'une nouvelle, d'une très bonne nouvelle.

« Annabelle, Annabelle ! » cria-t-il.

Son épouse ouvrit la vieille fenêtre de la cuisine donnant sur la cour et posa sa Cocotte-Minute sur le rebord tout juste repeint :

« Mais qu'est-ce qui te prend à hurler comme ça ?

– Viens ! Viens, je te dis !... Et enlève-moi ce tablier. »

Annabelle Trémoux l'observa. Son Philippe n'était pas du genre à s'enthousiasmer pour un rien. Elle essuya ses mains sur sa blouse et le rejoignit. Il enroula son bras autour de ses épaules et embrassa son front. Elle, encore soupçonneuse, l'interrogea du regard. Lui, ému jusqu'aux larmes, avait un pressentiment :

« Fais-moi confiance, on nous livre un cadeau tombé du ciel. »

*

Paris

Le capitaine Neves accrocha sa veste au portemanteau et prit connaissance du courrier en attente. Le lieutenant Agnès Demare se présenta à la porte.

« Vas-y, entre, lui dit-il.

– Salut, patron, alors, ce week-end, c'était comment ? »

Il désigna la chaise devant lui, mais la jeune femme refusa l'invitation, préférant ne pas s'attarder.

« J'étais dans mes montagnes. Ça m'a fait un bien fou. Et vous, quoi de neuf ?

– Assez calme. »

Il n'insista pas.

« Tu peux demander à l'équipe de me réserver un créneau vers 11 heures ? Je voudrais que l'on fasse un point sur l'affaire Girod. »

Elle acquiesça et disparut rapidement. Neves alluma son ordinateur, manquant de le bloquer après deux tentatives infructueuses de saisie du mot de passe. Le temps de chargement était si long qu'il décida de s'attaquer à ces enveloppes traînant sur le bureau. La marron attira son attention. Il en déchira le rabat et y glissa la main : un vulgaire carnet de marque Rhodia accompagné d'une enveloppe blanche. S'il feuilleta le calepin en un rien de temps, ne saisissant pas un mot de cet alphabet et de ces chiffres, il s'attarda plus longuement sur la missive : elle était signée « A. Guenver ».

« Putain de merde ! »

*

Neuf mois plus tôt

Orléans

La porte franchie, Alain Bernet retira son dentier et redressa son dos endolori, s'empressant de dégrafer ce chemisier blanc crème qui l'oppressait. Il ouvrit son cabas à roulettes et exposa à la lumière la tenue de petite fille qu'il avait dissimulée au fond. Satisfait de son achat sur la place du marché, il rejoignit la cave.

« Jessica ! Jessica, ma chérie, regarde ce que Madeleine a ramené pour toi ! »

La gamine n'eut aucune réaction, préférant se concentrer sur son coloriage d'animaux.

« Tu ne veux pas l'essayer ? »

Jessica Ducrot appuya la pointe de son crayon sur le dessin. Alain s'intéressa à son esquisse en se positionnant dans son dos.

« C'est beau ! »

Toujours aucune réaction.

Intrigué, il posa un doigt sur la nuque de l'enfant : elle était brûlante.

Pris de colère, il se détacha de la gosse et commença à fouiller l'endroit, soulevant le matelas tout en jurant…

Après avoir cherché dans les moindres recoins, il suivit le regard de Jessica et alla plonger ses mains dans la baignoire. Ses doigts balayèrent le fond, finissant par attraper un sachet de poudre.

« Vilaine fille, qu'est-ce que j'avais dit ? »

Se sachant en faute, elle n'osa relever la tête.

« Tu as de la fièvre. Tu dois prendre ton médicament. Madeleine va se fâcher et tu sais que lorsque

Madeleine n'est pas contente, elle demande au méchant garçon de te rendre visite et d'éteindre les lumières. »

Madeleine fit mine de partir. Pour une si jeune enfant, c'en était trop : elle renversa sa chaise et vint se blottir tout contre les jambes de la vieille femme.

« Je préfère ça ! »

Alain s'accroupit et essuya la sueur sur le front de la petite fille.

« Tu es aussi chaude que de la braise. Tu vas prendre ton médicament ? »

Ses yeux apeurés émurent le ravisseur. Il s'apprêtait à la prendre dans ses bras, mais on tambourina à la porte d'entrée.

Qui pouvait bien s'annoncer à l'heure du déjeuner ?

Le visiteur insistait lourdement.

« Attends-moi ici. Je n'en ai pas pour très longtemps. »

28

Tirana (Albanie) – Hôtel International

Une nuit de sommeil avait suffi à peser le pour et le contre et à me convaincre que ma décision était la bonne. Comme souvent ces temps-ci, j'étais partie précipitamment sans en informer un entourage susceptible de trouver de multiples prétextes à m'en dissuader.

Cette petite voix intérieure, culpabilisante et destructrice, résonnait comme le refrain d'une mélodie dont on ne parvient jamais à se défaire. *Un simple aller-retour incognito*, m'étais-je promis. Dimitri était à Tirana, j'en étais certaine, et il m'appartenait d'aller le récupérer afin de réparer mon erreur. Voilà qui devenait une obsession. Cet espoir soulageait chaque instant de mon existence et me faisait un bien fou.

La réceptionniste confirma l'arrivée devant l'hôtel du véhicule que j'avais commandé. S'il y avait une chose que j'avais retenue de mes lectures sur l'Albanie, c'était son insécurité permanente. Dans le coffre de ma chambre, j'avais rangé les trois mille euros scandaleusement subtilisés lors de ma visite dans l'appartement de Jason, et je comptais bien m'en servir d'une manière ou d'une autre.

En grande discussion avec ses confrères, le chauffeur de taxi patientait, les fesses posées sur le capot de sa Lada.

« Touriste ?

– Voyage d'affaires. Je travaille pour un guide.

– Où dois emmener ? »

Je montrai mon plan, jouant parfaitement la fille venue découvrir la région. Il s'étonna de mon choix :

« Krujë ?

– Oui, Krujë. Ça pose un problème ? »

Il se reprit, sans doute conscient de la longueur de cette course qui pouvait rapporter gros.
« Très… *beautiful*, mais pas à voir grand-chose. »

Après avoir négocié sa mise à disposition pour une journée entière, Halim m'avait proposé d'autres visites touristiques, ce que j'avais accepté pour ne pas le contrarier et éveiller ses soupçons.
Je rejoignis le chauffeur sur la place centrale.
« Alors, château ? me fit-il avec ferveur.
– Magnifique, la cité médiévale est superbe. J'adore son authenticité. »
Comme tous les habitants du pays, il était fier du patrimoine qui mettait en valeur cette ancienne république du bloc soviétique.
« Vous pensez que touristes français venir ? »
Inutile de corriger ses fautes de langage. Elles s'ajoutaient au charme des lieux. Après tout, j'arrivais à le comprendre et c'était le principal. Je confirmai avec enthousiasme et sa fibre patriotique fit le reste. Je repris place dans sa Lada beige datant des années quatre-vingt-dix.
« Dites-moi, Halim, j'ai cru comprendre qu'il y avait un hôpital du côté de Krujë, je me trompe ? »
Il ajusta son rétroviseur et observa mon visage. J'avais éveillé son intérêt, c'était une évidence.
« Skanderbeg ? Oui, bien sûr ! Hôpital enfants. Rien à voir touristes. Monsieur Halim à autre endroit à montrer à mademoiselle. »
Tout en reprenant mes notes, je l'interrogeai :
« Ah bon, lequel ?
– Parc national Qafë Shtamë. »

Pendant le trajet du retour, j'arguai avec insistance sur l'architecture exceptionnelle de l'hôpital Skanderbeg réalisé par l'artiste albanais Domof. Rechignant, Halim consentit toutefois à y faire un détour, le bâtiment se situant à seulement cinq kilomètres. La portion de route, ou plutôt le chemin de terre nous y menant, était dans un état déplorable.

En un rien de temps, nous arrivâmes à proximité du complexe dernier cri contrastant avec l'extrême pauvreté environnante. Le premier détail qui attira mon attention fut les derniers cinq cents mètres entièrement goudronnés de ce gravillon noir et lisse que l'on retrouvait plus fréquemment en France. Halim longea l'entrée au ralenti, sans réelle volonté de s'y attarder. Toutes les indications affichées étaient en anglais.

« Présentez-vous à la barrière.

– Non, non, non. Y a gardien ! Nous laissera jamais entrer !

– Très bien, déposez-moi, je vais m'y rendre seule. »

Ne voulant pas perdre le bénéfice de sa journée de travail, il obéit à contrecœur et stoppa son véhicule, moteur allumé et vitre baissée, devant un immense panneau de quatre mètres sur trois donnant un aperçu du complexe. Je traduisis les inscriptions de cet ensemble d'immeubles qui éveillait la curiosité.

Nous étions face à un hôpital pour enfants, couplé à une maternité. Le premier bloc était consacré à la chirurgie réparatrice, le deuxième, entièrement dédié à la cardiologie et aux maladies respiratoires… C'est le quatrième qui suscita mon intérêt. Il s'agissait vraisemblablement d'un orphelinat. Devant notre véhicule en stationnement, un surveillant en uniforme sortit de son abri et approcha. Halim se mit à paniquer :

« Pas bon, ça, mademoiselle ! Pas bon… »

Mais je parvins à le rassurer en promettant de doubler sa prime.

« Laissez-moi faire et surtout gardez votre calme ! »

L'agent se courba à la portière. J'arborai mon plus beau sourire.

« Bonjour, monsieur. »

Il ne parlait pas un traître mot de français ou d'anglais. Halim allait me servir d'interprète.

« Dites-lui que je travaille pour le groupe qui a bâti l'hôpital et que je souhaite le visiter. »

J'aurais parié qu'il avait pour consigne d'éloigner les curieux.

« Il nous demande de partir. Faut y aller, mademoiselle.

– Non, je voudrais faire une ou deux photos pour mon patron. C'est l'histoire de cinq minutes tout au plus. »

Le chauffeur se mit à traduire, mais l'autre ne s'en laissa pas conter et nous fit le geste de déguerpir.

Je fouillai discrètement dans ma poche et tendis la main. Coup d'œil dans son dos, il plaça la sienne en dessous et récupéra les deux billets de vingt euros. Halim m'observait, admiratif.

« J'ai cru comprendre que vous fonctionniez comme cela ici. Dites-lui de me passer un badge visiteur. Je ne voudrais pas rester bloquée à l'entrée. »

Le vigile s'exécuta et nous voilà partis sur cette route privée. En passant l'enceinte de hauts murs, je fus frappée par la flore abondante et variée.

« Garez-vous là sur le parking, en marche arrière. Je n'en ai pas pour longtemps. »

Avant de gravir les marches, j'admirai l'édifice en verre et la prouesse de la réalisation. Sur la droite, une passerelle translucide unissait deux ailes.

D'un pas assuré, badge visiteur autour du cou, je pénétrai à l'intérieur. Le hall d'accueil était splendide. Outre les grandes fresques au mur, le sol était recouvert de marbre blanc. Le nom des praticiens était inscrit sur un tableau électronique dernière génération. Je fis semblant de m'y intéresser, prononçant leur nom à voix haute : Berisha, Sadiku, Ajeti, Mavraj…

Évidemment, cela ne me disait strictement rien.

Une hôtesse surgit, souriante et empathique. Par chance, elle parlait anglais :

« On peut vous aider ?

– Bonjour, mademoiselle, je m'appelle Alice Guenver et le professeur… Ajeti m'a proposé de passer le voir. »

Elle resta un long moment à m'observer. Si je baissais la garde, c'en était fini de cette couverture.

« C'était il y a longtemps ? »

Le problème avec les mensonges, c'est que vous avez une chance sur deux de vous prendre les pieds dans le tapis. Je répondis spontanément :

« Oh, une dizaine de jours. »

Elle désigna les fauteuils et me proposa d'aller se renseigner.

Son comportement sonnait faux. J'eus un mauvais pressentiment. Il semblait évident que j'étais en passe d'être démasquée. Faisant mine d'aller aux toilettes, je la vis s'emparer du téléphone de l'accueil.

« *Sigurimi*[1] *! Sigurimi ! Sigurimi !* » répétait-elle.

Ni une ni deux, je bondis, passai les portes automatiques, dévalai les escaliers et courus pour rejoindre Halim.

« Alors ?

– Vite ! Vite ! Roulez ! On s'en va ! Et surtout, ne vous arrêtez pas ! »

---

1 Sécurité !

29

Tirana (Albanie) – Hôtel International

Une serviette enroulée autour de ce qu'il me restait de cheveux, je sortis précipitamment de la salle de bains pour répondre au téléphone. C'était Diane venant aux nouvelles.

« Ah, ben quand même, Alice ! Je t'ai laissé des dizaines de messages. »

Le ton employé était culpabilisant. Mis à part un déjeuner pris sur le pouce la veille de mon départ, je n'avais pas eu beaucoup de temps à lui consacrer ces derniers jours et elle me le reprochait ouvertement. Diane était un moulin à paroles qui parfois se souciait peu de la réaction de ses interlocuteurs. Ses relations compliquées avec Jérôme accaparèrent l'intégralité de notre échange. Difficile de l'interrompre dans ces conditions. Heureusement, au bout de dix minutes, elle me proposa de nous voir pour un apéritif dînatoire.

« Disons que ça ne va pas être possible. Je suis à Tirana ! »

Sa déception fut à la hauteur de sa surprise. Et me voilà partie dans un début d'explication.

« J'en étais sûre ! Je le savais ! fit Diane. Tu ne vas pas bien du tout… »

On s'annonça à la porte de ma chambre.

« Attends une seconde, ce doit être le room service. »

Appareil contre l'oreille, j'ouvris. Et là, un voile noir altéra ma vue. La stupéfaction fut totale et le silence, absolu. Bouche ouverte, je n'eus ni la force ni la présence d'esprit de prononcer le moindre mot.

« Alice, tu es toujours là ? Alice ? »

Devant moi, deux silhouettes masculines, sourire aux lèvres. L'un des individus s'invita dans la pièce, tandis que l'autre resta sur le seuil.

« Répondez-lui ! » m'ordonna-t-il.

« C'est qui ? » fit Diane.

Sans réfléchir et ne le quittant pas des yeux, je murmurai :

« Marco, de Montreuil ! »

Étais-je en train de rêver ?

« Je peux appeler la sécurité ! le menaçai-je.

– Allez-y, faites-le et vous ne repartirez pas d'ici vivante. »

Tremblante, je raccrochai après avoir rassuré Diane.

Ce premier échange avec Marco n'augurait rien de bon. Il proposa de nous asseoir et revint sur les événements de Montreuil. Pas une fois il ne me présenta ses excuses pour la violence que j'avais subie de la part de ses hommes. Je le priai de sortir. Sans rechigner, il se plia à ma demande, mais au dernier moment, il se retourna :

« Je comprends que vous soyez en colère contre moi, mais vous devriez penser à votre gamin au lieu d'en faire une histoire personnelle. Vous avez mis un coup de pied dans la fourmilière, mais sans notre aide, vous ne le retrouverez jamais. »

Marco posa la main sur la poignée et fit un signe à son acolyte.

« Attendez ! lançai-je. Qu'est-ce qui me prouve que vous dites vrai ? »

D'un geste calme, il laissa entrer Lucho et referma la porte. Ses yeux étaient si noirs que j'en étais incommodée. Marco affirma avoir été convaincu par les arguments de Sara, mais aussi par ma volonté farouche de connaître la vérité. Malgré son ton persuasif, j'avais un peu de mal à le croire sincère.

Le Marco du campement ne correspondait en rien à celui que j'avais en face de moi. Il était différent, son regard moins méprisant. Il avait retrouvé ma trace par l'entremise d'une famille de Gitans lyonnais.

Son téléphone sonnait sans cesse. Il répondait dans différentes langues, passant de l'allemand à l'espagnol avec aisance.

« Depuis la mort de Darkan, je sais que Jason est en danger. »

Je pouvais enfin mettre un nom sur ce visage : Darkan ! Il était l'un de ses innombrables neveux et l'éphémère pianiste de la gare. C'était lui que Serge Guiguet avait tué d'un coup de couteau dans l'appartement de la rue Garibaldi.

Marco jura, le traitant plusieurs fois de bâtard. Lucho posa une main sur son épaule, cherchant à l'apaiser.

« Ce salopard de Darkan a entraîné mon Jason dans ses magouilles. J'aurais dû m'en méfier dès le premier jour. Quand je pense que j'ai encouragé cette fraternité. J'étais si fier !

– Que s'est-il passé ? »

De toute évidence, Marco hésitait à fendre l'armure :

« Darkan a commencé à faire des conneries et Jason a suivi. Le problème avec les jeunes, c'est qu'ils en font de plus en plus. Je sais ce que vous vous dites. Un Gitan qui se plaint de ce genre de choses, c'est l'hôpital qui se fout de la charité, hein ? »

Je ne pouvais pas mieux dire, mais je m'abstins de répondre.

« Au début, ce n'était pas bien méchant, mais le trafic de ferraille ou de cuivre ne leur suffisait plus. Ils ont braqué deux bureaux de tabac sans se faire attraper. Et puis, ce fut l'escalade. Un beau matin, ils ont changé de registre. Pour quelle raison ? J'en sais rien. »

Il désigna son acolyte.

« Lucho a eu des doutes. J'ai alors décidé de les remettre dans le droit chemin, mais Darkan était un gamin dangereux, élevé dans la haine et la violence. Son père le frappait à longueur de journée et il n'a connu que ça.

– Pauvre gosse ! » ajoutai-je.

Ses yeux se plissèrent, ses sourcils se firent menaçants. Marco ne partageait visiblement pas mon empathie.

« Ils se sont mis en rapport avec des gars louches. Albanais, Moldaves et même des Géorgiens de la pire espèce, sans foi ni loi. Franchement, je ne suis pas un enfant de chœur, mais eux c'est différent. L'autre jour, ils vous auraient défigurée pour que vous serviez d'exemple. Ce sont des bêtes ! »

Selon lui, j'avais *seulement* eu le crâne brûlé ! Et je devais m'estimer heureuse… C'est en tout cas le message qu'il cherchait à me transmettre.

« D'où viennent ces hommes ?

– Des filières organisées. Pour eux, la France est un moyen de faire de l'argent facile. Drogue, vol, prostitution, trafics en tous genres. Lorsqu'ils sont dans un pays, c'est pour le dévaster. Ils n'ont ni règles ni scrupules. À leurs yeux, votre vie ne vaut rien. »

Moins craintive, je réduisis la distance entre nous. Son visage buriné n'était plus qu'à trente centimètres du mien.

« Je crois qu'il se passe quelque chose du côté de l'hôpital Skanderbeg… » lui dis-je sur le ton de la confidence.

Il secoua la tête.

« Que vous êtes naïve ! Bien sûr qu'il s'y passe quelque chose, mais c'est trop gros et très dangereux. Je ne boxe pas dans la même catégorie que ces hommes. Moi, j'ai une femme, une famille, une communauté à faire vivre et à soutenir. Quant à la police albanaise, elle est aussi corrompue que les hommes politiques. »

Dépitée, j'insistai à établir le lien entre Dimitri et Jason. La photo de mon petit ange, retrouvée dans l'appartement des deux musiciens, ne sembla pas l'émouvoir, pas plus que lorsque je les accusai de complicité d'enlèvement.

« C'est possible. Darkan et Jason se rendaient régulièrement à Tirana, soi-disant pour leurs affaires, mais en réalité ils avaient un rôle bien précis.

– Ah oui, lequel ? »

Je lus le désarroi dans ses yeux.

« Celui de passeurs d'enfants. »

Muet jusqu'ici, Lucho prit la parole :

« Jason est introuvable à l'heure qu'il est. Si, comme vous l'affirmez, il a un lien avec la disparition de votre gamin, nous n'allons pas tarder à le découvrir. Auparavant, on va tenter de lui mettre la main dessus. En espérant surtout qu'il ne soit pas trop tard ! »

L'étau se refermait bel et bien sur le gendre de Marco.

« Vous êtes là pour votre petit garçon et nous, pour ramener un membre de notre clan à sa famille.

– Et s'il ne veut pas revenir ? Vous y avez songé ? »

Marco répondit à la place de Lucho :

« Alors, je le tuerai ! Et ma Kelly pourra faire le deuil de son mari. »

Voilà qui avait le mérite d'être clair.

« Vous nous servirez de couverture. Seule, vous n'y arriverez pas. Vous ne connaissez pas ces hommes et ce dont ils sont capables. Vous ne survivrez pas une journée de plus à Tirana. À l'heure qu'il est, je vous parie un billet qu'ils sont déjà au courant de votre présence à l'hôtel. »

Je lisais comme un aveu dans ses yeux.

« Vous m'avez suivie ? demandai-je.

– Disons que nous n'étions pas loin, au cas où il vous serait arrivé quelque chose. »

Son regard suffit à me convaincre, mais en réalité, avais-je le choix ?

« On fait quoi alors ? »

30

Paris

Le lieutenant Agnès Demare se leva au milieu de la nuit. Elle jeta un coup d'œil dans la chambre de sa fille pour vérifier si elle dormait toujours à poings fermés. Dehors, des étudiants éméchés hurlaient leur ivresse d'un soir. Le jeudi était synonyme de soirées festives, et il n'y avait rien d'autre à faire que de prendre son mal en patience.

Elle s'installa à son bureau et ouvrit son ordinateur portable. En veille, celui-ci s'alluma sur une vidéo en pause, là où elle l'avait laissée.

Depuis la découverte de ce carnet envoyé par Alice Guenver, l'affaire Dimitri Girod occupait une grande partie de ses journées. Neves avait confié à la police scientifique le soin d'étudier méticuleusement les séquences de toutes les caméras de la gare, des couloirs du métro au sous-sol, des halls de départ aux boutiques, mais cela n'avait rien donné. Loin d'être convaincu de leurs conclusions, le capitaine l'avait chargée, elle, de suppléer ce travail en l'orientant sur d'autres hypothèses.

Cela représentait des heures d'enregistrement. Une main sous le menton, l'œil attentif au moindre détail, elle effectuait d'incessants arrêts sur image. D'un voyageur cleptomane à un vendeur de shit persuadé de passer inaperçu, rien n'échappait à son œil averti. Elle se frotta le visage, étouffa un bâillement d'hippopotame et somnola, jusqu'au moment où elle se redressa brusquement.

« Et si, et si… »

Elle modifia radicalement son approche. Dès les premières minutes où Dimitri Girod avait été enlevé, on avait verrouillé le périmètre avec rigueur et sérieux, ce qui laissait à supposer que l'enfant était resté plusieurs heures au fond de cette cuve. « Plusieurs heures ! » avait indiqué le capitaine.

Plusieurs heures ! Plusieurs heures ! Et pourquoi pas plusieurs jours ?

Après tout, rien ne prouvait le contraire !

Elle rechercha le dossier en murmurant :

« Et si tu n'avais pas été déplacé le jour même ? »

Ce pull bleu marine retrouvé dans la cuve les avait peut-être induits en erreur. On avait soupçonné une manœuvre du kidnappeur pour travestir l'enfant et l'enlever au nez et à la barbe de la police, mais ça n'avait peut-être aucun sens.

Agnès ouvrit le raccourci du dossier qu'elle avait en permanence sur l'écran d'accueil de son ordinateur. Les pièces jointes défilèrent une à une. De la date limite de conservation d'un emballage de sandwich à celle répertoriant excréments ou autres, Agnès notait absolument tout sur son cahier… jusqu'à une vulgaire feuille d'émargement qui attira son attention : le scan était de piètre qualité, mais on y lisait la signature, le jour et l'heure de ronde d'un surveillant effectuant son cycle d'inspection des sous-sols. Un élément qu'elle jugea fondamental, car il délimitait dans le temps l'hypothèse du départ de Dimitri de la gare.

Si tu es venu faire ta visite le matin de l'enlèvement de Dimitri et que tu es revenu six jours après, c'est que forcément…

Elle inscrivit chiffres, pourcentages et autres probabilités sur son calepin, excluant par principe les deux premiers jours suivant le kidnapping, jugés trop proches et trop risqués, ainsi que le dernier. Restaient donc trois jours entiers à explorer !

*

Tirana (Albanie) – Hôtel International

Allongée sur le lit, jambes croisées et yeux grands ouverts, je prenais le temps nécessaire à la réflexion.

Marco avait raison ! Je n'étais pas de taille à affronter une bande organisée.

Dans l'autre pièce, discussions et palabres allaient bon train. Les deux hommes s'étaient organisés, sollicitant une hospitalité difficile à refuser au vu des circonstances. L'un prendrait le canapé, et l'autre, le fauteuil.

On cogna brusquement à la porte d'entrée.

Debout, oreille contre la cloison, je ne parvenais pas à entendre le moindre mot. Je patientai, hésitante sur le comportement à adopter. Après tout, cette suite était la mienne !

Je sortis de la chambre. Là, je tombai nez à nez avec un quatuor d'individus. La gêne était palpable. Ils me reluquèrent de la tête aux pieds, et Marco, bien qu'apparemment ravi de leur arrivée, n'apprécia guère la situation. Il prit mon bras et murmura :

« Ne sortez pas habillée comme ça. Ça reste des hommes. »

Telle une enfant écoutant le conseil paternel, je retournai me changer.

Lorsque je revins, je découvris un spectacle effarant : des armes étaient étalées sur la table basse, un véritable arsenal dont je mesurai immédiatement la dangerosité.

Marco distribua ses consignes.

Les nouveaux venus étaient chargés de recruter des cousins dans une commune nommée Lazarat, d'où Lucho était originaire. Puis il leur dressa la liste des bars et des boîtes de nuit de Tirana, où Jason et Darkan avaient l'habitude de se rendre. Chacun d'eux prit un pistolet, parfois un second, et des munitions.

Imperturbable, Marco les raccompagna, donna une accolade à chacun, et revint s'asseoir, ajustant un oreiller sous sa nuque avant de fermer les yeux avec un :

« *Naten e mire, Alice*[1]. »

---

1 Bonne nuit, Alice.

*

Lyon

Ils sortirent de derrière le bosquet comme des animaux surgissant d'une forêt. Marc se tenait un bon mètre derrière Jacques Girod, toujours prêt à lui venir en aide en cas de besoin. Serviable, attentionné, il était un employé modèle et dévoué.

En apercevant son fils à travers la fenêtre, le maître des lieux ressentit une grande satisfaction : son héritier était déjà prêt à partir au combat.

Confortablement installé à la table ronde de la cuisine, son café à la main, Guillaume délaissa son journal, se leva et les suivit du regard. Selon un rituel immuable qu'il ne comprenait guère, son père se rendait tous les matins à 6 heures précises au cimetière familial situé au fond de la propriété. L'instant était solennel et les chiens n'étaient pas en reste, galopant, virevoltant, heureux de partager ce moment en sa compagnie.

Enfin au chaud, l'avocat se débarrassa de son gilet en laine et retira son chapeau.

« Tu es matinal aujourd'hui ! Et je ne boude pas mon plaisir de pouvoir partager le petit déjeuner avec toi. »

Jacques empoigna une chaise et fit un signe à Marc.

« Hum, *Le Figaro*… Les nouvelles sont bonnes ?

– Moroses, comme le moral des Français. »

Le patriarche acquiesça, mais Guillaume embraya sur un tout autre sujet :

« Dis-moi, toujours à vouloir faire ce cérémonial sur les tombes ? »

Le moins que l'on puisse dire, c'est que l'avocat n'apprécia guère ce terme de « cérémonial ».

« Étrange perception, mon garçon. C'est beaucoup plus que ça ! Avoir la foi, c'est aussi prendre soin de ses morts. D'ailleurs, souvent je leur parle, et je leur demande conseil ! »

Guillaume s'en amusa, mais il se garda bien d'une plaisanterie sur le sujet. Décidément, ses propres convictions religieuses n'étaient pas aussi prononcées que celles de son père.

« Parler à des morts ! On pourrait te prendre pour un fou ! »

Ses lèvres s'ouvrirent sur ses petites dents blanches, s'ensuivit un claquement régulier du dos de sa cuillère contre le premier objet à sa portée.

« Je me fiche de ce que pensent les gens. Tu sais, Guillaume, si l'enveloppe terrestre de nos aïeux a disparu, il n'en reste pas moins que leur esprit est toujours présent. Mais laissons la foi catholique de côté si tu veux bien, dis-moi plutôt ce qui explique ta présence ici depuis plusieurs jours. Que se passe-t-il avec Alice ? »

Guillaume abdiqua. Évidemment, sa fiancée était l'objet de tous ses tourments. Leur séparation – « et non rupture », comme il aimait à le souligner – était une blessure difficile à soigner.

Le paternel retira son rond de serviette, attentif à la moindre de ses explications.

« Je crois qu'il faut te rendre à l'évidence. Cette femme a beaucoup souffert. La mort de son père, le cancer de sa mère, la perte du bébé et maintenant la disparition de Dimitri. Si tu l'aimes, tu te dois d'être patient avec elle… »

L'interrompant, Guillaume sortit de ses gonds :

« Si je l'aime ?! Bien sûr que je l'aime ! Je n'ai jamais autant aimé une femme. Seulement, elle n'est plus dans son état normal depuis l'enlèvement. Nous sommes tous bouleversés et tu sais à quel point c'est difficile pour Isabelle et moi. Mais chez Alice, cette angoisse s'accompagne d'une culpabilité destructrice, si bien qu'elle se bourre de médicaments à longueur de temps. Elle a des hallucinations. Je ne la reconnais plus. »

La main du septuagénaire se posa sur la sienne.

« Calme-toi. Tu me rappelles ma pauvre sœur. Toujours à hausser la voix à la moindre contrariété. Parle-moi plutôt de cette histoire d'hallucinations. Quel genre ? »

La voix de Jacques Girod était posée, il respirait le calme. Personne jusqu'alors ne l'avait vu s'emporter. Face à cette attitude, Guillaume s'apaisa tout naturellement.

« C'est une longue histoire, tu sais, et je ne sais même pas si cela représente un intérêt. En résumé, une voyante lui a fait tout un tas de révélations sur son passé, allant même jusqu'à affirmer que Dimitri était vivant. »

Le doyen ne fit aucun commentaire, se contentant de boire une gorgée de café. Ce fut le moment que Guillaume choisit pour changer de sujet et prendre des nouvelles de sa tante Myriam.

« Merci de ton intérêt. Elle va légèrement mieux, mais ne peut se déplacer qu'environ une heure par jour dans ses appartements. Au moindre microbe, elle risque sa vie.

– Je voudrais l'embrasser avant de partir. »

Jacques ne donnait pas si facilement son accord lorsqu'il s'agissait de rendre visite à son unique sœur.

« Excellente idée, tu as mon autorisation. Pense à te faire désinfecter par l'infirmier. Tu sais, Myriam et Alice sont de notre famille. Nous nous devons de leur venir en aide. »

Guillaume ne comprit pas cette allusion à sa fiancée.

« Je me trompe où tu tentes de me transmettre un message ? »

Lorsque Jacques Girod devait dévoiler son raisonnement dans les moindres détails, il avait la fâcheuse tendance à soupirer, reprochant de fait à son interlocuteur son manque de discernement. Néanmoins, dans le cas présent, il fit une exception car il s'agissait de son fils.

« Au vu de ce que tu sous-entends, Alice ne va pas bien ! D'ailleurs, où est-elle ? »

31

Tirana (Albanie) – Hôtel International

S'il y avait bien une chose que l'on pouvait reconnaître à Marco, c'est qu'il ne perdait pas son temps en détails inutiles. Son téléphone portable sonnait sans arrêt. En réalité, il ne s'agissait pas d'un appareil, mais de plusieurs. Je n'en comptais pas moins de trois, chacun avec une utilisation spécifique. Ses hommes avaient œuvré toute la nuit, lui donnant d'heure en heure les renseignements voulus.

Nous étions tous deux dans la suite et j'en profitai pour commander un copieux petit déjeuner.

« Y a du nouveau ! s'enthousiasma-t-il soudain. Jason a été vu pour la dernière fois du côté de Vlora, c'est une petite cité balnéaire où beaucoup de chefs mafieux ont leur villa. Mes hommes sont en train de s'y rendre.

– Vous pensez qu'il est retenu prisonnier là-bas ?

– On va vérifier. Il ne faut pas laisser l'ennemi s'organiser. Préparez vos affaires, faut pas traîner ici.

– On va où ?

– Les frères s'occupent de Jason. Quant à nous, on va rendre une petite visite à cet hôpital Skanderbeg et tenter de trouver votre gosse. »

Marco m'intima de n'emporter que le strict nécessaire. Cette accélération des événements, tout autant que son empressement, n'était pas pour me déplaire.

On frappa à la porte :

« *Breakfast, lady !* »

Je mourais de faim. Appliquant ses recommandations, je jetai un bref regard dans l'œilleton : une femme derrière un lourd chariot à roulettes. Je la laissai pénétrer dans la suite. Elle déposa les plats et boissons sur la table basse et me souhaita bon appétit avec amabilité, avant de se retourner pour sortir.

« Oh, attendez. »

Je lui offris un billet de cinq euros en guise de remerciements, puis elle se retira. Je remis soigneusement la chaînette dans la cornière et rejoignis le chef. Pistolet en main, il était sur ses gardes.

« Tout s'est bien passé ? » me demanda-t-il en abaissant son arme.

Je lâchai en haussant les épaules :

« Ben, naturellement. Elle était charmante, et d'ailleurs elle ressemblait comme deux gouttes d'eau à votre fille Kelly. »

Cette image lui arracha un sourire. Sans ajouter un mot, il jeta son 9 mm sur la couette.

« Je vais faire ma toilette, lançai-je, et après, je ferai honneur à ce petit déjeuner royal ! Vous pouvez commencer, inutile de m'attendre. »

D'un air totalement détaché, Marco lâcha un « non merci » qui me laissa indifférente.

Je subtilisai une magnifique framboise fraîche dans le saladier imitation argent et pénétrai dans la salle de bains. À peine avais-je franchi la porte qu'une main calleuse et moite se plaqua sur ma bouche, bloquant ma respiration. Le souffle d'un homme ventila ma nuque. Terrifiée, je découvris son visage dans le miroir. Son crâne rasé lui donnait une allure de brute épaisse. Son bras droit était terminé par une arme à feu.

« Chut, murmura-t-il à mon oreille.

– Alice, dépêchez-vous, on doit partir dans une quinzaine de minutes ! » fit Marco de l'autre côté de la porte.

L'inconnu fronça les sourcils, et enfonça le canon de son arme dans mes reins avant d'ôter sa main, m'obligeant à répondre. D'une voix vacillante, je bredouillai un « j'arrive » loin d'être convaincant. Le Gitan frappa à la porte.

« Alice ? Tout va bien ? »

L'acier s'enfonça davantage.

« Je n'en ai pas pour longtemps. Servez-vous, le garçon d'étage a laissé des framboises. Elles sont délicieuses. »

Dans le reflet du miroir, je voyais l'homme découper un morceau de sparadrap. Il dégageait une horrible odeur de transpiration, mais je n'eus pas longtemps à en supporter la gêne, car dans la seconde qui suivit, il m'asséna un coup sec sur la nuque qui me fit aussitôt perdre connaissance.

*

Orléans

Alain cogna du poing contre la porte métallique et attendit.

Assis à son bureau, le garagiste rehaussa ses lunettes, s'étonnant de cette « intrusion » à une heure si tardive : sûrement encore un de ces maudits clients indélicat souhaitant récupérer son véhicule. Son berger allemand jappant plusieurs fois, Pastorel se résigna à ôter le cadenas et repoussa le lourd portail.

« Alain ? Mais qu'est-ce que tu fais là ? »

Le visiteur entra sans y être invité.

« Je viens récupérer mon camping-car. »

Remarquant ses yeux fatigués, le mécanicien s'étonna :

« Quoi ? Maintenant ? T'abuses, il est plus de 21 heures ! »

L'autre avait déjà tourné les talons et se dirigeait d'un pas décidé vers le fond du hangar. En attente d'une caresse, le chien suivit.

Perturbé par cet empressement inhabituel chez son ami, le garagiste n'eut guère le choix que de coopérer. Alain était déjà derrière son volant, attendant l'ouverture complète du portail.

Patrick Pastorel lui fit le geste de baisser la vitre, et Bernet s'exécuta à contre cœur.

« Tu as des ennuis ?

– Tout va bien, je te dis, maintenant ouvre-moi cette putain de barrière ! »

*

Tirana (Albanie) – Hôtel International

Encore à moitié sonnée, j'ouvris les yeux. Je me sentais un peu comme au lendemain d'un réveillon arrosé. Difficile d'évaluer la durée de ce méchant trou noir.

Une minute ? Une heure ?…

Cette douleur derrière la tête me ramena soudain à la dure réalité de la situation.

À moitié chancelante, je rejoignis le salon, et découvris une suite complètement dévastée. Un individu, ventre contre terre, gisait dans son sang, souillant la moquette.

« Il est mort. »

Je tressaillis lorsque ces mots parvinrent jusqu'à moi. Marco se tenait proche de l'entrée, une arme dans le prolongement de son bras. Je discernai à peine les traits de son visage, mais quelque chose ne tournait pas rond dans le timbre de sa voix. Il bougea, et je vis sa main gauche maculée de sang.

« Mon Dieu, vous êtes blessé !

– Ce n'est rien.

– Laissez-moi regarder. »

Il se laissa faire et prit appui sur mon épaule. Je l'installai sur le canapé. À la hâte, je rassemblai serviettes, mouchoirs et absolument tout le nécessaire afin de stopper l'hémorragie. Cette scène avait un air de déjà-vu, et le souvenir de Serge Guiguet agonisant dans l'appartement parisien de Jason et Darkan me revint en mémoire. Marco retira sa chemise en grimaçant. Il ouvrit les yeux et me gratifia d'un « vous m'avez sauvé la vie, Alice ».

Il était d'habitude si avare de compliments que j'en restai sans voix. Il m'expliqua :

« Si vous ne m'aviez pas dit que la serveuse ressemblait à ma Kelly, je n'aurais peut-être pas percuté lorsque vous m'avez parlé d'un "garçon d'étage". J'ai aussitôt compris que quelque chose n'allait pas ! »

Épongeant son sang, la contorsion de sa bouche laissait deviner son supplice. Je me fendis d'un « désolée ».

« Qui c'était, ce type ? »

Selon lui, il s'agissait d'un homme de main affilié à une bande à qui Darkan ou Jason devaient de l'argent. Il m'apprit qu'en Albanie, il existait une vieille tradition selon laquelle une dette d'argent ou d'honneur pouvait se transmettre à l'intérieur même d'une famille ou entre générations. Autrement dit, même mort, votre créance ne s'annulait pour ainsi dire jamais.

« Et quel lien avec nous ?

– Darkan mort, ils réclament désormais l'argent à Jason. Et comme ils sont de ma communauté… »

La sonnerie de l'un de ses téléphones vint perturber notre tête-à-tête.

« C'est Lucho. Il nous attend dans le hall. »

Il pointa du doigt ma valise posée devant l'entrée et se mit péniblement debout.

« J'ai rangé vos affaires un peu n'importe comment. Faites un dernier tour des lieux, car nous ne reviendrons pas. »

Marco semblait tellement sûr de lui que je n'osai le contredire.

Alors que j'allais obéir, mon regard se porta sur le corps étendu à terre : je fus prise de vertiges et une violente migraine m'enserra soudain le crâne. Les prémices d'une nouvelle crise de panique… Je me précipitai sur mon sac à main, mais rien !

« Quelque chose ne va pas ? »

Je suffoquai et courus vers la baie vitrée. Une fois sur le balcon, j'inspirai à pleins poumons l'air de la ville. Le crâne en feu, je fus obligée de me tenir à la rambarde pour ne pas basculer dans le vide, les yeux tournés vers le ciel.

Mais ils sont où ces putains de cachets !

« C'est ça que vous cherchez ? »

Je me retournai : Marco me tendait les médicaments.

D'une main tremblante, j'enrobai la sienne, de peur que le flacon ne m'échappe, et avalai un comprimé, aussi heureuse qu'une asthmatique sollicitant sa dose de Ventoline.

Enfin calmée, j'empoignai ma valise et le suivis dans le couloir. Marco plaça la pancarte « ne pas déranger » sur la poignée et s'apprêtait à refermer la porte quand j'arrêtai son geste :

« Attendez ! Donnez-moi une minute, j'ai oublié quelque chose dans le coffre ! »

32

Albanie

Les routes de la campagne albanaise étaient aussi sinueuses et cabossées que les pistes d'un safari en pleine brousse. Assise à l'arrière du véhicule, j'avais envie de vomir. Marco se retourna.

« Ça va aller ?

– C'est plutôt à vous qu'il faut demander ça. Il est temps de changer votre pansement. »

Conscient de cette évidence, il eut une moue réprobatrice, précisant que ce n'était qu'une simple égratignure. Pour rien au monde, le Gitan n'aurait laissé paraître un quelconque signe de faiblesse, et encore moins devant une femme.

Inquiet de ne pas avoir de nouvelles de ceux qu'il nommait « ses frères », il donna ses recommandations au chauffeur et s'empara de la tenue soigneusement pliée à mes côtés.

« C'est beaucoup trop dangereux pour une femme. Vous allez rester bien sagement dans le 4 × 4 avec Lucho. J'ai la photo de votre gamin. S'il est là, je vais le trouver !

– Pourquoi m'avez-vous emmenée dans ce cas ?

– Uniquement par souci de sécurité. Vous étiez en danger à l'hôtel. Faut dégager de Tirana avant qu'il ne soit trop tard.

– Et vous pensez y arriver tout seul ? »

Il me jeta un coup d'œil courroucé, me signifiant clairement mon insolence et me réduisant au silence.

La voiture emprunta la grande avenue menant à l'hôpital Skanderbeg.

Le surveillant sortit de sa cabine, seulement pour la forme, nous laissant entrer comme si de rien n'était.

Nous étions en début d'après-midi et l'activité de l'hôpital battait son plein. Il y avait une abondance de blouses blanches, si bien que notre arrivée passa inaperçue. Le Range Rover stationna à l'écart sur le parking du personnel, côtoyant d'autres grosses cylindrées rutilantes. D'ici, nous étions idéalement placés pour observer les allées et venues.

Marco embrassa Lucho sur la joue avant de claquer la portière, sans un regard pour moi.

Bientôt une heure que nous étions là à attendre. Le regard inquisiteur de Lucho accrochait le moindre véhicule, d'où descendaient la plupart du temps des individus habillés selon la mode occidentale.

Dehors, il régnait une atmosphère lourde annonciatrice d'un orage, soi-disant courant à cette période de l'année.

« J'ai besoin de sortir… Une envie pressante. »

L'idée ne lui plut guère, mais il s'y résolut.

« Je vais dans le champ, juste à côté », lui assurai-je.

Il accepta du bout des lèvres en me donnant l'ordre de ne pas m'éloigner. Puis il abaissa sa vitre fumée afin d'observer mes déplacements.

Je longeai la clôture, inachevée vingt mètres plus loin, et me faufilai de l'autre côté. Les herbes, hautes et abondantes, offraient un camouflage parfait, mais voilà qu'un retentissant crissement de pneus m'interpella. Je relevai précipitamment mon jean, pas vraiment rassurée, et rampai jusqu'au grillage.

Mon Dieu !

Une Mercedes noire barrait le passage au 4 × 4, empêchant toute fuite de Lucho. Je distinguai un individu assis sur le siège passager pointant un canon sur sa tempe, tandis qu'un autre effectuait le tour du véhicule.

Main sur la bouche, je m'efforçais à garder mon calme. Ils l'obligèrent à sortir et à s'agenouiller deux mètres en arrière… Les deux assaillants me tournaient le dos. Le plus grand, faisant le guet, fit un signe de tête à son complice.

L'autre tira une balle à bout portant sur mon chauffeur qui s'écroula comme un pantin désarticulé, face contre terre.

Ce fut une détonation atténuée et furtive. Le malfaiteur pressa la détente une seconde fois pour s'assurer de sa mort.

Je réalisai soudain que je venais d'assister à une exécution en direct.

Mes jambes vacillèrent, et je ne parvenais plus à contrôler mes mains. C'était comme si tout à coup le nuage de poudre avait pénétré mon esprit et mon corps tout entier.

Lors de mes précédents rendez-vous avec la mort, je n'avais pas eu à réfléchir. La spontanéité de la situation avait décidé de mon destin, mais là, c'était différent : j'avais profané la tanière du loup et il comptait me le faire payer !

33

Krujë (Albanie)

J'espérais un signe de Marco, mais rien, aucune trace du chef. Je ne quittai pas mon poste d'observation près du grillage, derrière des centaines de troncs d'arbres abattus et soigneusement rangés sur le bas-côté. Le plus important était de ne pas se faire repérer, même si les tueurs avaient disparu depuis un long moment après avoir jeté le cadavre de Lucho dans le Range Rover.

Dissimulée derrière un arbuste, et à une distance de trois ou quatre mètres du véhicule, personne ne pouvait m'apercevoir. En revanche, je décelai parfaitement les nombreuses taches de sang encore fraîches à même le goudron. À cet endroit, le bas du grillage était suffisamment souple pour que je tente de m'y engouffrer.

Épaule contre terre, je saisis à pleines mains le métal onduleux et le relevai d'un coup sec. Voilà qui était mieux pour me frayer un passage. Je progressai à quatre pattes jusqu'au 4 × 4, et ouvris la portière côté passager, tombant nez à nez avec le corps sans vie de Lucho. Il me fallut une certaine dose de courage et de détermination pour ouvrir la boîte à gants. Par chance, son pistolet se trouvait toujours là. Je ne savais pas vraiment m'en servir, mais les quelques maniements rudimentaires enseignés par Serge Guiguet me seraient précieux.

Un détail attira mon attention : la clé de contact était toujours en place. Sans hésitation, je la glissai dans ma poche.

Le parking se vidait peu à peu.

Et toujours aucune nouvelle de Marco. Que pouvais-je faire ? Rester sagement à mon poste d'observation ?

Très vite, l'odeur et la présence du cadavre étaient devenues insupportables. J'avais attrapé une couverture traînant sur le siège arrière et l'avais posée sur le pauvre malheureux. Prenant toutes les précautions, j'étais retournée à l'abri de mon arbuste.

D'un pas énergique, une femme marchait sur le parking. Elle venait de l'angle du bâtiment. Sans doute y avait-il là-bas une entrée dédiée au personnel ?

Tel un serpent ondulant, je décidai de la contourner pour la surprendre :

« Excusez-moi ! »

Elle sursauta et posa une main sur son cœur en guise de réponse. Une manière élégante de me signifier sa peur. J'engageai la conversation en anglais :

« Bonjour, vous travaillez ici ?

– Oui, que puis-je faire pour vous ? »

Pointant le calibre de Lucho devant ses yeux affolés, je rétorquai :

« Beaucoup, à commencer par me donner votre blouse et votre badge. »

*

Tirana (Albanie) – Hôtel International

La voiture à peine immobilisée devant les portes battantes, trois brigadiers en uniforme en émergèrent et allèrent se présenter à l'accueil du grand hôtel. Le plus chevronné du groupe, Medi Sala, ne s'embarrassa pas de la longue file d'attente et s'adressa directement à l'une des réceptionnistes, exigeant de connaître le numéro de chambre d'une certaine Alice Guenver. La demoiselle hésita, préférant attendre les instructions de sa direction.

Sans gêne, le policier albanais retourna l'écran de l'ordinateur et lut à voix haute « chambre 504 ». Il s'apprêtait à prendre l'ascenseur, mais son collègue le héla au passage :

« Medi, viens voir ! »

Il approcha. Son partenaire était en grande conversation avec un chauffeur de taxi et il encouragea ce dernier à répéter ce qu'il venait de lui apprendre.

« J'ai conduit française.

– Continue.

– Elle dire guide pour touristes, mais pas vrai. Amener à hôpital Skanderbeg. »

Costume impeccable et mine contrariée, le directeur de l'hôtel fit son apparition en traversant le long corridor d'accueil. Medi se retourna, agacé par cet « intrus ». Le conducteur du taxi communiqua tous les détails de la journée jusqu'au départ mouvementé de l'hôpital. Les policiers ne savaient plus où donner de la tête. Le responsable du palace insista pour être entendu :

« On me dit que vous souhaitez inspecter la suite 504. Il était temps, ça fait un moment qu'on vous attend !

– Ah bon, et pour quelle raison ?

– Eh bien… vos services ne vous ont pas informés ?! Nos employés de chambre ont découvert un homme gisant dans son sang, la cervelle éparpillée aux quatre coins de la pièce. »

Les policiers restèrent sans voix.

34

Krujë (Albanie)

Elle avait vigoureusement protesté, mais je ne lui avais guère laissé le choix. Je l'avais enfermée dans le coffre du Range Rover, promettant de la libérer dès que possible.

Mais par où commencer ?

Grâce à ses indications, je pénétrai par l'entrée du personnel et appelai l'ascenseur, découvrant au passage les différents étages. Tout y était écrit en anglais et je décidai de me rendre au dernier. Mais, il s'arrêta au premier et deux ambulanciers s'y engouffrèrent avec un brancard.

Souhaitant me donner une contenance et préférant éviter un échange que je savais par avance périlleux, je plaquai mon téléphone portable sur mon oreille.

L'ascenseur marqua une halte au douzième.

« *Mirupafshim*[1] », prononça l'un des deux ambulanciers en aidant son collègue à sortir le lit médical.

Je répondis par un sourire et un petit hochement de tête.

Je montai trois étages plus haut, au terminus. La première chose frappante fut l'obscurité du lieu. Je progressai timidement dans un long couloir, ne distinguant pas le moindre bruit. Sous les portes, aucune lueur ne signalait une quelconque activité. C'était aussi vide qu'un hôpital désaffecté.

Parvenue à l'extrémité, je repoussai l'épaisse porte coupe-feu et empruntai l'escalier de service pour rejoindre l'étage supérieur, uniquement accessible à pied.

---

1 Au revoir.

L'odeur de peinture fraîche prouvait à quel point celui-ci était récent.

Je m'engageai dans une autre coursive d'où je distinguais plusieurs blocs opératoires, à travers des portes vitrées.

Un cri strident retentit soudain. Il semblait provenir de derrière une cloison, vers le fond. Je me précipitai et ouvris la porte le plus discrètement possible. Seule la partie supérieure de la pièce était éclairée, si bien que personne ne prêta la moindre attention à mon entrée.

Allongé sur une table d'examen, bras et pieds attachés, le pauvre Marco y était martyrisé par deux hommes.

J'avançai.

Ses yeux étaient enflés, quant à son visage, il était en sang. L'un des molosses brandit la lame d'un couteau près de son oreille, menaçant de la trancher.

Arme au poing, j'intervins aussitôt :

« Détachez-le ! »

Ils se retournèrent, évidemment surpris de cette intrusion. Par réflexe, celui posté à gauche chercha à me prendre à revers, mais je pressai la détente.

Si la première balle se logea dans le mur en placoplâtre, la seconde pénétra son genou. Il hurla de douleur et s'écroula au sol. L'autre, en gage de rémission, posa son calibre, puis entreprit de désentraver Marco.

« Surveillez-le et tirez au moindre doute, Alice », me lança ce dernier en se redressant sur un coude, avant de cracher au visage de son agresseur et de lui ordonner : « *Vini duart përpara*[1] ! »

Le Gitan eut toutes les peines du monde à descendre de la table.

Un quart de seconde plus tard, il fourra le canon de l'arme abandonnée dans la bouche de l'homme et appuya sur la gâchette.

Je restai figée, sous le choc, incapable de la moindre réaction, lâchant mon propre pistolet.

---

1 Mets tes mains devant !

« Alice ! Alice, bon sang ! »

Tout en pointant son arme sur le deuxième malfrat, il prit ma main dans la sienne et me serra dans ses bras, murmurant un « merci » qui m'alla droit au cœur et me sortit de cette stupeur. Avec son œil clos, on aurait dit un boxeur à la fin d'un combat. Demandant des nouvelles de Lucho, il comprit à mon regard attristé que c'en était fini pour lui. J'appris alors qu'il était bien plus qu'un simple cousin et que la vengeance serait son unique réponse.

« Que s'est-il passé ? Vous avez trouvé Dimitri ? »

Alors qu'il neutralisait l'autre homme en l'attachant, Marco me fit part de ce qu'il avait découvert : selon ses conclusions, Dimitri n'était pas ici. En s'introduisant dans le bureau du directeur de l'hôpital, il avait obtenu des informations essentielles sur les gamins. La majeure partie était originaire des pays de l'Est et d'Afrique, là où les réseaux mafieux étaient les plus implantés. Les filières d'adoption provenaient d'un peu partout en Europe et Tirana n'était qu'une plaque tournante parmi d'autres. J'avais du mal à comprendre.

« Dans quel but ? Et pourquoi kidnapper des enfants en France, dans ce cas ?

– Pourquoi ? Enfin, réfléchissez ! Ils ne sont pas enlevés, Alice. La plupart de ces mômes sont là par la seule volonté des… parents. Ces familles d'immigrés arrivés en France sont encore plus malheureuses qu'on ne l'imagine, seulement, il leur est difficile de reconnaître cet échec aux yeux des leurs. Alors ils survivent en vendant leurs nourrissons pour trois fois rien ! Vu l'âge des gosses, ils n'ont pas le temps de s'attacher ! Le ventre de leur femme est devenu un business ! »

J'imaginais cette procréation sans amour et dénuée de sentiments. Quelle réalité épouvantable ! En échange de quelques billets, ces misérables vendaient leur progéniture aux réseaux spécialisés qui eux-mêmes les commercialisaient sans doute à des organismes d'adoption internationaux peu scrupuleux.

Je l'avais enfin mon explication, et les propos d'Achille prenaient désormais tout leur sens. C'était donc ce trafic que le mendiant de la gare avait démasqué dans la cuve de la chaufferie. Bien évidemment, des immigrés en situation irrégulière pouvaient soustraire leurs enfants des lois de la République et de nos institutions puisqu'ils y étaient de parfaits inconnus !

Marco fouilla le cadavre et reprit son téléphone. La conversation dura à peine plus de dix secondes.

« On a été trompés. Jason n'a pas mis les pieds à Vlora depuis plus de six mois. La mafia albanaise contrôle quasiment tout le pays, ils ont des informateurs dans tous les coins. Ils arrivent.

– Comment ça, "ils arrivent" ?

– Il me reste deux hommes, ils attendent mon signal. Allez vous mettre à l'abri dans la voiture.

– Hors de question, Marco. Je viens avec vous. »

Je ramassai le pistolet tombé à mes pieds, justifiant savoir m'en servir. Trop faible, il abdiqua.

« Comme vous voudrez. Cet hôpital, je jure devant Dieu que je vais le mettre à feu et à sang. »

*

Paris

Sans faire de bruit, le lieutenant Agnès Demare posa son manteau sur la commode et retira ses chaussures. À cette heure, l'appartement était silencieux et ce n'était pas pour lui déplaire.

Dans la cuisine, des sushis et une salade de fruits baignant dans son jus l'attendaient sur la table.

Tranquillement installée, elle reprit son travail de visionnage. Un maki au bout des baguettes, elle s'appliqua à ne pas le faire tomber. S'approchant silencieusement, son époux posa une main de chaque côté de ses épaules, lui couvrant la nuque de baisers. Agnès frissonna, ferma les yeux, et savoura ce moment de tendresse. Quelques minutes de pur bonheur s'écoulèrent avant qu'il ne rompe le silence :

« Il n'arrête pas de remuer les pieds ! C'est étrange pour un handicapé. »

Curieuse, elle jeta un œil à l'écran.

« Qu'est-ce que tu dis ? »

Il pointa du doigt une zone :

« Je dis que le gosse là à droite, il est bizarre. Il bouge les jambes sur un fauteuil roulant pour sportif qui vaut une petite fortune si tu veux tout savoir.

– Comment ça ? »

Antoine s'expliqua :

« J'ai un pote qui pratique le tennis handisport et il a le même. Ce type d'équipement a un centre de gravité extrêmement bas qui assure la stabilité lorsqu'il se déplace. Les roues arrière sont en oblique, avec un angle précis. Bref, c'est du matériel de pro. »

On reconnaissait bien là l'ingénieur, songea Agnès. La jeune femme décida d'explorer cette piste et zooma sur le visage de la mère. Elle ouvrit un autre répertoire, recherchant une caméra extérieure, afin de pouvoir mieux étudier ce visage dissimulé derrière des lunettes de soleil. Étrangement, aucun autre voyageur n'en portait et cela l'intrigua d'autant plus.

Tandis que son compagnon regagnait le canapé, elle poussa ses investigations en agrandissant la taille de l'image de façon conséquente.

Soudain, elle lâcha ses baguettes, laissant un sashimi choir sur son pantalon.

« C'est pas croyable ! Alice Guenver ! »

35

Autun

Vanina, rappelle-toi
Que je ne suis rien sans toi...

Au volant de son camping-car, Alain Bernet sifflotait au gré des titres de cet album de variétés des années quatre-vingt qu'il écoutait à longueur de temps.

... Loin, loin, loin, loin, loin, loin, si loin de toi...

Ce trajet jusqu'à la frontière se ferait sous le signe de la détente. Alternant nationales et petites routes départementales, il décida de faire une halte dans un camping en bord d'étang. Pour des raisons de commodités, la patronne lui proposa un emplacement proche des sanitaires, mais il refusa, préférant un endroit plus calme et à l'écart des autres vacanciers. Elle insista sur le fait qu'il allait vraiment être « isolé », mais il la remercia chaleureusement de sa prévenance :

« C'est exactement ce que je recherche. »

*

Krujë (Albanie)

Visiblement, Marco souffrait, mais en vaillant combattant, il conservait une attitude digne.

Il m'ordonna de reculer.

Tirant à bout portant dans la serrure, il laissa un trou béant et pénétra le premier, m'invitant à la plus grande prudence.

Un homme accourut, bras en l'air et criant son incompréhension, mais ni une ni deux, d'un coup sec, Marco l'assomma.

« Je vais nettoyer l'étage. Mes hommes vont arriver. »

Dans son dos, un accès menait à une autre aile du bâtiment. Sans préambule, je le vis brandir son arme sur mon visage… et décaler le canon au tout dernier moment. La déflagration me déchira le tympan, provoquant vertiges et tournis. Un second individu gisait au sol, pistolet entre les doigts.

Marco venait de me sauver la vie.

S'assurant de mon autonomie, il me précéda en ouvrant le passage. Prenant appui sur le mur, je le suivais de près, mètre après mètre. Nous arrivâmes tous deux au milieu d'une salle de jeux.

J'ouvris une porte, tombant sur des sanitaires pour enfants et une table à langer. À une dizaine de mètres, un gamin haut comme trois pommes, les cheveux en bataille, disparut au coin du couloir. Je fis de mon mieux pour le suivre, découvrant un immense dortoir avec une dizaine de lits de chaque côté, tous occupés par de jeunes bambins. J'éclairai la pièce. Ils furent éblouis par la lumière.

Avais-je encore une chance de trouver mon petit ange ?

Je l'avais espéré si longtemps que mon cœur menaçait de s'arrêter, mais, lit après lit, je dus me rendre à l'évidence : point de Dimitri.

De l'autre côté, je perçus de l'agitation, preuve que je retrouvais peu à peu mon audition. Marco réapparut :

« Ah, vous êtes là ! »

Il vint à ma rencontre, un regard attendrissant pour les chérubins.

À voir ma tête, il comprit ma déception et proposa de déguerpir au plus vite, car l'immeuble était cerné par la police. J'avais envie de pleurer.

Un homme de son clan répondant au prénom de Doran pénétra à son tour dans le dortoir. Dans son sillage, un médecin fit son apparition, l'air furibond.

« Nous sommes à la recherche d'un enfant ! » tentai-je en désespoir de cause.

Il parlait parfaitement le français et s'insurgea :

« Et vous ne pouviez pas vous adresser à moi ? »

Je rétorquai :

« Et les hommes armés dans votre bâtiment, c'est pour faire joli ?

– Mademoiselle, sachez qu'en Albanie, le kidnapping est une seconde nature. Aucun chirurgien, aucun chef d'entreprise n'accepte de travailler dans ce pays sans gardes du corps. C'est comme ça. Que ça vous plaise ou non. Ils sont là pour nous protéger. Soit vos amis et vous-même acceptez de vous rendre à la police et nous en discuterons, soit je vous assure que ça va mal finir. »

Il tendit sa main à l'horizontale. Marco lui remit son arme.

Le bras d'un petit garçon dépassant du drap attira mon attention.

« Alice, remettez-lui votre flingue ! » m'ordonna Marco.

Je me frayai un chemin entre les deux hommes et approchai du gamin. La main sur son front, je lui demandai son nom, mais il ne prononça pas un mot.

Serait-ce possible que…

« Mosi ? »

Sans réponse de sa part, j'inspectai son cou, apercevant cette tache que Muskeba, sa mère, m'avait indiquée. Ce contour ressemblant à la péninsule de l'Italie était la preuve indéniable que ce gosse était là contre son gré.

Intrigué, Marco m'interrogea, mais je n'eus pas le loisir de lui répondre, car il écarquilla soudain les yeux et posa un genou à terre : à ma grande stupéfaction, entre le foie et l'estomac, une auréole de sang venait de naître…

Le praticien venait de lui tirer une balle dans le dos !

Je m'accroupis et le chef des Gitans s'écroula dans mes bras.

Les mômes s'étaient mis à crier.

Le médecin pointa le canon sur moi.

Sans l'intervention immédiate et pleine de sang-froid de Doran, ma vie se serait achevée ici : le complice de

Marco neutralisa l'individu d'un projectile en pleine tête.

Je regardais Marco, n'envisageant pas un seul instant l'irréparable.

« Marco, restez avec moi ! »

Le Gitan posa sa main recouverte de sang sur la cuisse de son ami. Il avait bien du mal à s'exprimer, articulant chaque mot comme si c'était le dernier. Il exigea de sa part loyauté et respect de la parole donnée.

Marco de Montreuil rendit son ultime souffle dans un silence quasi religieux. Cet homme que j'avais haï, puis admiré pour son courage, venait de s'éteindre.

Doran me pressa de le suivre.

L'heure était venue de faire des choix. Un regard sur Mosi, et je décidai de l'emmener, mais ce ne fut pas du goût de mon accompagnateur.

« Avec l'enfant, aucune chance ! » marmonna-t-il.

Je ne lui prêtai pas la moindre attention, occupée à habiller Mosi.

« Je m'appelle Alice. Connais-tu Dimitri ? »

Il avait les mêmes yeux que sa mère. D'un air désolé, il fit « non » de la tête.

Il fallait bien me rendre à l'évidence : Dimitri n'avait jamais mis les pieds dans cet hôpital.

Quittant la pièce, plusieurs enfants entreprirent de nous suivre dans le couloir, et c'est le cœur déchiré que je dus les supplier de faire demi-tour.

*

Entrée de l'hôpital Skanderbeg (Albanie)

Gilet pare-balles attaché, le brigadier Medi Sala glissa un brassard de la police à son bras et donna ses ordres aux unités présentes :

« Elle s'appelle Alice Guenver. C'est une Française et je la veux saine et sauve. Sous aucun prétexte vous ne devez mettre sa vie en danger. C'est clair ? »

Tous répondirent par l'affirmative.

*

Levallois-Perret

Le portable du capitaine Neves s'illumina. Il n'y prêta d'abord pas attention, mais son épouse protesta bruyamment contre cette « intrusion » perturbant la quiétude de la pièce. La profession de restauratrice obligeait Claudine à se lever tôt et ce trouble était loin d'être à son goût.

Maintenant bien réveillé, la curiosité incita le policier à jeter un œil à l'écran : c'était Agnès Demare. L'heure indue était si inhabituelle de sa part qu'il préféra tout de suite en savoir davantage.

Se levant pour aller dans la cuisine, il reçut un SMS :

> J'ai trouvé, capitaine ! Regardez la vidéo !

De quoi parlait-elle ?

Un verre d'eau à la main, Raphaël Neves s'isola sur le balcon de l'appartement et prit connaissance de la pièce jointe. Ce flot de voyageurs défilant dans les couloirs de la gare était une énigme pour lui. Il lui répondit ne rien comprendre, et aussitôt son téléphone sonna. Il décrocha.

« Alors, qu'est-ce que vous en dites ? »

Cette absence de formule de politesse l'irrita.

« J'en dis rien. Jamais tu dors ? Tu sais quelle heure il est ? J'ai rien compris. Tu as trouvé quoi ?

– Vous êtes prêt à l'entendre ? Alors écoutez bien : Dimitri a été kidnappé par Alice Guenver. »

C'était inimaginable. Cette information était impossible à vérifier sur l'écran d'un téléphone portable.

« Ça surprend au premier abord, hein ? Mais c'est ce que la ravisseuse a voulu nous faire croire. »

La ravisseuse ? Le capitaine préféra ne pas l'interrompre.

« Depuis le début, on s'est demandé comment Dimitri avait pu suivre un inconnu. En réalité, le gamin a suivi *Alice Guenver* en toute confiance. J'en suis convaincue à présent. Il s'est laissé abuser, tout comme nous.

– Tu veux dire que…

– Ce samedi après-midi-là, il y avait deux Alice Guenver dans le hall. C'était ça, la clé. Dimitri n'y a vu que du feu. Et il a suivi la mauvaise ! »

Long silence entre les policiers. Cette hypothèse, ils l'avaient éliminée dès le début de l'enquête…

« Putain, La Demoiselle ! » fit le capitaine.

Demare reprit ses explications : la vidéo attestait que la fausse Alice était venue récupérer Dimitri dans la chaufferie au cinquième jour de sa captivité, s'assurant ainsi du calme relatif de la gare. Il l'interrompit :

« Qu'est-ce qui te garantit que ce n'est pas la vraie Alice Guenver qui est derrière tout ça ?

– Vous plaisantez ou vous êtes sérieux ? Alice a un alibi en béton.

– Ah bon, lequel ?

– Le cinquième jour de l'enlèvement, elle était sur un lit d'hôpital à la Pitié-Salpêtrière, interrogée par un capitaine de la police judiciaire. »

Il se rendit compte de sa bévue et épongea d'un revers de main son front transpirant.

Demare avait lancé des recherches sur le camping-car dans lequel Dimitri était monté. Son emplacement ne permettait pas de lire la plaque d'immatriculation, mais elle comptait sur la vidéosurveillance de l'agence du Crédit Agricole, située juste en face.

Neves ressentit de la jubilation dans la voix de sa collaboratrice.

« C'est du super boulot, Agnès. Si tu dis vrai, serrer cette Demoiselle sera le plus beau coup de notre carrière ! »

36

Hôpital Skanderbeg (Albanie)

Doran était parti en éclaireur, ouvrant un chemin que je présumais dangereux. Il enfonça la porte de l'étage d'un coup de pied, mais du haut des escaliers, nous distinguâmes le bruit trépidant de semelles en caoutchouc.

Il cherchait une issue, en vain, je lus de l'inquiétude dans ses yeux. Nous étions coincés comme des rats. Nous décidâmes de rebrousser chemin.

Mosi s'agrippait à ma main moite. Quant à notre sauveur, il parcourait chaque recoin avec la force du désespoir. Il revint, sombre, m'annonçant que son complice avait été arrêté.

Nous étions dans un réfectoire pour enfants, et, sans vraiment réfléchir, j'ouvris tous les placards jusqu'à m'intéresser à un équipement placé à mi-hauteur, ressemblant à première vue à un four : un monte-charge ! C'était trop beau pour être vrai…

Ni une ni deux, je retirai vaisselle, plateaux et jetai le tout à terre. La place était exiguë, mais qu'importe. J'y installai le petit contre son gré tout en le rassurant, lui promettant de venir le rejoindre dès qu'il en serait sorti.

« Tu as bien compris, Mosi ? »

Je refermai les portes coulissantes et enclenchai le mécanisme.

Doran comprit que sa taille le handicaperait et me pressa d'agir… sans lui. En attendant, il ferait son possible pour contenir les assauts successifs. Il me fit ses adieux et reprit son poste de surveillance.

Le monte-charge revint.

De l'autre côté de la pièce, l'échange de coups de feu faisait rage, mais le compagnon de Marco était vaillant et ne lâchait pas un pouce de terrain.

Dans l'indifférence générale, et à la barbe des assaillants, je m'engouffrai à l'intérieur du cube métallique. Tête enfouie entre mes jambes recroquevillées, toute contorsionnée, je ressemblais à une sardine dans sa boîte.

La descente fut chaotique. Mosi m'attendait sagement en bas, un pouce dans la bouche. Je pris sa main et nous franchîmes la porte de service.

Je fus prise de terreur en apercevant les voitures de police, gyrophares allumés, alignées à la sortie du bâtiment. Postés tous les dix mètres, fusil d'assaut en main et cagoule sur la tête, des hommes en uniforme nous suivaient du regard, sans réaction particulière.

J'avais une bonne cinquantaine de mètres à parcourir pour rejoindre le 4 × 4. Pas d'autre choix que de passer à proximité de cette « haie d'honneur ». La plupart me saluèrent d'un « *mirembrema*[1] » courtois et amical, pensant sûrement avoir affaire à une véritable infirmière. Je notai un peu d'agitation dans les talkies-walkies, et me gardai bien de traîner.

À bonne distance, j'actionnai l'ouverture du véhicule et y engouffrai Mosi sur la banquette arrière. Je jetai un coup d'œil à Lucho, toujours sur le siège passager, dissimulé par la couverture. Je me réjouis de la discrétion qu'offrait le vitrage fumé, en revanche l'odeur était insoutenable.

Je baissai la vitre côté conducteur, progressant lentement jusqu'à la sortie, mais deux fourgons obstruaient le passage. Toute la zone était quadrillée et personne ne pouvait ni entrer ni sortir sans une vérification des services de police. Ils me firent signe d'attendre mon tour. Quatre voitures me précédaient. Tout à coup, j'entendis une plainte étouffée à l'arrière :

« *Ndihmë*[2] *! Ndihmë !* »

L'infirmière ! Voilà que je l'avais oubliée, celle-là !

« … *Ndihmë ! Ndihmë !…* »

---

1 Bonsoir.

2 Au secours !

La panique commençant à me gagner, je tentai de me donner une contenance en allumant l'autoradio, poussant le volume suffisamment fort, mais je n'étais pas au bout de mes surprises.

Quelques minutes plus tard, Doran, menottes aux poignets, descendait les marches du bâtiment avant d'être jeté manu militari dans l'un des fourgons.

Dans mon rétroviseur, je distinguai également l'un des policiers, le doigt sur son oreillette, gesticulant en désignant le Range Rover à ses collègues…

Merde ! Bouge-toi, Alice !

D'une main ferme, j'obligeai Mosi à s'allonger sur la banquette afin de le protéger, enclenchai d'un coup sec la marche arrière et reculai pied au plancher.

Les policiers furent si surpris de la manœuvre qu'aucun d'eux ne réagit.

Le 4 × 4 s'encastra dans la calandre d'un autre véhicule, mais je donnai aussitôt un coup de volant à gauche et choisis la seule option possible : passer à travers bois.

*

Orléans

Courbée au-dessus de l'évier, l'agent Nelly Allegro posa une main sur le mitigeur. L'eau devait être sacrément calcaire, car tous les appareils présentaient des traces blanches sur leurs parois.

Cafetière en main, elle se rendit en salle de pause. Sylvain en profitait pour mettre à jour le tableau d'information. Elle le salua d'un « bonjour, l'ami ! », auquel il répondit avec entrain.

Le « pschitt » monocorde du bec dégageait un épais nuage de vapeur. Elle attrapa une lavette et rassembla les miettes de gâteau éparpillées sur la table. Un brigadier entra dans la salle, un téléphone à la main :

« Nelly, un appel pour toi au standard. Tu prends ? »

Elle jeta le tissu-éponge dans l'évier et prit le combiné. À l'autre bout, une certaine Agnès Demare de la police judiciaire. Il y avait trop de bruit dans la salle et elle préféra s'isoler dans une autre pièce.

« Bonjour. Que puis-je faire pour vous ? »

Les enquêteurs parisiens étaient à la recherche d'un véhicule, plus précisément un camping-car immatriculé dans le département du Loiret, qui aurait pu servir à l'enlèvement d'un gamin nommé Dimitri Girod. Cette affaire avait défrayé la chronique, d'ailleurs son portrait était toujours affiché dans le couloir.

Allegro plaisanta de cette entrée en matière, précisant qu'il devait bien y avoir des milliers de camping-cars sur la région et demanda le numéro de la plaque d'immatriculation.

Agacée de cette légèreté, Demare ne manqua pas de préciser :

« On l'a déjà identifié. Il est au nom d'une certaine Bernet Madeleine, ça vous dit quelque chose ? »

La brigadière avait blêmi. Et comment que ça lui disait quelque chose ! Madeleine Bernet avait été interrogée dans les locaux de la brigade trois semaines plus tôt.

« Vous êtes toujours là ?

– Euh… oui. Écoutez, vous êtes sûre de votre coup ? C'est une vieille femme de plus de 98 ans. »

Pour Demare, ce fut la douche froide. Une mamie n'était pas du tout le profil recherché. Cependant, le ton calme et le verbe posé, elle vérifia et confirma ses dires. C'était bien le nom inscrit sur la carte grise.

L'Orléanaise rejoignit son bureau et s'installa derrière son ordinateur, informant le lieutenant que Madeleine avait un fils prénommé Alain. Elle ajouta presque aussitôt :

« Nous enquêtons sur la disparition d'une assistante sociale, Mélanie Fonck, retrouvée morte étranglée dans un bois. Le dernier endroit où cette femme a été vue est justement le domicile des Bernet. »

Pour la Parisienne, ce fut un élément déterminant.

Elle indiqua qu'elle serait sur place dans moins de deux heures et lui ordonna d'envoyer une équipe de surveillance au domicile des Bernet.

*

Krujë (Albanie)

J'avais roulé à travers bois sans but précis.

Empruntant un itinéraire qui n'en était pas un, j'espérais avoir semé mes poursuivants, mais malheureusement il n'en était rien. Mosi et moi entendions leurs sirènes se rapprocher sans cesse.

Soudain, les yeux lumineux et orangés d'un animal apparurent dans la nuit. On aurait dit un renard.

Je détournai le tout-terrain de sa trajectoire pour éviter une collision. Ce réflexe fut salutaire, mais il obligea le Range Rover à s'immobiliser à mi-chemin d'un talus en terre. Les roues motrices patinèrent l'espace d'un instant, et comme me l'avait précisé Guillaume lors d'une excursion, il était préférable de laisser le véhicule glisser sur l'arrière afin de prendre de l'élan.

Guillaume. C'est drôle comme la vie peut parfois vous jouer des tours en vous adressant un clin d'œil inapproprié. J'avais une pensée pour lui, l'imaginant me sermonner pour cette prise de risques incompréhensible. Cette image eut le mérite de me galvaniser tout autant que la proximité de la police albanaise à nos trousses me terrifiait. J'appuyai franchement sur l'accélérateur avec l'idée de franchir cette butte coûte que coûte. J'y parvins dès le premier essai, éteignant ensuite feux et moteur.

Pas moins de vingt secondes plus tard, nous entendîmes le rugissement d'un véhicule, puis d'un autre. Ils passèrent sans s'arrêter.

Le sort en avait voulu ainsi. Et seul l'avenir nous dirait si ce fameux renard nous avait sortis du pétrin.

37

Orléans

Le capitaine Neves n'avait jamais roulé à si vive allure sur l'autoroute A10.

Devant le domicile des Bernet, Demare et lui retrouvèrent Nelly Allegro et son collègue, le brigadier Fabrice Monneau.

Personne n'était entré ou sorti de la maison et cet élément rassura les enquêteurs parisiens. Neves exigea que soit déployé des hommes de chaque côté de l'habitation, pour parer à toute fuite du suspect.

Embarrassée, la policière orléanaise en vint directement aux faits.

« Le garagiste nous a confirmé que ça faisait des mois que le fils Bernet rénovait un camping-car. Il l'a récupéré voici trois jours. »

Le capitaine précisa que, depuis ce matin, le véhicule était recherché par tous les services de police de France et, à moins d'un manque de veine invraisemblable, on allait bien finir par le repérer.

Un serrurier avait été dépêché sur place et il n'était pas mécontent d'être enfin libéré de sa tâche. Il ouvrit la porte en un rien de temps et se retira.

Avant d'entrer, Raphaël Neves les interrogea sur l'âge de Madeleine.

« 98 ans. Pourquoi cette question ? »

Il poussa la porte d'un coup sec.

« Pour rien ! »

Une terrible odeur de moisi les fit presque suffoquer. Neves demanda que l'on aère les lieux au plus vite et s'interrogea sur la présence de ce ventilateur sur pied balayant l'air de gauche à droite. À première vue, les municipaux avaient raison : pas âme qui vive. Agnès Demare et le brigadier Monneau se chargeraient de vérifier l'étage, pendant que les deux autres s'occuperaient du rez-de-chaussée.

Dans la cuisine, le capitaine ouvrit une fenêtre et poussa les volets avant de s'adresser aux policiers présents dans l'arrière-cour, leur demandant de contrôler potager, serre et abri de jardin.

Le miaulement d'un chat, patientant à côté de la machine à café, attira son attention. Demare apparut et la vue du félin ne la laissa pas insensible. Elle fit son rapport :

« Là-haut, seulement deux chambres, tout est en ordre. »

Bref échange entre les deux fonctionnaires de la PJ. Se pouvait-il qu'ils se soient trompés sur ce Bernet ?

Sans un mot, le lieutenant ouvrit le frigo. Tandis qu'elle versait un peu de lait dans une soucoupe, Neves quitta la pièce pour y revenir deux minutes plus tard, un portrait de la mère et du fils entre les mains.

« Y a quelque chose qui cloche », murmura le capitaine.

Il disposa le cadre sur le plan de travail et prit appui contre un meuble. Madeleine Bernet et son fils souriaient à l'objectif, un gâteau d'anniversaire au premier plan.

« Comment se fait-il qu'Alain Bernet récupère son camping-car maintenant, pratiquement au même moment où nous découvrons son existence ?

– Vous pensez à quoi ?

– J'en sais rien. C'est comme s'il se méfiait de quelque chose. »

Tandis que le chat se délectait, déplaçant la coupelle en diagonale, il releva un détail pour le moins curieux :

« D'habitude, une personne de son âge dort plutôt au rez-de-chaussée et rarement à l'étage, non ? »

Cet élément ne semblait perturber que lui, mais il souhaita tout de même en savoir davantage. Il interrogea la jeune brigadière sur la visite à domicile qu'elle avait effectuée en compagnie de son collègue. Nelly confirma que Madeleine n'était pas présente ce jour-là, mais qu'elle s'était rendue dans leurs locaux trois jours plus tard.

Neves se caressa la barbe.

« Tu as fouillé la penderie ? demanda-t-il à Demare.

– Oui, et ça pue la naphtaline. Que des vieux vêtements, sauf une magnifique robe noire à paillettes. Ah oui, y a aussi un coffre à maquillage. »

Il étudia attentivement le cadre photo.

« C'est drôle !

– Quoi donc ?

– Ce contraste de luminosité sur le gâteau. On dirait que le chiffre 98 a été ajouté artificiellement. »

Son père était un photographe amateur et ce genre de détails se reconnaissait au premier coup d'œil pour toute personne un peu avertie. Il prit Allegro à témoin, mais, tout comme Demare, elle ne repéra rien d'étrange. Dans un moment de doute, il ôta le cache arrière.

« Oh merde ! »

*

Krujë (Albanie)

Quinze bonnes minutes venaient de s'écouler dans cette forêt lugubre à la température polaire, minutes durant lesquelles Mosi s'était endormi. Angoissée et ne sachant que faire, je projetai de me rendre à l'ambassade de France à Tirana. Là-bas au moins, je pourrais compter sur une aide extérieure.

Profitant du sommeil de Mosi, je déchargeai le cadavre au pied d'un arbre et libérai la jeune infirmière, avant de reprendre la route principale sans perdre plus de temps. Déserte, elle autorisait tous les écarts de vitesse, mais le voyant d'essence m'obligea à faire une halte à la première station-service.

Je m'arrêtai à Breg, petite bourgade sur le trajet de la capitale. C'était comme si le temps s'était arrêté au milieu des années quatre-vingt. Derrière son comptoir, le patron m'observa de la tête aux pieds. Je remplis le réservoir, payai mon dû et entrepris de déguerpir au plus vite, mais, en marquant un temps d'arrêt au panneau « STOP », je repérai dans mon rétroviseur un fourgon de la police qui tourna brusquement à droite. Mon pied se crispa exagérément, provoquant un ronflement involontaire du moteur. Le véhicule alla se positionner devant une pompe. Deux policiers à l'avant.

Et si Doran était avec eux ?

Impossible de le savoir précisément, mais une petite voix intérieure m'incitait à faire preuve de courage. J'effectuai une marche arrière sans les quitter des yeux.

Pénétrant de nouveau sur le parking de l'établissement, j'actionnai les pleins phares, espérant repérer le Gitan. Le policier dehors me fit signe d'éteindre les feux.

Je m'exécutai et rangeai le 4 × 4 devant une autre pompe. Sifflotant la musique de son autoradio, l'Albanais ne fit plus attention à moi. Je descendis et contournai son véhicule :

« *Mirembrema.* »

Absorbé par ce défi stupide consistant à aligner un chiffre rond sur la pompe mécanique, il se retourna à peine. Lorsqu'il y parvint, criant « *fitova*[1] *!* », je saisis son pistolet et brandis le mien devant son nez.

« Prisonnier ?! » lui demandai-je en désignant le fourgon.

Il confirma. J'exigeai qu'on le libère. Coopérant, il cogna par deux fois sur l'arrière de la carrosserie.

« *Hape*[2] *!* »

L'autre déverrouilla la serrure intérieure.

Par peur d'une ruse de leur part, je me glissai dans son dos et pointai sa nuque. Il agrippa la poignée et la tourna de haut en bas. Mon doigt sur la gâchette, j'étais prête à réagir à la moindre entourloupe.

Le gérant de la station-service avait déjà saisi son téléphone. Nul doute qu'il appelait les autorités locales.

---

1 Gagné !

2 Ouvre !

Fallait pas traîner !

Mais rien ne se passa comme prévu. Le prisonnier avait une cagoule sur la tête et les mains menottées à une barre métallique. Son surveillant braqua son arme dans ma direction.

« Tu poses ton flingue ou je te jure que je n'hésiterai pas une seconde à descendre ton collègue ! » lançai-je pleine d'autorité.

Pas la peine de parler leur langue pour me faire comprendre, mon ton et mes gestes étaient suffisamment éloquents.

Mais l'homme ne bougea pas.

Il fallut l'intervention, à travers la trappe de la cabine, du chauffeur, sans doute moins téméraire, pour que l'individu obtempère.

« Détachez-le, il part avec moi ! »

Les trois policiers échangèrent en albanais et cédèrent devant ma détermination.

« Bravo, Alice ! Prenez la voiture. J'arrive ! » lança Doran, enfin libre.

Avant de monter dans le 4 × 4, le Gitan tira deux balles dans les pneus du fourgon.

« Foncez ! Vite ! Très vite ! »

38

Orléans

Après avoir découvert la photo d'anniversaire truquée, les policiers inspectèrent le moindre mètre carré de la maison, convaincus de trouver d'autres pièces à conviction.

Le capitaine Neves se chargea du sous-sol. Il alluma l'ampoule jaunâtre. Le passage, bas de plafond, sans fenêtre ni ouverture, était étroit. Visiblement, le lieu servait à sécher le linge, mais également à entreposer des denrées alimentaires. Il essuya ses semelles sur le béton poreux. Il jeta un œil sur chaque pot de confiture – groseille, coing, poire – et prit soin de les reposer. Tout semblait normal ici… Soudain, il sentit le chat se faufiler entre ses jambes. Il haussa les épaules et décida de remonter au rez-de-chaussée.

À peine avait-il mis le pied sur la première marche qu'il entendit le félin miauler de façon insistante.

« Où est-ce que tu t'es encore fourré ? » murmura-t-il.

Il revint sur ses pas. Le matou s'était glissé entre le mur et une imposante armoire campagnarde. L'espace était infime, si infime d'ailleurs que le capitaine imagina le chat coincé et se pencha pour tenter de le récupérer. Le brigadier Monneau apparut, légèrement survolté :

« Regardez ce que j'ai trouvé ! »

Il brandissait une perruque blanc et gris.

« Vous savez à quoi je pense ? s'écria Neves.

– Vous pensez que Madeleine n'a jamais eu le bonheur d'atteindre ses 98 ans, et je le pense aussi !

– Exact. Aidez-moi ! Cette armoire doit peser une tonne ! Je crois que ce foutu chat s'est piégé tout seul. »

Ensemble, ils déplacèrent le meuble en chêne, étonnamment pas si lourd que ça, sur environ un mètre, et découvrirent une trappe. Les policiers s'observèrent comme s'ils venaient de mettre au jour un trésor. Monneau fut le plus prompt à sortir son arme, mais Neves le retint dans son ardeur d'une main posée sur sa poitrine.

« Prenez ça, dit-il en sortant une paire de gants en vinyle de sa poche. Il doit y avoir des empreintes. »

À l'ouverture de la trappe, l'odeur les prit de plein fouet. À sa façon d'y pénétrer, tout laissait à penser que le chat connaissait les lieux.

Monneau eut envie de vomir. Le nez au creux du coude, il pointa le faisceau lumineux de sa lampe sur… un cadavre en état de décomposition avancée reposant dans une baignoire ! Au mur, il y avait plusieurs photos d'Alice Guenver.

*

Péage de l'autoroute A43

Alain patientait derrière un poids lourd. Une fois le mastodonte parti, il avança jusqu'à la barrière et inséra sa carte bancaire, apercevant l'individu au tout dernier moment. Son brassard n'était pas celui des douanes et cela l'intrigua. Du coin de l'œil, il observa le manège d'un autre fonctionnaire et au moment même où il redémarrait, celui-ci se posta devant le camping-car, lui ordonnant de le suivre jusqu'à l'aire située à côté.

« Éteignez le moteur. Veuillez me présenter les papiers du véhicule. »

Affichant son plus grand sourire, il usa d'une extrême courtoisie :

« Que se passe-t-il ? J'ai dépassé les limitations de vitesse ? »

Alain Bernet ne remarqua pas cet autre flic qui venait de se glisser discrètement dans l'angle mort de son rétroviseur extérieur. Il tendit les précieux sésames et regarda l'agent s'éloigner, posant sa main libre sur son arme, prêt à s'en servir. Le policier revint assez rapidement.

« Monsieur Bernet, tout est en règle. Vous pouvez circuler. Faites juste attention à votre feu arrière droit, il est fendu. »

Soulagé, son pouls ralentit. Ses doigts délaissèrent son 9 mm. *Plus de peur que de mal*, songea-t-il.

L'autre s'écarta afin de le laisser repartir, mais cette histoire de feu endommagé perturba fortement l'homme méticuleux qu'il était.

Alain ouvrit la portière et longea le véhicule, tombant nez à nez avec l'autre flic, arme au poing :

« Mains contre le camion ! Écartez les jambes ! »

Alain Bernet aurait bien tenté un geste, celui du désespoir, mais désormais en binôme, ils le plaquèrent vigoureusement contre la carrosserie.

Il s'était fait avoir comme un bleu !

« Vous devez faire erreur ! » enragea-t-il.

*

Tirana (Albanie)

Sur le trajet, Mosi se réveilla et Doran donna d'innombrables coups de fil. Tout comme Marco, j'avais confiance en lui.

À cinq kilomètres de Tirana, il insista pour prendre le volant, nous orientant dans des ruelles malfamées où il ne faisait pas bon s'attarder. Il immobilisa le Range Rover devant un rideau métallique qui ne tarda pas à s'ouvrir. Derrière, cinq hommes nous y attendaient.

Dans la minute suivante, le 4 × 4 était déjà sur le pont. Tandis que l'un s'appliquait à dérouler des bandes de Scotch sur les parties chromées, un autre démontait les plaques d'immatriculation.

« Doran, je dois aller à l'ambassade.

– Non, elle doit déjà être sous surveillance. Vous n'êtes plus en sécurité ici. Il vous faut quitter le pays, et vite ! »

La stupéfaction dut se lire sur mon visage, mais il n'en tint pas compte :

« Vous et le gosse, vous allez suivre mon cousin. On a réservé trois places sur le prochain ferry en partance de Durres. »

Comme je n'avais pas l'air de réagir, il fronça les sourcils et se montra plus pressant :

« Allez vous changer ! »

En homme de main consciencieux, il avait organisé notre fuite. Sur la table haute, m'attendaient des vêtements, du maquillage et une perruque blond platine type Marilyn Monroe. Mosi la prit et s'en amusa devant un miroir ébréché. L'image prêtait à sourire. Je crois que malgré la situation catastrophique dans laquelle nous nous trouvions, l'instant était à la légèreté.

*

Chambéry – Hôtel de police

Un coucher de soleil rouge orangé s'apprêtait à recouvrir les cimes enneigées des montagnes savoyardes. La confrontation avec Bernet n'avait abouti à rien. Durant l'entretien, son avocat avait parfaitement tenu son rôle, esquivant le moindre piège tendu par les enquêteurs.

Sur l'absence de Madeleine, il afficha un air catastrophé.

Sur cette planque dissimulée à la cave et ce corps retrouvé dans la baignoire, il assura en ignorer l'existence.

Par trois fois, il affirma ne pas connaître Dimitri Girod autrement que par la télévision. Gardant la maîtrise de la situation, le présumé coupable avait observé les photos prises à la gare avec désintérêt. Et même si cette femme avait été vue au volant d'un camping-car ressemblant au sien, il ne s'agissait en rien de quelque chose de répréhensible.

Outre l'acharnement sur son client, son avocat dénonça le coloris inexact du véhicule et le flou de la plaque d'immatriculation. Il est vrai que, sur la photo, ce foutu numéro « neuf » pouvait se confondre avec un « zéro », et puis, après tout, les statistiques du ministère de l'Intérieur montraient clairement que le nombre d'usurpations minéralogiques était en constante augmentation en France.

Conscient du fiasco de cet entretien, le capitaine Bertrand Oddo se précipita sur son téléphone afin de joindre le lieutenant Demare. Il tomba sur sa messagerie et lui demanda de le rappeler de toute urgence.

*

Six mois plus tôt

Paris

En fin connaisseur, l'Anglais écoutait attentivement, claquant des doigts au rythme de la mélodie qu'il aurait reconnue entre mille. Bon sang, ces Tziganes jouaient divinement bien de leur instrument ! Fasciné par la qualité de leur interprétation, il ne prêta pas attention à la femme âgée qui s'immisçait dans la foule de curieux. De temps à autre, elle fermait les yeux, savourant elle aussi ce moment de plaisir. Après un riff somptueux à la guitare, les spectateurs applaudirent, et les plus généreux déposèrent une pièce avant de prendre congé. La vieille dame ouvrit son porte-monnaie et glissa un billet de cinquante euros. Les musiciens s'observèrent.

Était-elle consciente de sa générosité ?

Jason aurait bien dit quelque chose, mais Darkan l'en empêcha.

« Merci, madame. Voulez-vous que nous jouions un morceau rien que pour vous ? »

La vieille femme releva la tête.

« Avec grand plaisir. Connaissez-vous *Les Yeux noirs* ? »

Les Gitans se mirent à rire. Bien sûr qu'ils connaissaient cet air magistral, interprété en son temps par le fameux Django Reinhardt ! Il était même fréquent qu'il fasse partie du répertoire du Vitamine Jazz Bohémian.

« On va jouer *Les Yeux noirs*, pour ?…

– Pour Madeleine. Appelez-moi mamie Madeleine ! »

Le Journal de Bab

Heureusement que tu es là. Au moins, toi, tu m'écoutes... enfin, façon de parler !

Depuis que Dimitri a disparu, maman passe des soirées entières à pleurer et moi... je n'existe plus.

Quand je rentre du collège, je cours m'enfermer dans ma chambre et c'est beaucoup mieux ainsi. Le pire c'est que personne ne s'en rend compte ! Je suis devenue transparente.

Mon petit frère me manque. J'en arrive même à regretter les séances de piano où il me cassait les oreilles.

Maman m'interdit de regarder les émissions de télé qui parlent de Dim'. Comme si j'étais une gamine incapable de comprendre ! Moi aussi je souffre, mais je ne dis rien. De toute façon, je sais ce qui lui est arrivé. J'ai entendu papa dire qu'il avait été caché dans une chaufferie de la gare. C'est comme ça que les ordures ont réussi à échapper à la police. Le pauvre, ça devait être horrible.

Je dors tous les week-ends au château et l'autre jour papi m'a interdit de le suivre dans les appartements du haut. Je me demande bien pourquoi ?

Sinon, pour Alice et papa, je crois que c'est la guerre. Ils ne se parlent plus et j'ai l'impression que ça fait plaisir à maman. Ah dernière chose, hier j'ai eu une consultation avec un docteur au nom bizarre. Il m'a dit que mon corps se développait normalement et que je ne devais pas m'inquiéter. Tant mieux, déjà que j'ai les oreilles décollées de maman !

Bab

P.-S. – Antony n'arrête pas de m'envoyer des snaps... je crois qu'il me kiffe !

39

Bari (Albanie)

Le plan élaboré par Doran et ses complices avait fonctionné à merveille. Nous étions montés sans encombre dans le ferry reliant Tirana à Bari. Personne n'avait pris soin de vérifier nos identités. Par prudence, nous restâmes confinés dans une cabine tout au long de la traversée.

Une fois le trajet terminé, je remerciai le Gitan, promettant de donner des nouvelles dès notre arrivée en France. Je n'avais pas eu le moindre appel de Guillaume durant tout le séjour et cela m'attristait. Mon téléphone vibra : c'était Serge Guiguet.

« Alice ! Comme je suis heureux de vous avoir en ligne. Je désespérais de ne pouvoir vous joindre.

– Le plaisir est partagé !

– Mais où étiez-vous, bon sang ?

– Oh, c'est une longue, très longue histoire, Serge.

– J'ai tout mon temps. »

Et nous voilà partis dans l'explication de mon escapade à Tirana. Il salua mon courage. Ses compliments avaient une saveur particulière, j'en avais grandement besoin.

« Dites-moi, Alice, je suis en route pour Chambéry et j'aurais souhaité recueillir vos impressions.

– Mes impressions ? Mes impressions sur quoi ? »

J'étais décontenancée. Son silence sembla durer une éternité. Qu'hésitait-il à me dire ?

« C'est ce que je craignais. Vous n'êtes pas au courant…

– Au courant de quoi ?!

– Ce n'est pas mon rôle, mais au vu de nos relations, autant que je vous le dise. La police a intercepté un suspect. *Notre* suspect. Tous les médias en parlent ! »

Mon cœur s'emballa. Je posai la question la plus difficile de mon existence :

« Et Dimitri ? »

Naturellement, il s'attendait à cette question :

« Restons prudents ! Dimitri n'a pas encore été retrouvé, mais d'après des sources concordantes, la police tient notre homme. Cette ordure finira par avouer, Alice. J'en suis sûr ! »

Comment contenir l'émotion qui me submergeait ? Le journaliste ne cessait de prononcer mon prénom.

« … vous êtes encore là ? »

*

Chambéry – Hôtel de police

Un second entretien avec Alain Bernet avait été programmée pour 9 heures. Agnès Demare et le capitaine Neves mèneraient l'interrogatoire.

Durant le trajet, ayant eu suffisamment de temps pour y réfléchir, ils arrivèrent avec une idée bien précise en tête : le confondre face à d'autres éléments retrouvés à son domicile. Bien évidemment, sa culpabilité ne faisait aucun doute : les empreintes digitales relevaient dans la cave confirmeraient la présence de l'enfant, mais plusieurs questions restaient néanmoins en suspens… Et notamment la plus importante d'entre toutes : qu'avait-il fait de Dimitri ?

Non loin de l'hôtel de police, les camionnettes des journalistes commençaient à s'entasser dans l'avenue, entravant la circulation.

La jeune lieutenant Demare déposa le capitaine devant le camping-car et partit se garer un peu plus loin.

Il fit le tour du véhicule, et essaya de l'ouvrir, mais il était verrouillé. Et puis à quoi bon, il avait déjà été inspecté !

« Ils n'ont rien trouvé. Vous voulez que je demande les clés ? » fit Agnès Demare une fois à ses côtés.

D'un geste détaché, il refusa la proposition.

« T'as pas plutôt envie d'un bon café ? »

Neves avala sa viennoiserie et sortit fumer une cigarette. Le lieutenant lui apporta son café allongé. En face de ce modeste bar de ville, il observait le mécanicien à la combinaison grise qui venait d'installer une BMW sur le pont élévateur.

Se brûlant les lèvres, il fulmina, soufflant exagérément sur le nuage de fumée. Elle jugea utile d'engager la conversation sur un sujet plus léger que le difficile interrogatoire qui se profilait, mais le capitaine semblait si préoccupé qu'elle n'obtint aucune réaction.

Sans prévenir, il traversa la route à grandes enjambées et pénétra dans le garage automobile. Décidément, ce flic n'était pas comme les autres, aussi déroutant qu'imprévisible. Jamais jusqu'alors elle n'avait travaillé avec un « hiérarchique » à la personnalité si complexe. Et pourtant à la PJ, on l'avait mise en garde, mais Agnès avait persisté dans son choix. Rien de mieux qu'un flic aguerri, mais discret, pour apprendre les ficelles du métier. Elle le rejoignit :

« C'est quoi, votre truc ? Vous voulez vous reconvertir ou quoi ? »

L'agrippant par le bras, il lui dit tout bas :

« À Orléans, les flics ont bien dit qu'il passait son temps libre dans un atelier de mécanique ? »

Surprise par le geste de familiarité de son supérieur, elle bredouilla :

« Euh… oui… Mais où voulez-vous en venir ?

– Tu m'attends là. Je reviens. »

Moins de dix minutes plus tard, il débarqua à grands coups de klaxon. Neves rangea le camping-car devant l'entrée de l'atelier, encombrant une partie de la chaussée.

« Vous voulez quoi ? » s'agaça Gaby, le responsable en chef.

Le policier descendit du véhicule et tendit sa carte, déterminé à en finir.

« Vous avez moins de deux heures pour me le désosser entièrement ! »

Les ouvriers déchargèrent banquettes, lits, cuisine et autres appareils électroménagers, mais aucun indice n'en ressortit pouvant permettre d'accuser cet enfoiré de Bernet. Le patron vint aux nouvelles, un café dans chaque main.

« Si seulement vous nous disiez ce que vous cherchez. »

Devant son silence, Gaby ordonna un remontage du camping-car sur-le-champ. Le capitaine s'éloigna, examinant la BMW sous toutes ses formes, avant de revenir d'un pas décidé.

« Attendez. Descendez la BM' du pont !

– Quoi ? fit l'un des mécanos.

– Vous avez bien entendu, vous la virez et vous installez le camping-car à la place. »

En maugréant, ils s'exécutèrent.

L'engin désormais ancré à deux bons mètres de hauteur, Neves passa dessous.

« C'est quoi ça ?

– Un réservoir à gasoil.

– Et ça ? »

Désabusé par le retard sur son planning, le patron commençait à perdre patience.

« La vidange. C'est pour les toilettes chimiques ! » dit-il en haussant les yeux au ciel.

Le lieutenant Demare intervint :

« Une vidange à cet emplacement ? Rassurez-moi, vous n'avez pas de camping-car, au moins ?

– Démontez-la ! » exigea le capitaine.

Le support étant scellé au châssis, les ouvriers rechignèrent à la tâche.

La situation n'évoluant pas assez vite à son goût, Gaby se précipita dans l'atelier et s'empara d'une disqueuse, opérant une coupe franche dans un vacarme insupportable empêchant tout échange. Les hommes s'y mirent à plusieurs pour maintenir le conteneur, avant de le déposer au sol, laissant un trou béant d'environ un mètre de circonférence.

L'étonnement put se lire sur tous les visages.

Diable que cet enfoiré est rusé ! songea le capitaine. Avoir l'idée de condamner les W.-C. pour pouvoir ainsi augmenter la taille du « caisson »…

Agnès se pencha dessus afin d'en soulever le couvercle.

« Oh putain ! » s'écrièrent simultanément les mécanos.

En position fœtale, un petit garçon, sparadrap sur la bouche et foulard sur les yeux, était couché, totalement immobile.

Pourvu qu'il ne soit pas…

Le lieutenant Demare s'empressa de prendre son pouls : grâce à Dieu, l'enfant était vivant !

Souriant pour la première fois de la matinée, le capitaine se passa une main sur le front avec soulagement :

« Messieurs, laissez-moi vous présenter Dimitri Girod ! »

40

Modane

Conduire plusieurs heures d'affilée était épuisant, mais je rentrais enfin chez moi, et j'en étais plus qu'heureuse.

Mon téléphone vibra : c'était Guillaume. Je pris l'appel. Il me confirma l'arrestation du fameux Alain Bernet, responsable de l'enlèvement de Dimitri, mais aussi, et surtout :

« Alice ! On a retrouvé Dimitri et il est vivant ! Tu entends, il est vivant ! »

Son annonce était comparable à un uppercut.

... il est vivant...

J'étais submergée par l'émotion et restai sans voix, si bien que, ne discernant plus très bien le macadam, je trouvai plus prudent de ranger la voiture sur le bas-côté.

... tu entends, il est vivant...

J'avais un mal fou à réaliser la portée de ses dernières paroles. Incapable de réagir ou de prononcer un seul mot, je me répétais sans cesse : *Es-tu en train de rêver ?...*

C'était un peu comme si je finissais de gravir les derniers centimètres de la paroi d'un puits dans lequel j'avais sombré depuis sa disparition.

Guillaume s'inquiéta de mon silence, sa voix résonnant dans l'habitacle :

« Alice ! Tu es toujours là ? Alice… »

Je clignai des yeux plusieurs fois. Remontant lentement à la surface, je repris enfin mes esprits :

« Oui, ça va… ça va. Je te remercie. C'est une telle libération, si tu savais… »

J'avais espéré ce moment depuis si longtemps…

« Et si tu venais nous rejoindre sur Chambéry, tu es juste à côté. Je dois passer chercher Isabelle et Barbara pour aller à l'hôpital. Dimitri sera si content de te revoir. »

Ça se mélangeait dans ma tête ! Tout était si soudain que je trouvai une excuse bidon :

« Je suis horrible à voir ! »

Qu'à cela ne tienne, il m'indiqua son hôtel, réservé pour la nuit prochaine, et me suggéra d'y faire une halte.

Comment refuser ?

Sans réfléchir, j'acceptai. Revoir Dimitri sain et sauf serait assurément le plus beau jour de ma vie !

*

Chambéry – Hôtel de police

Les coupes de champagne s'entrechoquaient sans le moindre bruit. Le plastique n'avait pas la musicalité des flûtes en cristal, mais qu'importe, l'essentiel était ailleurs.

Bien que le bâtiment fût cerné par tous les médias de France, personne n'avait la moindre idée de ce qui se déroulait à l'intérieur. Retranchés dans une pièce exiguë, tous les fonctionnaires de police présents étaient invités à lever le verre de la victoire. Après une nuit entière sans sommeil et malgré la fatigue, le capitaine Neves apprécia néanmoins le moment. Demare et lui furent accueillis en victorieux gladiateurs. Seulement, la gloire fut de courte durée. Alors que le préfet de police amorçait son discours, on vint le chercher en toute discrétion. Il accepta de prendre l'appel dans le bureau du commissaire.

« Bonjour, capitaine. Docteur Jean-Claude Tavernier à la prison d'Aiton. »

Un médecin ? Ce n'était pas courant et encore moins bon signe. L'autre semblait hésitant :

« Je voulais vous prévenir que nous avons eu un problème avec votre détenu.

– Un problème ? Quel genre de problème ? »

Embarrassé, le praticien transmit le combiné au directeur de l'établissement. Ce dernier confirma l'impensable : Alain Bernet, plus connu sous le pseudonyme de La Demoiselle, avait échappé à la vigilance des surveillants et sauté du quatrième étage, dans la zone dépourvue de filets de protection…

Et pourtant, ce n'était pas faute de les avoir prévenus de la fragilité psychologique de l'individu et de ses envies suicidaires, songea Neves.

« Il est mort ?

– Non, il respirait encore lors de son transport à l'hôpital, mais son pronostic vital est engagé. »

*

Chambéry – Grand Hôtel

Aussi excitée qu'une gamine, j'avais profité de mon arrivée à l'hôtel pour appeler Diane et lui partager mon bonheur. Émue, elle m'avait réconfortée de ses paroles chaleureuses. Par un sobre SMS, Serge Guiguet m'avait fait promettre de lui accorder une interview exclusive. J'avais accédé à sa demande, posant tout de même une ou deux conditions.

Une douche brûlante. Voilà ce dont j'avais besoin désormais. Le Grand Hôtel réservé par Guillaume était situé en bordure de la capitale savoyarde.

L'eau du multijet fouettait mon visage, avant de perler sur ma peau comme une pluie d'automne. Je n'aurais interrompu ce moment pour rien au monde, et profitai de ce relâchement pour fermer les yeux.

Bon sang que j'étais bien !

Immobile devant le miroir embué par la condensation, je découvris ma mine fatiguée, mais avec un sentiment extraordinaire chevillé au corps : celui du devoir accompli.

Mon téléphone frémit, mais personne ne se manifesta à l'autre bout.

« Allô ? Allô ? Allô ? »

Pas de réponse.

Assis en tailleur, Mosi attendait patiemment dans la pièce d'à côté, les yeux rivés sur un dessin animé. Il avait été si sage tout au long du périple que j'avais fini par presque l'oublier.

Une touche finale de blush, du rouge à lèvres, je voulais être la plus belle en ce jour si particulier.

On toqua à la porte d'entrée. Sans doute le room service à qui j'avais commandé du jus d'orange et des douceurs.

J'ouvris sans précaution…

… et me retrouvai face à deux individus, dont l'un mit immédiatement le pied en travers de la porte. Leurs blouses blanches m'interpellèrent tout autant que cet homme blond pénétrant dans la chambre sans que je l'y invite. Tandis que l'autre, basané et crâne rasé, m'expliquait le besoin de parler seul à seul, je tentai de m'en débarrasser sans heurts. Il sortit une feuille d'une pochette :

« Vous êtes bien Alice Guenver ? »

Surprise, j'acquiesçai machinalement. Le blond indiqua à son acolyte la présence d'un enfant dans l'appartement. Je pris le document, découvrant l'intitulé :

Ordre d'internement

J'étais sous le choc. J'eus à peine le temps d'apercevoir le nom de l'une des signataires, avant qu'un des infirmiers ne se glisse dans mon dos et m'immobilise de force par la taille.

Soudain et brutal. C'était l'un de ces réveils difficiles et complètement déroutants où vous ne savez plus comment et pourquoi vous êtes arrivé là !

Pieds et mains attachés à un brancard, je tentai de me défaire de ces liens m'irritant la peau. Assis sur le siège passager, l'un des hommes se retourna et vint me rejoindre à l'arrière de l'ambulance. Il était si grand que sa tête touchait le plafond.

« Qui êtes-vous et où m'emmenez-vous ? »

Il posa sa main droite sur mon épaule. Une multitude de tatouages couvrait son avant-bras.

« Tu auras bientôt la réponse à tes questions ! »

Ses dents étaient aussi pourries que son haleine. Je tentai une approche conciliante, expliquant la monumentale méprise dont j'étais l'objet, mais il n'en eut que faire.

Le chauffeur coupa le moteur moins de dix minutes plus tard, descendit du véhicule et vint ouvrir les portes arrière. L'autre détacha mes sangles et me poussa dehors.

Mon premier coup d'œil fut pour cette demeure ancienne du XIXe siècle ressemblant à un château rénové.

J'avançai avec appréhension.

En face de moi, deux hommes et une femme dévalèrent les escaliers. Leur tenue blanche aurait dû m'inciter à battre en retraite, mais il était trop tard, bien trop tard.

Je restais plantée là. Leur approche fut méthodique, tels des loups cherchant à encercler leur proie. L'un à gauche, l'autre à droite et l'infirmière de face, ils avançaient tous trois dans ma direction. Prise d'un instinct de survie, je fonçai tête la première sur la supposée plus faible, mais pugnace, elle résista vaillamment à mon coup de bélier.

Les mâles en profitèrent pour me soulever du sol. Je me débattis comme une tigresse, et hurlai, en vain. Une main moite condamna ma bouche, m'empêchant toute vocifération. Son complice attrapa mes jambes et les sangla à l'aide d'un ceinturon.

« Maud, ça vient, oui ? »

Je ne savais pas pourquoi, mais je n'avais jamais aimé ce prénom. Sans doute un souvenir lié à l'enfance.

J'aperçus une seringue entre ses doigts. Échaudée par cette première confrontation qui lui avait laissé des traces sur la cloison nasale, elle exigea qu'ils me maintiennent avec plus de fermeté.

Avant que mes paupières ne se ferment, Maud murmura à mon oreille, venimeuse :

« Fais de beaux rêves, ma belle ! »

PARTIE III

Donne-moi la force

41

Seize mois plus tard

Marly-La-Chiésaz (Suisse)

« Ça commence à bien faire, Delphine. Tu veux bien descendre, s'il te plaît ? »

La voix qui m'appelait se voulait dure, mais, comme souvent, j'évitai de regarder en bas. Sans doute à cause de cette sensation de vide qui m'attirait. J'avais beaucoup mieux à faire, comme admirer ce ciel bleu azur surplombant la cité suisse. Parfois un rayon de soleil réchauffait ma peau avec volupté. Que l'on devait être bien là-bas, sur la pointe culminante de cette montagne que l'on appelait le Mont-Blanc !

J'aurais aimé savoir voler pour m'y rendre.

Sans prêter la moindre attention à mes « gardes du corps » qui se désespéraient de mon attitude, je réajustai mes écouteurs et m'appuyai contre le tronc du chêne afin d'assurer ma prise.

À présent debout et immobile, je pus enfin contempler la vue dégagée du sommet. J'étais heureuse. Une légère bise fouetta mon visage. Le foulard enrobant mes cheveux ne résista pas à cet énième appel du large. Je suivis sa danse du ventre, ondulant, virevoltant lentement au gré de la rafale, avant de se poser délicatement sur la terre ferme.

... You know that I'm no good...

Amy Winehouse rythmait le claquement de mes doigts. Je fermai les yeux et, pieds nus, avançai d'un pas prudent sur la branche la plus solide. Mon destin ressemblait à celui d'un acrobate en recherche d'équilibre. Jamais je ne m'étais sentie aussi vivante et libre, et pourtant je mourais d'envie de hurler mon désarroi et ma douleur.

Une dizaine de mètres en dessous, les autres pensionnaires m'observaient comme un animal de foire. Certains m'incitaient à commettre l'irréparable au son d'un « Delphine, elle va sauter ! Delphine, elle va sauter ! ».

Ici, j'avais tout perdu, jusqu'à ma propre identité.

Un dernier regard pour le soleil éblouissant et généreux. *Allez, ma fille, un peu de courage. Un saut, un seul, et c'est la délivrance à tout jamais !*

J'ouvris les yeux sur un plafond blanc mat, guère inspirant. Mains attachées, j'avais dormi comme un bébé. Suite à l'épisode du chêne, et après cinq jours d'isolement, j'avais retrouvé ma chambre.

La porte se déverrouilla au son d'un « clic ! » et le surveillant apparut, son chariot devant lui.

« Alors, Rousseau, comment vas-tu ce matin ? »

À quoi bon lui répondre ? Fabrice était de toute façon bien trop occupé à préparer le sédatif. Avant chaque confrontation avec l'équipe médicale, cet enfoiré m'injectait son poison. Résignée, je détournai mon attention, ne souhaitant assister à ce énième combat perdu d'avance.

Le professeur Le Banner entra dans la salle et salua ses trois confrères avant de se mettre légèrement en retrait. Nul besoin de m'affubler d'une camisole de force. Droguée, j'étais incapable de tenir debout. Assise sur une vulgaire et inconfortable chaise, je leur faisais face depuis déjà plus d'une heure. Les commentaires sur mon état étaient sans appel : « Elle ne progresse pas ! », « Incohérente ! »…

La seule femme du groupe s'interrogea sur les fortes doses administrées, mais cette prescription était du ressort de Thomas Le Banner. Le chef de clinique consulta mon dossier, ou du moins fit-il semblant de le faire, et ôta ses lunettes.

« Dites-moi, Delphine ? Vous qui prétendez être en parfaite santé…

– Docteur ! » s'insurgea la femme, refusant que l'on conforte la patiente dans son erreur.

D'une main, Le Banner lui opposa un discret « laissez-moi faire ! » avant de poursuivre :

« Vous avez été particulièrement turbulente l'autre jour. Qu'est-ce que c'est que cette manie de vouloir grimper aux arbres ? Vous vous prenez pour un singe ? »

Sa propre métaphore le fit rire, entraînant dans la foulée le bal des faux-culs. C'était désespérant de prétention et de vanité. Tête baissée, bave aux coins des lèvres, je crus bon de lui répondre :

« Sur un arbre, perchée tout là-haut, je suis libre ! »

Dans mon for intérieur, je répétais sans cesse mon « mantra » d'autrefois : *Ne flanche pas, je t'en supplie ! Ne flanche pas !*

Tous redoublèrent de mauvaise foi. Le Banner, pour commencer, haussant le ton :

« Combien de semaines encore pour que vous acceptiez la situation ? Ces mois passés ici ne vous ont donc pas suffit ? On multiplie les séances, on fait notre possible pour vous venir en aide, mais vous refusez systématiquement de coopérer. »

Soudain furieux, il repoussa sa chaise et prit ses collaborateurs à témoin, enfouissant ses mains dans les poches de sa blouse. Il y eut un long silence avant qu'il n'affirme :

« Vous présentez tous les symptômes de la schizophrénie catatonique. C'est la forme la plus grave de la maladie. À entendre vos hallucinations et toutes ces histoires de gamins enlevés dans un hôpital, c'est à se demander si ce n'est pas déjà trop tard. »

Il soupira, fit mine de se calmer et se plaça dans mon dos. D'un geste qui se voulait plein de paternalisme et de tendresse, il entoura mes épaules et murmura au creux de mon oreille :

« Il me semble que c'est votre anniversaire aujourd'hui ! Alors bon anniversaire, Delphine ! Maintenant, écoutez bien : soit vous obéissez à nos demandes, soit vous soufflerez jusqu'à votre dernière bougie dans cet établissement. »

Fier d'avoir mit les points sur les « i », il s'adressa aux médecins avant d'approcher son visage à dix centimètres du mien pour m'apprendre que ma maison avait trouvé preneur.

Quelle bande d'ordures ! Tous ces conspirateurs avaient réussi à me spolier du seul bien en ma possession. Comment avaient-ils pu opérer de la sorte sans mon consentement ?

J'étais anéantie, habitée par une envie folle de les tuer, tous. Mes pensées dérivèrent vers mes amis, mais aussi vers Guillaume. Il m'avait abandonnée. Peut-être même avait-il refait sa vie ?

À la simple évocation de cet entourage heureux ayant tourné la page « Alice Guenver », j'eus envie de pleurer. Mais mes yeux n'avaient plus de larmes…

42

Marly-La-Chiésaz (Suisse)

Contrairement aux autres pensionnaires, je n'avais reçu aucune visite en presque seize mois d'internement. Et pour cause, non seulement j'étais enfermée contre mon gré, mais pire que tout, je l'étais sous l'identité d'une certaine Delphine Rousseau dont je ne connaissais rien. Ce détail alimentait les scénarios les plus fous dans mon esprit.

Et si... Et si je ne m'étais tout simplement jamais appelée Alice Guenver ?

Le seul moment récréatif de la journée résidait dans la traditionnelle promenade du début d'après-midi dans le parc. Depuis le tout premier jour, je m'y accrochais comme à une bouée perdue en pleine mer. Libres de nous déplacer à notre gré, on pouvait flâner ou y observer un coin de ciel bleu. Peu importe la saison, nous étions toujours quelques-uns à braver le mauvais temps.

Dès l'ouverture des portes, je me précipitais sur le banc en bois situé au pied du chêne, désormais entouré d'une clôture. Ici, j'espérais la visite de Benj', un moineau tombé de son nid et que j'avais fini par apprivoiser.

Par trois fois, j'avais déjà réussi à fausser compagnie à mes tortionnaires en échappant à leur vigilance, mais ces tentatives d'évasion avaient malencontreusement toutes échoué. Sous ses allures de demeure bourgeoise et accueillante, le bâtiment était ultra-sécurisé. Outre les aménagements en vigueur dans les chambres, tels que lits scellés au sol, vitres blindées, miroirs incassables, on avait déployé un dispositif de plus de deux cents caméras réparties sur l'ensemble des cinq hectares et des trois pavillons.

Lors de mon dernier essai, j'avais eu le mérite d'atteindre les barbelés cernant un mur d'enceinte électrifié de plus de quatre mètres. Mais progresser au milieu de fils de fer aussi acérés que des lames de rasoir était quasi impossible.

Au fil des mois, faire l'introspection du passé était devenu mon passe-temps favori, car d'avenir je n'en avais point. Il m'arrivait aussi, à l'aube de ce nouveau printemps, de méditer sur la nature en éveil et pleine de promesses qui m'entourait.

Alors que je cueillais une pomme, ma rêverie fut perturbée par un bruit étrange. Il provenait de la forêt voisine.

Protégée par une clôture infranchissable et robuste, j'approchai en lisière, découvrant derrière le parterre de fleurs un sanglier adulte. Il s'agissait à première vue d'une laie. Elle arrêta de creuser et recula, sans pour autant prendre la fuite. À trois mètres à peine, deux marcassins attendaient tapis dans l'ombre. J'avançai encore et tendis la main, proposant ma pomme en offrande.

« Tu la veux, Peggy ? Tiens, c'est pour tes petits. »

Je n'avais rien trouvé de mieux que de lui donner un surnom en hommage au *Muppet Show*, ça la rendait plus humaine.

Je lançai la pomme par-dessus le grillage. Peggy la laissa rebondir et se jeta dessus avant de la dévorer. Puis elle approcha lentement, espérant une nouvelle « friandise ». Quelle aubaine !

Je m'activai dans le verger voisin et envoyai reinettes et goldens à mon amie du jour.

Accroupie, les genoux dans la terre, je glissai de nouveau les doigts à travers l'hexagone étroit du grillage avec l'espoir de la caresser. Elle renifla, puis grommela si fortement qu'elle me flanqua une frousse incroyable.

« Rousseau ! Rousseau ! »

Un regard en arrière. Au loin, Fabrice me désignait de la main, exigeant que je prenne mes distances avec le grillage.

J'allai à sa rencontre.

« On t'a vue sur les écrans de contrôle. On peut savoir ce que tu fais ?

– Oh rien, cette forêt est magnifique. Elle m'inspire, si seulement je pouvais la peindre !

– La peindre ? Parce que tu peins, toi ? »

L'œil malicieux :

« Je fais plein d'autres choses, mais de toute façon, tu me vois que comme une folle parmi d'autres. »

Sur son injonction, nous nous engageâmes sur le chemin en direction du bâtiment.

« Ah bon ! Et tu pourrais me montrer tes talents cachés ? »

Je pris le risque d'effleurer sa hanche, et employai un ton lascif :

« Qui sait, un jour peut-être ! Mais auparavant, il faudrait que tu acceptes de… »

Il eut un sourire moqueur.

« Je me disais aussi, vas-y toujours.

– Pourquoi tu m'appelles Rousseau et pas tout simplement Delphine ? »

Il secoua la tête et se mit à rire.

« Qu'y a-t-il de drôle ?

– Oh rien, mais je me disais que c'est la première fois que tu acceptes qu'on t'appelle Delphine ! »

Je lui souris.

Le ver était dans le fruit.

Le ciel était bas ce matin. Un léger brouillard commençait à descendre sur Marly. Dehors, c'était le bal des véhicules, du camion de livraison aux voitures du personnel. J'aperçus Martha Fonseca au volant de sa nouvelle Renault Captur orange. Cette immigrée argentine était la préposée au ménage dans cette aile du bâtiment. De nature discrète, son travail était d'un sérieux remarquable. Ici, tout le monde l'adorait. Le contact avec les patients était interdit au personnel d'entretien, mais au fil du temps nous avions réussi à sympathiser. C'est ainsi qu'elle m'avait confié quelques anecdotes sur son parcours de vie et surtout sa fierté de voir son fils Victor intégrer la rédaction d'un petit journal local en tant que pigiste.

L'avant-veille, j'avais réussi à lui soutirer des informations précieuses sur la forêt jouxtant le domaine. Selon ses dires, elle était dangereuse, pas seulement à cause des animaux sauvages, mais aussi en raison du ravin situé en contrebas et au milieu duquel coulait la rivière appelée l'Aar et son fameux *couloir de la mort*. Son courant était réputé pour être des plus périlleux, si bien que nombre de kayakistes expérimentés s'y étaient laissé prendre au piège.

« Est-ce que tu manges tes pommes de terre ? »

Son regard en disait long sur son incompréhension. Depuis que nous étions assises face à face dans la cantine de l'institut, ma camarade répétait inlassablement : « Mon corps me fait mal. »

Dans un éclair de lucidité, elle prit ses patates douces à pleines mains et les déposa dans mon assiette. Le temps de la remercier, ni une ni deux, je les faisais disparaître dans un sac plastique dérobé spécialement pour l'occasion. L'opération accomplie, je dissimulai le tout à l'intérieur de mon pantalon, espérant ne pas me faire remarquer.

Portant mon plateau à mi-hauteur, j'éprouvais le plus grand mal à me déplacer, avec l'impression assez surprenante d'avoir les parties génitales d'un éléphant entre les jambes.

Le repas terminé, un infirmier approcha de la salle de télévision et grimpa sur l'estrade.

« Écoutez-moi tous. Au vu des giboulées et du brouillard, les médecins préconisent de ne pas vous laisser sortir cet après-midi. Nous vous proposons des jeux et des films dans l'auditorium. »

La grande majorité des malades fut ravie de cette décision. Mais pas moi ! J'allai de ce pas plaider ma cause auprès de Fabrice, déterminée à obtenir satisfaction, arguant que j'en avais grandement besoin pour mon équilibre. Il me demanda de patienter et revint dix minutes plus tard, sourire aux lèvres.

« C'est d'accord, mais on veut te voir à la caméra. Et tu ne t'approches pas des arbres ! »

Une fois dehors, je ramassai quantité de pommes et retroussai ma veste pour en faire un panier. Cela me rappelait l'époque pas si lointaine où Diane et moi chapardions des fruits du côté de la Croix-Rousse. Ah, Diane, mon amie, ma confidente… ma sœur… pensait-elle à moi de temps en temps ?

Discrètement, j'approchai en bordure du bois, mais point de Peggy à l'horizon. Je la nourrissais ainsi depuis trois jours, mais cette fidélité n'était peut-être qu'à sens unique. Accroupie, je multipliai cris et interjections :

« Oh ! Oh ! Peggy, Ouh ! Ouh !… »

Mais rien n'y fit, ma belle était aux abonnés absents. Je rageai de ce rendez-vous manqué… jusqu'à ce que, tout à coup, un bruit isolé ne s'échappe d'un buisson.

Pointant finalement le bout de son groin avec la méfiance de l'animal craignant toujours autant l'homme, je lui lançai fruits et légumes par-dessus l'enceinte.

Étrangement, ce furent cette fois les marcassins qui vinrent sous l'œil bienveillant et protecteur de leur mère. Ils en redemandèrent. C'était le moment opportun pour mettre mon plan à exécution.

Rampant dans l'herbe humide, je me déplaçai d'une dizaine de mètres et portai mon choix sur un magnifique buisson à l'abri des caméras. Comme espéré, les jeunes mâles m'avaient suivie. Je leur donnai des pommes pour les récompenser, mais pris soin de déposer le reste au pied du grillage.

« Delphine ! » cria un infirmier.

« Rousseau ! » reprit un autre.

Je n'avais malheureusement plus assez de temps, et saluai mes jeunes amis ainsi que miss Peggy.

La figure et les vêtements couverts de boue, je rebroussai chemin. Les surveillants mirent un certain temps à réaliser mon état. Frigorifiée, grelottant comme un chien mouillé, je parvins à pleurer, prétextant une chute malencontreuse et de multiples appels à l'aide. Jules retira son blouson et enveloppa mes épaules.

« Ma pauvre Delphine. On t'avait dit de ne pas t'éloigner. Regarde-moi ça, on dirait que tu t'es roulée dans la terre. »

« Je veux te voir prendre ton médicament », me répéta Fabrice.

J'avouai avoir de plus en plus de mal à l'avaler et quémandai un sachet en poudre. Il promit de faire son possible pour le lendemain.

Je tirai la langue comme une enfant. Depuis plusieurs jours, il s'était rapproché de moi, tentant d'user d'un charme dont il était malheureusement dépourvu. Il posa ses énormes fesses sur le bord du lit – ce qui était formellement interdit par le règlement afin, justement, d'éviter toute proximité avec les malades – et m'empesta de son odeur de tabac froid. Je désignai la caméra :

« Tu n'as pas peur de te faire attraper ? »

Sortant de la poche son paquet de cigarettes vide, il le jeta sur la table.

« Bah, à cette heure, les médecins sont tranquillement chez eux et c'est bibi qui doit s'occuper de tous les tarés. »

Il ne se rendit même pas compte de son écart de langage et poursuivit sur notre capacité à « bien nous entendre ».

Je jouai le jeu.

Nous fûmes interrompus par un appel téléphonique. Il jeta un œil à son écran et murmura :

« Ah, c'est Martha. Qu'est-ce qu'elle me veut encore ? »

Il abrégea la conversation et rangea soigneusement son smartphone.

« Où en étions-nous déjà ?

– Je m'apprêtais à te demander si tu voulais que je te suce ? »

Il faillit s'étouffer et joua l'homme choqué, faisant mine de sortir de la pièce.

Mais, bientôt, il revint sur ses pas. Il avait la mine préoccupée, cogitant certainement sur le risque encouru. Puis, sans dire un mot, il se positionna pile devant la caméra de surveillance et fit un geste à son collègue situé en salle de contrôle. Mon cœur se mit à battre plus vite : il venait de lui demander d'interrompre l'enregistrement.

Sourire aux lèvres, il se retourna et baissa son pantalon jusqu'aux chevilles.

43

Paris

Cela faisait bientôt deux heures qu'Agnès Demare briefait son remplaçant sur les affaires en cours, et il était temps de marquer une pause. Assis en bout de table et répondant à des e-mails, le capitaine Raphaël Neves écoutait d'une oreille distraite. La mutation du lieutenant avait été acceptée et elle effectuait ses derniers jours dans son service.

« Bon, maintenant on passe à Dimitri Girod ! »

Regard ahuri du jeune brigadier :

« Mais je croyais que l'affaire était résolue ! »

Neves intervint :

« En vérité, pas tout à fait. On a effectivement retrouvé le gosse et son ravisseur, mais il subsiste encore des zones d'ombre. »

Il lui détailla rapidement les nombreuses incohérences du dossier et notamment le fait que ce Bernet s'en soit pris au petit-fils de l'un des plus grands avocats de France, dans l'une des gares les plus fréquentées. C'était une imprudence inhabituelle chez celui que l'on surnommait La Demoiselle.

« Qu'a dit le gosse finalement ?

– Ce que l'on soupçonnait déjà : il raconte avoir suivi sa belle-mère, pensant que c'était bien elle. Ça faisait des semaines que Bernet préparait son coup, notamment en surveillant Alice Guenver.

– Et elle est où, cette Alice ?

– Disparue, envolée du jour au lendemain sans laisser de traces. La seule chose dont on dispose, c'est un téléphone portable et une lettre écrite de sa main. »

Le brigadier Dobert demanda à la lire : en résumé, elle disait avoir besoin de fuir ce tumulte et souhaitait prendre du recul face à toute cette agitation.

Neves précisa :

« Aucun doute sur son authenticité. C'est bien son écriture, les graphologues l'ont confirmé. Elle a été envoyée à son fiancé ! »

Pour le remplaçant de Demare, c'était l'incompréhension la plus totale :

« Ben c'est quoi le bug, alors ? »

Il fallut toute la patience de Neves pour lui expliquer que l'on ne disparaissait pas comme ça sur un coup de tête, surtout le jour où le gosse qu'on a recherché durant des mois est enfin retrouvé.

Et puis, cette idée de fuir à l'autre bout du monde sans prendre d'effets personnels ou de papiers d'identité ne tenait pas la route.

« Vous parlez comme si vous la connaissiez bien, capitaine ! »

Demare compléta :

« Ce jour-là, elle devait se rendre à l'hôpital de Chambéry pour voir Dimitri Girod en compagnie des parents du gamin. Lorsqu'ils sont arrivés à l'hôtel pour la récupérer, elle s'était volatilisée. »

Cette dernière phrase sonnait comme un aveu d'impuissance. Afin de détendre l'atmosphère, faisant référence à un célèbre film, Dobert ajouta :

« Elle a rejoint le cercle des femmes disparues ! »

Son trait d'humour ne remporta pas un franc succès.

« Et on fait quoi alors ? » fit-il.

Neves prit l'unique photo en noir et blanc d'Alice Guenver, puis, cherchant le meilleur endroit, il l'épingla tout en haut du grand tableau en liège et retourna s'asseoir :

« On attend un miracle ! » lâcha ce dernier en soupirant.

*

Marly-La-Chiésaz (Suisse)

Nous étions au sixième jour de ma rencontre avec Peggy et ses petits. S'ils n'avaient pas réussi à toucher aux aliments laissés aux abords du grillage, ils s'étaient néanmoins efforcés de s'en emparer. La terre avait été retournée, formant un trou encore trop insuffisant pour s'y engouffrer, mais je ne désespérais pas. Depuis deux jours, carottes et navets ronds avaient remplacé les pommes et autres baies.

Avais-je la moindre chance de m'évader ?

Difficile à dire, mais ça valait le coup d'essayer. Et puis, je ne me voyais pas finir dans cet asile de fous, la tête truffée d'électrodes. Car c'est de cela qu'il s'agissait désormais. Adepte du secret bien gardé, Fabrice m'avait confié l'inavouable : sur avis de la commission, Le Banner et consorts avaient décidé d'une première séance d'électrochocs pour la semaine prochaine.

Je n'avais strictement aucune confiance dans ce directeur de clinique et, apparemment, Fabrice non plus, car dans l'instant suivant il avait prononcé cette phrase lourde de sens :

« Il paraît que c'est pour ton bien. »

Le regard de l'infirmier trahissait un malaise, celui de l'exécutant désolé de la tournure des événements. Bizarrement, cela me rappelait tous ces nazis d'après-guerre, jurant leurs grands dieux qu'ils n'avaient fait qu'obéir aux ordres.

*

Gouzon

Les commentaires du présentateur le laissèrent indifférent. Si Philippe Trémoux aimait le rugby pour l'avoir pratiqué dans le village voisin, il en supportait plus difficilement l'aspect mercantile.

Ce soir, Annabelle était de permanence. Infirmière libérale, elle se tuait à la tâche pour faire bouillir la marmite de l'exploitation qui vacillait depuis bientôt cinq ans. Depuis le décès de leur fils unique, et sans l'aide de son épouse, il y a bien longtemps que l'agriculteur aurait mis fin à ses jours.

Posé sur le buffet, son téléphone sonna. Surveillant la mêlée avec un œil d'expert tout en hurlant à mesure que les joueurs poussaient le maul, il se saisit de l'appareil.

En reconnaissant la voix de son interlocuteur sa bonne humeur disparut. Le moment était grave. Cet appel, Philippe l'avait redouté depuis le premier jour où ils avaient accueilli l'enfant.

« … Mais c'est beaucoup trop tôt. Pourquoi cette décision ? »

L'annonce était violente et sans âme, si bien qu'il eut le plus grand mal à respirer. Sidéré, il retourna jusqu'au salon, totalement bouleversé.

*

Marly-La-Chiésaz (Suisse)

Ce jour était particulier et à marquer d'une pierre blanche. Toute la partie basse de la clôture avait été endommagée par mes marcassins venus se restaurer. Seulement, et malgré mes efforts, pas même un enfant n'aurait réussi à s'introduire dans une ouverture aussi minuscule. Ne me restait plus qu'à trouver un objet capable de creuser la terre. À défaut de disposer d'une pelle ou d'un transplantoir de jardinage, j'allais devoir être sacrément ingénieuse.

Fabrice poussa la porte sans frapper. Allongée sur le lit, je l'observai déposant sachet et verre d'eau sur la table de chevet. Il effleura mes doigts avec délicatesse, puis prit un air grave :

« J'ai entendu Le Banner qui parlait de toi à un infirmier. »

S'il avait espéré une réaction de ma part, c'était raté.

Embarrassé, il me confirma la séance d'électrochocs prévue dans deux jours. J'aurais pu m'effondrer, implorer son aide, mais il en était hors de question.

Il quitta la pièce. Je me levai, effectuant les cent pas tel un général d'infanterie élaborant une manœuvre pour ses troupes.

Ne flanche pas, Alice, je t'en supplie ! Ne flanche pas.

44

Deauville

Quatre mois ! C'est le temps qu'il avait fallu à Hugo Guenver pour dilapider la quasi-totalité de « l'héritage » de sa sœur.

Le visage creusé par des nuits sans sommeil, il jeta un œil complice à sa partenaire d'un soir. Le statut de joueur de poker semi-professionnel n'avait pas que des inconvénients. On était encore loin de Las Vegas et de ses casinos prestigieux, mais un jour peut-être, il finirait par accéder à la cour des grands.

« Monsieur, vos cartes, s'il vous plaît. »

D'après ses calculs, le pot devait approcher les quatre-vingt mille euros sur ce coup.

Confiant, Guenver disposa un brelan de rois sur la table, mais c'était sans compter sur ce Biélorusse assis sur sa droite. Depuis le début, cet enfoiré aux faux airs d'adolescent portait des lunettes noires, histoire de ne rien dévoiler de ses intentions. Et voilà que ce dernier exhiba un full aux dames.

Pour Hugo, ce fut un coup de poignard, mais pire que tout, l'explosion de joie de l'individu fut le moment le plus douloureux. Ce type avait le comportement de l'usurpateur capable d'écumer une table de jeu à la recherche de pigeons sans cervelle. Le choc était rude. Il baissa les yeux, cherchant à se reprendre, mais le pouvait-il encore ?

« Monsieur ! Monsieur ! » demanda le croupier.

Hugo observa les jetons de ses adversaires. Sa profondeur de tapis était un handicap certain, il évaluait ses chances à moins de dix pour cent.

Vingt minutes plus tard, il misa son capital restant sur une vulgaire paire de dix, mais sa bonne étoile l'avait définitivement abandonné. Il salua ses adversaires avec courtoisie, non sans une profonde déception.

Il se rendit au bar. Le serveur essuya un verre et lui prépara un whisky.

« Offert par la maison ! »

Hugo le remercia de cette attention.

« Je peux vous accompagner ? » demanda une voix féminine derrière lui.

Il s'en soucia peu.

« Manque de chance ? »

S'il y a une chose dont Hugo ne voulait absolument pas parler à cet instant, c'était bien de hasard ou de chance. Il se retourna, pourtant. La fille était très jolie, mais nul doute qu'il s'agissait une fois encore d'une « professionnelle ».

« Je vous préviens tout de suite. J'ai plus un rond. Alors si vous avez l'intention de me plumer, vous perdez votre temps, c'est déjà fait ! »

Vexée, elle partit à la recherche d'une autre proie. Le jeune homme caressa le contour du verre en cristal, songeant qu'il n'était bon qu'à attirer des femmes de ce genre. Son attitude le déprimait tout autant que sa personne.

De loin, l'Eurasienne croisa une dernière fois son regard et le snoba avec mépris. À cet instant, il pensa à sa sœur Alice.

Comment avait-il pu vendre son âme au diable et signer cet ordre d'internement ?

Se sentant abject et terriblement seul, il se dirigea vers la plage…

Pardon, petite sœur...

Il retira sa veste et ses chaussures…

... Pardonne-moi... j'espère qu'un jour tu pourras oublier le mal que je t'ai fait...

… avant de s'enfoncer dans l'eau glacée… jusqu'à y disparaître… définitivement.

45

Marly-La-Chiésaz (Suisse)

Une spatule à gâteau. C'est tout ce que j'avais trouvé dans les cuisines. Suffisamment rigide pour ne pas rompre au contact de la terre, je l'avais dissimulée dans mon dos. M'attachant au moindre détail, j'avais noté que le personnel était aux petits soins pour moi depuis le matin. Les salopards avaient bel et bien programmé une séance d'électrochoc pour le lendemain.

Aurais-je l'énergie nécessaire d'aller jusqu'au bout ? Accéder à la forêt serait un premier pas, mais après ?

Je ne connaissais en rien les alentours du village et j'avais décidé d'improviser, quitte à y laisser la vie.

Comme à l'accoutumée, Fabrice vint en toute fin de service, sur les coups des 21 heures, et me tendit mon médicament.

Je lui pris le plateau des mains et le déposai sur la table de chevet en lui adressant mon plus beau sourire. Tandis que l'infirmier s'agitait devant la caméra, faisant signe à son complice d'interrompre la surveillance, j'ôtai rapidement le verre du plateau pour le poser sur le rebord de la tablette. Puis il se retourna, pantalon sur les chevilles et verge tendue.

« Alice, j'ai pensé à toi toute la journée.

– C'est ce que je vois… » dis-je en tapotant le matelas pour l'inviter à me rejoindre.

Il s'allongea confortablement.

« Enlève tes vêtements et tourne-toi, je vais te faire un massage. »

Il hésita, ses yeux me jaugèrent.

J'ôtai ma blouse et me retrouvai entièrement nue, ce qui eut le don de le rassurer sur-le-champ. Il pivota sur le ventre. Je caressai ses mollets et remontai jusqu'à son entrejambe.

« Putain que c'est bon, ma chérie !
– Tu aimes ? »

J'attrapai le lourd plateau en métal et, d'un coup sec, frappai de toutes mes forces l'arrière de sa nuque avec l'un des tranchants. Quatre autres frappes furent nécessaires afin d'éviter toute riposte de sa part. Je subtilisai sa montre et déclenchai le compte à rebours.

À la hâte, j'enfilai sa tenue d'infirmier : j'étais prête à affronter la suite. Mon cœur s'emballait. Les yeux fermés, la bouche pâteuse, je pris une énorme bouffée d'oxygène.

Je dérobai son portable et me pris en photo, puis envoyai un message à Martha, la femme de ménage, destiné à son fils. Le selfie était accompagné des mots suivants :

> Pour Victor – Alice Guenver retenue contre sa volonté.

Calot solidement vissé sur la tête, badge autour du cou, je parcourus le vieux couloir sombre et lugubre avec le secret espoir de ne jamais plus y mettre les pieds. Ce pantalon était beaucoup trop grand pour moi et traînait au sol, mais qu'importe.

L'épreuve la plus délicate consistait à longer le bureau des infirmières de nuit. Le local était éclairé, mais je pus passer devant, tête baissée, sans me faire repérer.

Sitôt « l'obstacle » franchi, je pris la poudre d'escampette, dévalant les escaliers, pour me retrouver deux minutes plus tard à l'extérieur de l'établissement.

Devant les caméras, je ralentis mon allure. Je ne croisai pas âme qui vive, et réussis à atteindre la pénombre du jardin sans encombre.

Arrivée devant la clôture, je creusai telle une aventurière à la recherche d'un trésor, repoussant chaque monticule de terre avec une énergie insoupçonnée.

Un coup d'œil à la montre de Fabrice : l'opérateur de la surveillance vidéo ne tarderait pas à se manifester.

Soudain, les cris désespérés d'une pensionnaire me firent sursauter. Je n'étais pas près de regretter cet endroit !

Jugeant l'instant propice, j'agrippai le bas du grillage endommagé par mes amis les marcassins. Il était encore bien rigide, et j'éprouvai toutes les peines du monde à le replier. Sur le dos, je me glissai dessous, progressant lentement, mais ondulant avec nervosité et force.

Le buste et le haut des cuisses étaient passés quand ces saloperies de barbelés déchirèrent le coton du pantalon et pénétrèrent profondément ma chair.

Retenant un cri en serrant les dents, je stoppai ma progression.

Au même moment, l'alarme retentit.

Allez, Alice, encore un dernier effort. Ne flanche pas, je t'en supplie !

L'ensemble des bâtiments se mit en ébullition. Aux étages, les couloirs s'éclairaient les uns après les autres. Il leur faudrait un certain temps avant qu'ils ne viennent voir de ce côté-ci.

Pressée d'en finir, et habitée d'une indescriptible soif de liberté, j'extirpai un peu brutalement cette jambe récalcitrante.

Ouf, j'y suis arrivée !

Je jetai un dernier regard sur cette maudite clinique. L'obscurité du bois ne m'effrayait pas, car pour la première fois depuis longtemps, je me débarrassais enfin du poids de ces chaînes trop lourdes à porter.

Malgré ma blessure, je marchai d'un pas soutenu, m'éloignant jusqu'à ne plus entrevoir la moindre lueur. En revanche, les premiers bruissements faisaient leur apparition, de la branche cassée d'un arbre aux hurlements d'animaux donnant l'alerte face à une situation qu'ils jugeaient inhabituelle.

Je courus droit devant sans savoir où tout cela allait me conduire. Qu'importe, l'essentiel était de fuir, loin, très loin.

*

Berne (Suisse)

« Monsieur, puis-je savoir à qui faire goûter le vin ? » interrogea le sommelier.

Thomas Le Banner laissa à ses voisins de table le soin de se désigner, préférant jeter un œil à son téléphone portable. Un SMS venait de lui être transmis.

Il remit ses lunettes et le consulta : le médecin de garde lui demandait de rappeler la clinique de toute urgence. S'excusant, il s'éloigna de la table.

« Le Banner, à l'appareil. Passez-moi Duclos… »

Il ne perdait pas une miette des faits et gestes de ses convives et notamment de sa nouvelle compagne, plus jeune d'une trentaine d'années. Elle lui dessina un cœur avec ses doigts.

« Ah, Jean-Marc, c'est vous ! Que se passe-t-il de si important qui ne puisse attendre demain matin ? »

Duclos eut bien du mal à en venir aux faits, ce qui provoqua un fort agacement chez le directeur de la clinique : Delphine Rousseau avait disparu depuis bientôt vingt minutes.

« Comment ça, introuvable ? Elle ne s'est pas envolée tout de même. »

Il n'était pas rare de voir des pensionnaires tenter de s'échapper, si bien que Le Banner se refusa à paniquer. En responsable averti, il exigea que l'on fouille chaque recoin de l'établissement en attendant sa venue. Duclos lui suggéra de prévenir la gendarmerie.

« Hors de question, vous m'entendez ? On règle cela entre nous. »

46

Marly-La-Chiésaz (Suisse)

Delphine Rousseau avait faussé compagnie au personnel de la clinique en disparaissant dans la forêt attenante au domaine.

Président d'un club de chasse, Thomas Le Banner avait tiré profit du trajet pour appeler les membres de son association. Tous répondirent présents sans exception. Le bois était si vaste qu'il n'y aurait pas mieux que l'aide des chiens pour mettre la main sur cette maudite garce. *Pourvu qu'elle soit encore vivante !* songea-t-il, car il aurait beaucoup de mal à expliquer cet imbroglio d'identités si on la retrouvait morte.

Un vent de panique souffla sur sa nuque flétrie.

La grille était restée ouverte, conformément à ses instructions. Les essuie-glaces évacuaient du pare-brise cette pluie fine qui venait de faire son apparition sur la cité suisse.

Au mépris des règles de sécurité, il traversa pelouse et parterre de fleurs au volant de sa Mercedes et s'arrêta pleins phares devant la clôture par laquelle la jeune femme s'était enfuie.

Le Banner récupéra dans le coffre ce fusil dont il ne se séparait jamais.

Dans la minute suivante, des 4 × 4 entrèrent de manière désordonnée dans la propriété. Il en comptabilisa trois, puis bientôt quatre. Au son des chiens hurlant leur envie d'en découdre, il salua sa horde de complices puis distribua ses instructions tout en étalant une carte plastifiée sur le capot encore chaud.

« Bernard, avec ton setter, tu vas sur la droite, là. À un moment, tu vas voir qu'il faudra que tu repiques au centre, on va la prendre en tenaille. Fais gaffe, le relief est escarpé. Claude, même chose sur la gauche. Un infirmier va t'accompagner. Quant à Dominique et Thierry, vous venez avec moi. Vu les conditions et l'état du sol, et avec le flair de vos goldens, elle n'a aucune chance de nous échapper. Pour elle, c'est retour à la clinique ou bien la falaise et la mort assurée ! »

Chacun écoutait avec attention. Ce n'était pas leur première battue ensemble, mais celle-ci avait quelque chose de particulier et d'excitant, car il s'agissait d'une pensionnaire.

« Dernière chose, faites attention aux chiens. Y a pas mal de sangliers par ici. »

Alors que l'on découpait une partie du grillage à la pince coupante, Bernard interrogea son compagnon :

« Dis donc, Thomas, comment s'appelle cette femme ?

– Delphine. Delphine Rousseau. »

*

La sensation de tourner en rond me gagnait. Mes vêtements étaient trempés et j'avais froid. Par deux fois, je m'étais assise sur un tronc d'arbre afin de jeter un œil sur ma blessure. Le briquet oublié par Fabrice dans son paquet de cigarettes m'était bien utile, et je profitai de la flamme pour réchauffer mes doigts engourdis.

Une détonation retentit, bientôt suivie d'aboiements.

La réaction des animaux de la forêt ne se fit pas attendre. Tandis que les oiseaux prenaient leur envol, cerfs, biches et sangliers, se mirent à courir dans tous les sens. Ma présence avait une répercussion inattendue.

*

Les goldens retrievers tiraient sur leurs laisses avec une vélocité inhabituelle, si bien que les hommes avaient du mal à suivre. Avec Bernard et Claude de chaque côté, l'avance de la fugitive allait fondre comme neige au soleil, songea Le Banner. Il ordonna à ses compères de libérer les chiens !

Les chasseurs hésitèrent. C'est que l'ordre était lourd de conséquences : il y avait toujours danger à les lâcher en pleine nuit. Celui de les perdre définitivement ou qu'ils se blessent en attaquant un gibier agressif.

« Qu'est-ce que vous attendez ? Faites ce que je vous dis ! »

*

On se serait cru dans un conte pour enfants. Un chevreuil bondit à moins de trente centimètres. Cette chasse improvisée perturbait toute la faune.

Blessée, j'essayais de surmonter ma douleur tandis que les chiens se rapprochaient dangereusement. Rien ne ressemblait plus à un épicéa qu'un autre épicéa. Le bruissement des fourrés m'angoissait tout autant que les jappements.

L'idée même d'être reprise décupla mes forces, me donnant un regain d'énergie.

Une autre cartouche fut tirée. Puis un faisceau lumineux m'éblouit exagérément. Un homme se dressait à moins de cinq mètres.

« Ne bouge plus ! » hurla-t-il.

Le canon de son fusil à bout de bras m'impressionnait bien moins que son clébard aux crocs acérés. Constatant ma vulnérabilité, il l'attacha à un arbre. C'était mon unique chance !

N'ayant plus rien à perdre, je profitai de ce moment pour lui foncer dessus en le plaquant au sol. À terre, je le chevauchai, le martelant de coups de poing au visage… Les yeux exorbités, tirant sur sa laisse à s'étrangler, son animal parvint à choper ma cheville. J'attrapai une pierre et l'écrasai sur sa mâchoire afin de le faire lâcher prise. Le chasseur me supplia d'épargner son setter anglais. Je jetai son fusil et gardai précieusement sa lampe.

« Sale pute ! Tu vas me le payer ! »

Il hurla sa position et demanda de l'aide, couvert par le bruit de son chien enragé.

À peine avais-je parcouru cinquante mètres que le tonnerre gronda, menaçant. Un éclair zébra le ciel sombre. Les premiers rochers se dressèrent sur mon chemin, m'obligeant à les escalader.

Bientôt, j'arrivai en haut d'une immense falaise. Et si je ne me trompais pas, dessous se trouvaient l'Aar et son courant impétueux. Petit coup d'œil en contrebas afin d'en évaluer la hauteur. À flanc de colline, je longeai la crête à la recherche du meilleur couloir possible. La horde de chasseurs n'était plus très loin, percevant par moments leurs échanges puissants.

Plus le choix. Progressant sur les fesses, j'entamai une descente des plus périlleuses sur cette pente abrupte. À une trentaine de mètres sous mes pieds, c'était l'Aar et ses dangers.

L'un de mes poursuivants cria :

« Elle est ici ! Venez ! Je l'ai trouvée ! »

Ils accoururent et se répartirent sur toute la largeur de la corniche.

Ne te retourne pas, Alice, ne te retourne pas ! me répétais-je.

Pierre après pierre, manquant de trébucher face à l'instabilité de la roche lisse, je continuai coûte que coûte.

« Alice ! Ça suffit maintenant. Il n'y a plus d'issue. »

C'était la voix de Le Banner. Pour la première fois depuis des lustres, j'entendais mon prénom, le vrai. Une dizaine de mètres au-dessus de ma tête, il surplombait la montagne. On aurait dit un dieu de l'antiquité avec son genou en avant, le pied posé sur un rocher. Seulement, il avait raison sur un point, le chemin escarpé était réservé à des alpinistes expérimentés. Je scrutai tout autour, à la recherche d'une solution, en vain, pas même un arbuste auquel me cramponner. Décelant mon hésitation, il insista :

« C'est du suicide ! Renoncez, on vient vous chercher. »

Il demanda à ce que l'on amène une corde.

Effectivement, j'étais coincée comme un rat. L'un des choix les plus difficiles de mon existence s'offrait à moi : sauter dans cette rivière avec la quasi-certitude de me tuer bien avant de toucher la surface de l'eau ou bien…

Bernard se manifesta :

« Laissez-moi lui régler son compte à cette sale pute ! »

Dans un regain d'autorité dont il savait faire preuve, Thomas Le Banner hurla :

« Ça suffit, Bernard, tu poses ton arme. Tu entends ? Tu poses ton arme immédiatement !

– Jamais, Thomas. Elle s'en est prise à mon chien ! »

Souhaitant plus que jamais en découdre, le chasseur tira une balle qui ricocha à dix centimètres de ma main. L'écho de la déflagration résonna sur tous les versants environnants.

À découvert, j'étais la victime idéale pour cet enfoiré que j'avais cogné quelques instants auparavant. Je cherchai à la hâte une alternative pour me protéger.

Il pressa une deuxième fois la détente, et le projectile frôla mon oreille droite. Ça n'était pas passé bien loin ! À cette distance, il était en mesure de m'ajuster tel un enfant sur un stand de tir à la fête foraine. Je croisai son regard. Il avait soif de vengeance.

Ne flanche pas, Alice, je t'en supplie !

Au moment même où il écrasa la gâchette, ma décision était déjà prise, m'en remettant à la sentence divine.

Dans un saut portant à croire que l'impact m'avait atteinte à la poitrine, je chutai dans le vide.

Advienne que pourra !

47

Marly-La-Chiésaz (Suisse)

La chute me parut durer une éternité. Mon corps disparut sous l'eau, sombrant telle une pierre. Ma joue gauche s'était prise de plein fouet la surface glacée, me donnant l'impression d'avoir reçu une gifle monumentale.

J'étais groggy et me laissais emporter par le débit particulièrement dangereux à cet endroit.

M'évertuant à maintenir la tête hors de l'eau, je buvais la tasse, encore et encore, crachant tout le liquide accumulé dans mes poumons. Je luttais pour ma survie, mais le courant était fort, beaucoup trop fort, emportant tout sur son passage. M'emportant.

À la merci du tumulte, une éternité sembla s'écouler avant de pouvoir constater une légère accalmie. L'environnement venait de changer : le meuglement des vaches fut le premier signal encourageant. À première vue, je longeais une prairie, l'endroit idéal pour m'approcher de la berge.

In extremis, j'attrapai la branche souple d'un arbre surplombant cette partie de l'affluent et m'y hissai telle une gymnaste à son agrès, progressant une main après l'autre. Cet instant de répit me permit de reprendre peu à peu ma respiration.

Encore un dernier effort, Alice, et bientôt ce sera la terre ferme.

Pourvu que la branche ne cède pas !

Saule, mon amour, ne flanche pas, je t'en supplie !

*

Le retour à la clinique se fit dans le plus grand silence. À la sortie du bois, les hommes reprirent leur véhicule et quittèrent les lieux. Thomas Le Banner les remercia à peine de leur aide et pour cause, ils avaient échoué dans leur tentative de ramener Alice Guenver saine et sauve. Il en voulait particulièrement à Bernard, le trésorier de l'association, pour son manque de discernement.

À présent dans son bureau, il retira ses vêtements pour enfiler des affaires propres et convoqua une réunion d'urgence avec ses équipes.

Sur les images, on voyait Fabrice entrer dans la chambre en poussant un chariot, exigeant d'Alice qu'elle avale son médicament. Dans l'instant suivant, il faisait un signe à l'opérateur d'arrêter tout enregistrement.

Déçu du comportement de ses hommes, Le Banner les jugea avec sévérité et dégoût.

« Bande d'idiots ! Et depuis combien de temps durait votre petit manège ? »

La gêne était palpable. L'un des chefs de service intervint :

« Il faut prévenir la gendarmerie. »

Un « pas si vite ! » tempéra les ardeurs de l'assistance. On s'observa.

Pourquoi voulait-il attendre ?

Le médecin de garde s'en étonna à son tour :

« Enfin, Thomas ! C'est l'une de nos patientes. Ils devraient déjà être au bord de la rivière pour retrouver son corps. »

Le Banner se serait bien passé de cette obligation, mais, après réflexion, il abdiqua. Et puis d'ailleurs, comment faire autrement ? Ce qui le chagrinait, c'était le fait de devoir fournir une tonne d'explications aux enquêteurs, dont lui seul avait connaissance pour l'instant…

*

Mühleberg (Suisse)

Jean se frotta les yeux et diminua le tempo des essuie-glaces. Le relais routier n'était plus qu'à deux kilomètres, ce n'était pas le moment de commettre une imprudence.

Il regarda son épouse, qui dormait à poings fermés. Brusquement, il déporta son poids lourd sur la gauche, manquant d'un rien le fossé en bordure de route. En conducteur expérimenté, il freina prudemment et stoppa le camion cinquante mètres plus loin. Remuée comme du linge dans une machine à laver, Brigitte s'était réveillée en sursaut :

« Mais qu'est-ce qui t'arrive ? Tu es fou ?

– Tu l'as vue ? » demanda-t-il, complètement hébété.

Sans attendre de réponse, il enclencha le frein à main et quitta la cabine, moteur encore en marche. La départementale était déserte à cette heure.

Dans le rétroviseur, Brigitte vit son mari revenir en compagnie d'une jeune femme, dont il entourait les épaules. Elle descendit à son tour pour les rejoindre.

« J'ai failli l'écraser », expliqua-t-il, encore sous le choc. « Regarde, elle est frigorifiée. »

Brigitte détailla la demoiselle de la tête aux pieds. Ses vêtements blancs et souillés laissaient à penser qu'elle exerçait une profession médicale. Elle eut aussitôt pitié d'elle.

« Comment vous appelez-vous ? »

Éprouvant le plus grand mal à s'exprimer, pétrifiée par la peur, la rescapée bafouillait :

« Del… ph… A… Alice.

– Alice ! Que vous est-il arrivé ? D'où venez-vous comme ça ? »

La jeune femme releva le menton, observa le chauffeur et son épouse, puis désigna du doigt la colline :

« Des ténèbres ! »

Le Journal de Bab

Ça y est, je suis sortie avec Antony l'autre jour. On s'est embrassés sur la bouche.

C'est la première fois qu'un garçon me fait craquer. Il est beau et me fait rire. Je crois que je le kiffe.

Grâce à lui, tout est mieux dans ma vie. Je me trouve même un peu jolie. Il n'arrête pas de dire que je suis sa petite sirène !

Dimitri est rentré à la maison, mais il a changé. J'ai l'impression d'avoir un autre petit frère.

Quand on est au château, Dim' vient me voir dans ma chambre. Seul problème lorsqu'il s'endort, c'est qu'il fait pipi au lit, car il a peur. Peur de se faire enlever de nouveau, mais surtout de la sorcière qui l'observe. J'ai essayé de parler de cette histoire de sorcière à papa, mais il dit que Dim' a subi un traumatisme et qu'il a trop d'imagination.

Pour son anniversaire, papi lui a offert un piano tout neuf. Il passe des heures à en jouer et je crois que je vais devenir dingue. Heureusement, Antony est là pour moi, il est si gentil. Le week-end prochain, je vais dormir chez Lucy et elle va l'inviter. Chut... c'est un secret. Je n'ai rien dit à maman.

Toujours aucune nouvelle d'Alice et ça me rend triste. Elle a disparu. Maman raconte qu'elle est partie au bout du monde pour changer de vie, mais ça n'est pas la vraie Alice. C'est sûr, je lui en voulais d'avoir séparé papa et maman, mais je sais qu'un jour ou l'autre, je la reverrai.

Bab

P.-S. – Depuis plusieurs jours, j'ai des douleurs, comme des palpitations à droite. Ça me fait mal. Pourvu que ça ne soit pas trop grave !

PARTIE IV

Qu'il en soit ainsi

48

Marly-La-Chiésaz (Suisse)

Les gendarmes de la brigade nautique déployèrent jusqu'à six plongeurs et une multitude de moyens pour explorer la rivière. De l'aveu même du capitaine, certaines portions étaient difficiles d'accès et dangereuses à sonder. Il exigea de ses équipes un maximum de vigilance, imposant à chacun de s'encorder solidement.

Après plusieurs heures de recherches infructueuses, il fallut se rendre à l'évidence : le corps de Delphine Rousseau était introuvable.

« On a fouillé, y a rien. Le corps a sûrement été emporté par le courant. Si on a de la chance, on le retrouvera peut-être plus bas, car pour certains, on cherche encore ! »

Thomas Le Banner ne répondit pas. Dans son malheur, ce n'était pas une si mauvaise nouvelle : sans dépouille, pas d'autopsie, et cette histoire d'identité déguisée passerait totalement inaperçue.

*

Relais routier de Brandstrasse – Schlieren (Suisse)

Brigitte avait déniché une couverture en laine et m'avait enveloppée dedans. D'une nuit prévue à la belle étoile dans la cabine d'un camion, elle avait finalement décidé que son époux resterait seul pendant que nous prendrions une chambre à l'hôtel. Cette femme au tempérament bien trempé m'avait prise sous son aile dès les premiers instants, gagnant ma confiance au fil des minutes.

Sur le parking, elle prit ma main et m'entraîna avec elle, son mari dans notre sillage. J'étais comme une enfant suivant sa mère.

L'établissement routier était vieillissant et sans cachet, ce qui ne l'empêchait pas d'être très fréquenté. L'enseigne lumineuse clignotait à intervalles irréguliers. Penché en avant, le patron se releva, remonta ses lunettes, avant de nous saluer chaleureusement. Visiblement, mes nouveaux amis étaient des habitués des lieux.

Pendant que Jean s'installait au bar, Brigitte demanda une chambre avec deux lits simples.

Le responsable me dévisagea un court instant. Nous étions dans un monde à part, celui des chauffeurs de poids lourds et des travailleurs de l'ombre. Ici, on parlait fort et sans manières, et ça rigolait à tout-va. De quoi me changer du centre d'internement !

J'avais l'impression de renaître.

Après une douche bien chaude, je ressortis de la salle de bains. Brigitte m'attendait, vêtements sur les bras.

« C'est tout ce qu'ils ont trouvé dans leur placard. »

Sans un mot, je pris le jean délavé et le chemisier blanc cintré à la taille. Elle s'éclipsa afin de rejoindre son mari au restaurant.

Enfin prête et mourant de faim, je déboulai dans une salle bondée. Installés dans le fond, Brigitte et Jean me firent un signe.

Longer l'allée centrale n'était pas une mince affaire. Un peu gauche, j'essayai de me donner une contenance, mais les nombreux regards salaces qui se posaient sur moi ajoutaient à mon embarras. Comportement de la gent masculine qui ne fut pas au goût de ma protectrice. Elle se leva, vint à ma rencontre et prit de nouveau ma main pour me guider jusqu'à la table, lançant à la cantonade, furieuse :

« Ben quoi, vous autres ? Regardez un peu ailleurs, au lieu de mater les fesses de ma fille. »

La daronne avait parlé. Certains s'en amusèrent, mais, sans exception, tous replongèrent le nez dans leur assiette.

Elle m'avait appelée *sa fille*. Ça faisait une éternité que cela ne m'était pas arrivé. J'avais une envie folle de lâcher prise. Cette femme, c'était la bonté réincarnée.

« Ici, tu es chez toi. C'est une cuisine simple, mais authentique. »

D'un geste appuyé, elle proposa à Jean d'aller nous chercher un apéritif. Celui-ci s'exécuta sur-le-champ. Elle ajouta :

« Et pas ton kir bon marché, hein !? »

Puis, se tournant vers moi :

« Viens, on va se servir au buffet. »

À sa demande, je la précédai, histoire de vérifier si les tables voisines avaient retenu la leçon. Affamée, et sous son œil amusé, je me remplis une assiette haute comme une montagne.

« Que la nature est injuste ! Avec une taille si fine, on se demande comment tu peux engloutir autant de nourriture ! »

Brigitte dormait paisiblement, émettant les sifflements légers d'un sommeil profond et réparateur…

Soudain, elle se retourna et me tendit un sédatif :

« Tiens ! C'est pour toi ! »

Je refusai poliment, mais elle insista. Devant mon refus catégorique, elle me banda les yeux de sa main libre tout en forçant mes lèvres.

« Allez, soit gentille…

– Non ! Non ! Par pitié ! »

Par pitié !...

En sueur, je me redressai.

« Alice, c'est moi. Calme-toi… »

Assise à mes côtés, Brigitte essuyait mon visage à l'aide d'un linge humide.

« Ce n'est rien, tu as fait un mauvais rêve », me murmura-t-elle d'une voix douce et rassurante.

Si je ne devais retenir qu'une seule chose positive à cet internement, ce serait sans aucun doute l'arrêt de tous ces médocs. J'avais bien conscience d'en avoir avalé des quantités anormales…

Le Banner. Je ne pouvais m'empêcher de penser à lui : m'avait-il donné tous ces médicaments pour me faire oublier que j'étais Alice ou au contraire pour que je me rappelle que j'étais bien cette Delphine ?…

Après m'être remise de mes émotions, je me levai et entrai dans la salle de bains pour me rafraîchir.

De retour dans la chambre, Brigitte m'attendait, jambes croisées :

« Et si l'on discutait un peu toutes les deux ? Viens t'asseoir. »

Après tout, parler pourrait me procurer le plus grand bien.

Malgré mon récit parfois confus, elle m'écouta durant près de deux heures sans me poser aucune question.

*

Ce matin ensoleillé sur le pâturage de montagne laissait augurer une bien belle journée.

« Jean, tu as vu Alice ? demanda Brigitte.

– Non ! Pourquoi ? »

Se mêlant à la conversation, un chauffeur robuste et au visage rubicond la rassura, lui désignant le jardin situé derrière le restaurant. Très vite, elle repéra du mouvement sur l'une des branches d'un gigantesque noyer.

Brigitte courut jusqu'au pied de l'arbre…

*

« Alice ? Alice ! Qu'est-ce que tu fiches ? Tu risques de tomber !

– Aucune chance ! »

J'avais terminé mes quinze minutes de méditation et je pouvais donc redescendre.

Brigitte remarqua mes yeux rougis et me proposa sa serviette de table en guise de mouchoir.

« Là-haut, je me sens protégée. »

Déstabilisée, elle souhaita en savoir plus.

« “Protégée” ? Protégée de quoi, ma belle ? »

Sans qu’elle m’y pousse vraiment, je livrai une autre facette de mon histoire et revins sur la mort de mon père. C’était au sommet d’un arbre que j’avais pris les décisions les plus importantes de ma vie.

« Bien. Tu as réfléchi à ma proposition, alors ? Qu’est-ce que tu as décidé ? »

Je la regardai droit dans les yeux :

« Je viens avec vous. »

J’aurais parié que cette réponse la ravirait et je ne m’étais pas trompée : un magnifique sourire se dessina sur son visage.

À notre retour dans la salle, le quotidien régional posé sur le comptoir affichait à sa une et en gros titre :

Noyade dans l’Aar
Disparition tragique d’une jeune femme

49

Marly-La-Chiésaz (Suisse)

Pour l'occasion, le capitaine Neves était accompagné de son homologue suisse. Deux jours plus tôt, un jeune journaliste du nom de Victor Fonseca avait révélé dans le canard local que la jeune femme disparue s'appelait en réalité Alice Guenver. Les enquêteurs avaient demandé les preuves de ses affirmations et le jeune pigiste les leur avait fournies.

Le policier français jeta un œil au bâtiment, apercevant une épaisse fumée qui s'échappait de la cheminée en brique. C'était donc ici qu'Alice Guenver avait été retenue durant presque un an et demi, songea-t-il. Ils pénétrèrent dans l'établissement. Depuis vingt-quatre heures, cette clinique d'apparence discrète était devenue un véritable hall de gare. L'agent d'accueil leur proposa de patienter et décrocha son téléphone.

« La secrétaire du docteur Le Banner ne répond pas. Je vous laisse rejoindre le troisième étage. Deuxième porte à gauche. »

Les policiers grimpèrent prestement les escaliers. Neves repéra le bureau du directeur et détecta aussitôt la forte odeur de brûlé qui s'en dégageait. Il se précipita, mais la porte était fermée à clé.

« Vous avez rendez-vous ? »

Une femme d'environ 50 ans venait de faire son apparition. Le brigadier Dobert sortit son insigne.

« Ah, c'est à propos de la disparition de Delphine Rousseau ?

– Alice Guenver ! la reprit un Neves profondément agacé de cette connivence caractérisée.

– Ouvrez la porte ! » s'emporta l'enquêteur suisse.

Loin de se laisser impressionner, l'assistante observa sa montre, indiquant que son patron était en conférence téléphonique. Devant l'insistance des policiers, elle se résolut à le déranger.

« C'est étrange. D'habitude, il ne ferme jamais sa porte de l'intérieur. »

Elle s'empara d'un trousseau. Lorsqu'elle inséra la clé, ils entendirent celle de Le Banner tomber de l'autre côté sur le parquet en bois. Dans un réflexe de protection, Neves posa sa main sur l'épaule de la femme et lui fit signe de reculer. Au même instant, la détonation bien particulière d'un 6.35 provoqua la panique. Le capitaine sortit son arme et fit irruption dans la pièce : la chaleur y était suffocante.

La tête désarticulée de Thomas Le Banner reposait sur l'accoudoir de son fauteuil. Il venait de mettre fin à ses jours en se tirant une balle dans la tempe. Un nuage de fumée témoignait de l'impact récent. Du sang gouttait mollement sur sa chaussure…

Prenant soin de ne pas piétiner la scène de crime, Neves fut encore plus dépité lorsqu'il remarqua les innombrables feuilles de papier achevant de se consumer dans le foyer de la cheminée.

« Merde ! Merde ! »

*

Bourgoin-Jallieu

L'endroit était agréable et reposant. Au détour d'une route de campagne, Brigitte et Jean Rouche avaient élu domicile dans cette petite bourgade. Le village isérois était à moins de quarante minutes de Lyon.

À peine le portail de la propriété franchi, je repérai de nombreux arbres dans le jardin. D'un vieux platane à quatre troncs en passant par une rangée de fruitiers en fleurs, tout y était parfaitement entretenu.

À l'entrée, Brigitte embrassa un boîtier marqué d'un symbole, fixé à droite de la porte. Jean en fit de même.

« Nous ne te l'avons pas dit, mais nous sommes de confession juive. Ceci est la mezouza de notre maison.

Cela peut te paraître un peu fétichiste, mais elle offre la protection de Dieu. »

La protection de Dieu ? Ni une ni deux, je l'embrassai à mon tour, des fois qu'il se rappelle à moi. Ils s'observèrent avant d'éclater de rire.

Les époux Rouche m'accueillirent comme une princesse. Je récupérai la chambre de leur fille Margot, laissée en l'état depuis son départ, ainsi que des habits lui appartenant.

Je n'avais absolument rien prévu pour ce retour à la civilisation. C'est pourquoi je décidai d'y aller progressivement et de profiter de cette mort annoncée un peu partout dans les journaux pour œuvrer à ma guise.

*

Gouzon

« Jamais de la vie, tu m'entends ! »

C'est ainsi qu'Annabelle avait parlé l'autre soir. Aucune espèce d'explication n'était recevable à ses yeux et surtout pas celle avancée par Philippe.

Depuis cette altercation houleuse, l'agriculteur n'en menait pas large, redoutant le moment où l'on essaierait de le joindre de nouveau. Pris en étau entre sa femme et les collaborateurs de ce docteur, il était totalement déstabilisé.

Et ce fut encore le cas ce matin. Son épouse était partie très tôt, assurant sa tournée quotidienne tout autour de Gouzon, poussant même jusqu'à Guéret, la ville voisine. Assis dans la cabine de son tracteur, il reçut un appel sur son portable. Posé sur le tableau de bord, l'écran affichait « numéro inconnu ». Ce n'était pas bon signe. Depuis quarante-huit heures, son téléphone sonnait jusqu'à dix fois par jour.

Ce n'était pas que ce fils d'agriculteur et syndicaliste convaincu, capable de faire entendre sa voix de militant à la moindre occasion en préfecture, manquait de courage, mais il n'était pas prêt, pas prêt à affronter une épreuve telle que celle-ci.

Il attrapa l'appareil et le rangea dans sa poche.

50

La Croix-Rousse

Au moment même où j'engageais la vieille Fiat Panda dans la contre-allée, je reconnus la Mini Cooper de Diane garée devant la maison.

Je restai une bonne dizaine de minutes dans le véhicule à l'arrêt avant de me décider à en sortir.

Observant les allées et venues de mon amie, je n'eus pas bien longtemps à attendre avant qu'elle ne me repère. Je la vis s'immobiliser devant sa fenêtre, regardant dans ma direction, ayant sans doute l'impression de voir une revenante… Puis, elle se précipita sur le perron et effectua plusieurs pas vers moi.

« Alice ! Alice, c'est bien toi ?! »

À mesure qu'elle avançait, elle joignit ses mains devant sa bouche et se mit à pleurer, bien avant que je ne prononce le moindre mot. Difficile de rester impassible devant un tel émoi… Pourtant, combien de fois m'étais-je promis une posture détachée et insensible afin de démasquer le ou les responsables de mon internement, mais c'était impossible. Pas avec mes proches, pas avec ceux que j'aimais. Diane était mon amie.

Elle caressa une boucle de mes cheveux et posa un doigt sur ma joue comme pour s'assurer que j'étais bien réelle.

« Mon Dieu, c'est bien toi ! Je te croyais…

– Morte ? »

Un couple un peu trop curieux nous regardait avec insistance.

« Viens, ne restons pas là », dit-elle.

Peu de choses avaient changé dans son intérieur. Son horrible chien en fer forgé était toujours dans l'entrée. Par habitude, je le saluai d'une caresse sur le museau. Elle me proposa un thé.

Cela faisait une éternité que je n'avais pas goûté le sien, prête à compléter d'un « avec une touche de miel de lavande », mais elle me devança.

Pratiquant assidûment la course à pied, elle avait perdu du poids – beaucoup de poids – et changé de coupe et de couleur de cheveux. Ils étaient coupés très court. Elle suggéra de nous asseoir, mais je déclinai la proposition.

Nos regards se croisèrent et elle sentit ma gêne. Diane m'inondait de cette chaleur possessive, mais je résistais. J'avais besoin de temps.

Le sifflement de la bouilloire sonna comme un soulagement. Méfiante, j'effectuai deux pas sur le côté afin de surveiller son geste. Elle fit semblant de ne pas le voir et se dirigea, plateau en mains, vers le salon, exhibant la une du quotidien régional, *Le Progrès*. C'était l'édition de la semaine dernière. Avec ma trombine en première page, l'article relatait les recherches pour retrouver mon corps dans la rivière. Préférant ne pas aborder ce sujet délicat, j'orientai la discussion sur Jérôme, son époux. Des trémolos dans la voix, Diane m'apprit leur séparation d'un commun accord et revint sur les circonstances de ma disparition. Son désarroi semblait tellement sincère que je culpabilisai à l'idée même d'en douter. Comme à son habitude, elle parlait beaucoup :

« Lorsque Guillaume nous a parlé de cette lettre et de ta volonté de prendre du recul, ça a été un coup dur pour nous tous. Et spécialement pour moi. Je t'en ai terriblement voulu. C'était comme si notre amitié n'avait plus rien représenté à tes yeux.

– C'est quoi cette histoire de lettre ? »

Elle parut décontenancée. J'appris qu'au lendemain de mon enlèvement, Guillaume avait reçu une lettre signée de ma main le suppliant de comprendre cette volonté de prendre du recul.

J'eus besoin d'air tout à coup. Diane ouvrit le tiroir de sa commode et m'alimenta de preuves telles que des avis de recherche et autres coupures de presse.

J'avais donc tout faux sur ce point, mon fiancé et mon amie avaient bel et bien cherché à retrouver ma trace. J'étais soudain déstabilisée dans mes certitudes de vengeance.

« On a même créé un groupe pour toi sur Facebook, et une amie a affirmé t'avoir aperçue du côté du Chili. Ça ne nous a pas étonnés, tu as toujours aimé ce pays. Changer de vie, tout lâcher, ça te ressemblait tant, Alice ! »

De son côté, Guillaume avait contacté des couvents, pensant que je m'y étais peut-être réfugiée, mais une clinique psychiatrique, il fallait y penser ! À vrai dire, je ne me souvenais pas de grand-chose de mon kidnapping à Chambéry, si ce n'était de ce nom sur l'ordre d'internement.

« Annie ! Annie Collet ? Qu'a-t-elle à voir là-dedans ? Et quel intérêt aurait-elle eu à te faire disparaître ? »

Diane marqua un point. Prenant le temps nécessaire à la réflexion, j'abordai ce qui me rongeait depuis la première seconde où j'avais passé la porte :

« Les médicaments que tu me filais. C'était… c'était quoi au juste ? »

L'incompréhension se lut sur son visage.

« Des tranquillisants. Pourquoi cette question ? »

Inutile d'ajouter quoi que ce soit d'autre. Je n'étais pas très fière de cette accusation à peine voilée, mais j'avais besoin de savoir. Elle se dirigea vers un meuble, farfouilla dedans et revint avec un flacon orange.

« J'imagine que tu le reconnais ? Voilà ce que Jérôme te préparait dans sa pharmacie. »

Elle s'en débarrassa d'un lancer droit et court. Je l'interceptai en plein vol.

« Fais-le analyser ! Et puis fais ce que tu veux. Laisse-moi te dire ceci : si tu penses une seconde que Jérôme ou moi t'avons refilé autre chose, je crois que ta présence ici n'a plus lieu d'être !

– À la clinique, j'ai appris que ma maison avait été vendue. Tu m'expliques ? »

Étant mon parent le plus proche, c'était une initiative d'Hugo.

« Ça a été terrible pour tout le monde. Ce que je sais c'est que personne ne pouvait payer l'emprunt de ta maison. Un déchirement pour Guillaume, mais il ne voulait pas vivre dans une maison où ton ombre planait. Le pauvre n'avait pas le courage de tout débarrasser et m'a proposé de venir récupérer tes affaires.

– Hugo ne perd rien pour attendre ! »

Son visage se décomposa.

« Hugo… Tu n'es pas au courant ?

– Au courant de quoi ? »

Regard fuyant, elle murmura :

« Oh, mon Dieu… Assieds-toi, s'il te plaît.

– Au courant de quoi ? insistai-je en me laissant guider sur le fauteuil le plus proche tandis que mon cœur s'emballait.

– Eh bien… Hugo… a été retrouvé noyé. Du côté de Deauville. »

Le flacon de médicaments m'échappa des mains : le monde venait de s'effondrer sur mes épaules encore trop fragiles. Le choc émotionnel me donna des vertiges. Je m'efforçai de respirer profondément pour retrouver mon calme et éviter un malaise.

Diane courut me chercher un verre d'eau avec du sucre et m'expliqua les circonstances de sa mort. La suite de notre échange ne fut plus tout à fait le même. J'essayai de faire bonne figure, mais le « lien » était brisé. Je n'avais qu'une idée en tête, partir.

Hugo était le dernier membre de ma famille. Son décès était un véritable coup de massue, un de trop. Son visage d'adolescent s'affichait continuellement devant moi. Dans cet asile d'aliénés, on m'avait absolument tout volé. Mon identité. Ma liberté. Jusqu'au deuil de mon frère.

Avant que je ne quitte les lieux, Diane me retint par le bras.

« Où est-ce que tu habites maintenant ? Je veux que l'on retrouve notre complicité. Comme avant. »

Elle me demanda de la suivre.

Dans la pièce voisine, de multiples dossiers en carton jonchaient le sol, tandis que les armoires débordaient d'ouvrages scientifiques ayant appartenu à son père. Elle me tendit une valise.

« Tiens ! Ce sont quelques objets t'appartenant. Des CD, des livres. J'ai aussi un ou deux tableaux, tu peux revenir les chercher quand tu seras prête.

– Et Hugo. Qu'a-t-il voulu… garder… ? »

Émue jusqu'aux larmes, j'avais bien du mal à finir cette phrase.

« Oh, il voulait des photos, uniquement des photos de vous deux. C'est tout ce qu'il a exigé ! »

51

Paris – Gare Montparnasse

Paris resterait toujours Paris. Je n'y avais pas mis les pieds depuis des lustres et pourtant j'y retrouvai mes repères avec une facilité déconcertante. Cette ville n'avait pas changé : trop grande, trop oppressante et complètement déshumanisée.

J'aurais aimé voir la tête du capitaine Neves au moment où il avait reçu mon coup de fil. Il avait tellement insisté que j'avais fini par accéder à sa demande de rendez-vous. Nous avions choisi un petit troquet à l'abri de la foule et des oreilles indiscrètes, du côté de Montparnasse.

Contrairement à d'habitude, j'arrivai en avance et m'installai à une place de choix, surveillant ainsi les allées et venues des consommateurs. Il arriva à son tour et alla s'asseoir à une table en terrasse. Je ne fus guère surprise qu'il ne me repérât pas : avec ce costume tailleur gris ouvert sur un chemisier noir échancré et mes lunettes de soleil, j'avais totalement changé d'apparence.

Je sollicitai le barman pour qu'il le prévienne. Bien qu'étonné par la démarche, le jeune homme s'exécuta. Et voilà que mon fonctionnaire de police préféré, aussi surpris qu'amusé, modifia la trajectoire de son regard, avant de me rejoindre.

« Ben, ça alors ! Alice Guenver, si l'on m'avait dit que c'était vous, je n'y aurais pas cru un instant. »

Il prit une chaise et j'en profitai pour retirer mes lunettes.

« Laissez-moi vous regarder. Finalement, non, vous n'avez pas changé, Alice ! »

Nous évoquâmes mon évasion de Marly et le fait que je n'étais pas morte. Il entra dans le vif du sujet.

Je m'étais préparée à ce moment et pourtant ce fut difficile. Un ou deux mots sur l'hôpital albanais, et Neves me confirma ce que le vagabond Achille soupçonnait depuis le début : les enfants n'étaient pas enlevés, mais se retrouvaient là par une volonté délibérée et sans scrupules de leurs parents. Il s'agissait, pour la plupart, de bambins mis au monde par des migrants en situation irrégulière. La chaufferie de la gare de Lyon et son ancienne cuve à fioul servaient de point de ralliement pour y déposer les gosses. La honte et l'ignominie n'avaient décidément plus de limites.

Avec une vague d'espoir et un peu d'argent au bout, les parents vendaient leur progéniture à ce Darkan qui s'occupait de tout par la suite. Banni des siens, ce Gitan écœurant avait développé une filière avec l'Albanie et y convoyait lui-même les gamins depuis un train reliant Paris à Milan. Très vite, Jason s'était joint à lui dans ce projet morbide.

Neves acheva son récit en me remerciant pour le carnet orange découvert chez les deux musiciens. Tout y était répertorié : dates, lieux et sommes d'argent.

Son café à moitié avalé, il me proposa de reprendre le fil de mon kidnapping.

J'entamai cet épisode par l'hôtel chambérien où ma vie avait basculé. Il crut bon de préciser que le jeune Mosi avait été retrouvé sain et sauf devant le poste de télévision et remis deux jours plus tard à sa maman. Une première larme descendit le long de ma joue. Je marquai un temps d'arrêt, avant de poursuivre :

« Des infirmiers se sont présentés à la porte de ma chambre avec un ordre d'internement. Ils m'ont embarquée de force, anesthésiée, et je me suis réveillée dans une ambulance.

– Quelle histoire de fous !

– C'est le cas de le dire !

– Arriveriez-vous à les identifier ? »

D'un signe de la tête, je répondis par la négative.

L'échange était décousu et ça m'allait bien. J'insistai pour qu'il revienne sur le courrier que j'avais soi-disant rédigé avant de disparaître. Il parut embarrassé et le résuma par :

« Maintenant que l'on avait retrouvé Dimitri, vous vouliez prendre le temps de vous reconstruire… Bref que des conneries !

– Aux yeux de la loi, je n'existe plus. On m'a tout pris, jusqu'à ma propre identité. Ceux qui ont fait ça sont des monstres. Vous vous rendez compte qu'aujourd'hui encore on peut enfermer des gens sains d'esprit dans un asile sans que personne y trouve à redire ! »

Voyant mon agitation, il chercha à me calmer.

« Nous ferons notre possible pour vous aider. Les langues finiront bien par se délier. »

Malgré la haine qu'il me suscitait, le suicide de Le Banner n'était pas une bonne nouvelle. En mettant fin à ses jours, il avait malheureusement emporté ses secrets dans sa tombe. Quelle lâcheté !

« Le Banner a brûlé tous les documents vous concernant, et notamment le dossier médical. Quant à ses adjoints, ils jurent leurs grands dieux qu'ils ne savent rien. »

J'émis l'hypothèse qu'il protégeait sûrement quelque chose ou quelqu'un. Sinon, quel intérêt aurait-il eu à agir de la sorte ? Sur ce point, le capitaine en était venu à la même déduction que moi.

Nous reprîmes chacun une gorgée de notre boisson. Ses yeux le trahissaient. Je le pressai de dire ce qu'il savait.

Il s'écoula de longues secondes avant que Raphaël Neves n'accepte de briser le silence :

« Alice, je vous aime beaucoup…

– Mais ? Il y a toujours un *mais* avec vous, capitaine ! »

Sourire crispé de Raphaël.

« Je voulais vous épargner ça, Alice, mais vous devez savoir que c'est votre frère qui réglait chaque mois les dépenses de l'institut. »

Hugo ! Encore lui ?

« Vous le rendez responsable de mon internement ? C'est impossible, il était fauché !

– Et pourtant, c'est la vérité. On a épluché ses comptes : l'ordre de virement provenant de sa banque est difficilement contestable. Il payait la clinique rubis sur l'ongle. Selon les éléments de l'enquête, il a gagné une jolie somme d'argent en Asie et s'en est servi pour payer vos soins. Il s'est rattrapé en récupérant le fruit de la vente de votre maison. »

Je secouai la tête en guise de refus, mais Neves n'était pas du genre à lâcher des informations à la légère.

« Alice, regardez le bon côté des choses : Dimitri est sain et sauf. Vous-même êtes vivante. À ce propos, je vais être dans l'obligation d'en informer le parquet. Alors un conseil, sachez tourner la page et redonner un sens à votre vie. Je vous en conjure, tentez d'oublier tout cela et reprenez votre place ! »

Je promis d'y réfléchir.

Avant de nous quitter, il déposa un grand sac sur la table, ajoutant :

« J'ai pensé que cela pourrait vous faire plaisir : votre téléphone, récupéré dans votre chambre d'hôtel, et quelques affaires personnelles. »

Il prit mes mains entre les siennes. Il insista pour me raccompagner jusqu'à la gare, mais je refusai, préférant prendre la ligne de métro, plus rapide à cette heure. Au moment de claquer sa portière, je le retins encore quelques instants :

« Vous ne m'avez pas dit grand-chose sur le kidnappeur de Dimitri. Qu'avez-vous découvert ? »

Alain Bernet, alias La Demoiselle, avait à son actif plusieurs autres enlèvements. Il m'épargna les détails sordides. Avec ce « serial kidnappeur » dans le coma, il serait difficile d'en savoir plus. Je soupçonnais autre chose. En insistant un peu, il consentit à me dévoiler une dernière intuition :

« Un maillon est manquant.

– Lequel ? »

Sa réponse tenait en deux mots :

« Dimitri Girod ! »

Comment une ordure de la trempe de Bernet avait-il pu prendre un tel risque ? Lui, d'habitude si discret, qui avait échappé à toutes les polices de France depuis près de quinze ans, s'était aventuré dans l'une des gares les plus fréquentées de l'hexagone un samedi après-midi. Et qui plus est en faisant équipe avec des Gitans !

Pour le capitaine, c'était incompréhensible !

Nous nous séparâmes, pour de bon cette fois.

Pénétrant dans le hall de la gare Montparnasse, je pris les escaliers roulants, les yeux dans le vide. Sur les écrans bleus situés en hauteur défilaient toutes les villes desservies en banlieue, et l'une d'elles attira mon attention.

Mon téléphone vibra. C'était le capitaine Neves :

« Pendant que j'y pense, une dernière chose qui me perturbe !

– Je vous écoute.

– Qui d'autre pouvait savoir que vous reveniez d'Albanie ce jour-là ?

– Comment ça ?

– Ben oui, les ambulanciers ont forcément été avertis de votre halte sur Chambéry. Ils n'ont pu avoir l'information que par l'un de vos proches. »

Une fois encore, cette réalité que je tentais de fuir s'imposait à moi.

*

Gouzon

Gilbert tourna l'écran de son ordinateur portable. Marc et Philippe s'en approchèrent comme des étudiants curieux.

« Ça, c'est ta rentabilité ? fit Philippe Trémoux en pointant le chiffre du doigt. Effectivement, c'est pas mal ! »

Gilbert était un agriculteur du département voisin, membre de la FDSEA[1] et il s'était lancé depuis deux ans dans les chambres d'hôtes. Ce dernier insista sur l'intérêt de ce revenu complémentaire pour ceux qui pouvaient investir un peu d'argent dans leur exploitation.

Après avoir écouté Gilbert argumenter sur la clientèle urbaine qui prônait un retour à la nature et à l'authenticité de la campagne, Philippe leur proposa un café.

En se dirigeant vers la machine, il aperçut une voiture noire qui évitait scrupuleusement les flaques d'eau du chemin en terre menant à sa ferme. Nul besoin d'être devin pour comprendre la raison de cette visite.

« Excusez-moi, les gars. J'ai une affaire à régler. Le premier café est prêt. Je vous laisse le sucre sur la table, faites comme chez vous ! »

Ils levèrent à peine la tête. Le maître des lieux enfila un blouson et une casquette. Son chien Brava en profita pour l'accompagner dehors. La berline allemande s'immobilisa à trente centimètres de Philippe. Une femme en descendit et s'appuya contre le capot du véhicule. Quant au conducteur, il se contenta de baisser sa vitre. Souriant, il fut le plus prompt à s'exprimer :

« Monsieur Trémoux, comme je suis heureux de vous revoir. Désespérant de vous joindre, j'ai dit à mon amie, Mlle Édith : "Que dirais-tu d'aller rendre une visite de courtoisie à la famille Trémoux ?" »

Brava renifla l'intruse avec méfiance, puis revint chercher la caresse de son maître.

« Que voulez-vous ?

– Ne jouez pas l'idiot. Vous savez très bien pourquoi nous sommes là, monsieur Trémoux. Nous sommes venus récupérer un bien nous appartenant. »

Philippe bomba le torse.

« Vous êtes sur ma propriété. »

L'autre désigna sa complice.

« Nous avons respecté notre partie du contrat, à vous de respecter la vôtre. Sinon…

1 Fédération départementale des syndicats d'exploitants agricoles.

– Sinon quoi ?

– Mon employeur risque de ne pas être content ! »

Menaçante, la jeune femme y alla aussi de son couplet, mais l'agriculteur le rejeta en bloc.

Commençant à s'impatienter, le conducteur descendit du véhicule, ôta un bouton de sa veste de costume, mettant ainsi en évidence une arme sur son côté gauche.

Flairant la menace, Brava aboya plusieurs fois. Ce fut à ce moment que Gilbert et Marc sortirent de la maison.

« Tout va bien, Philippe ? »

Heureux de ce renfort inespéré, Trémoux stoppa son repli. Mlle Édith observa son complice. Un simple regard qui en disait long sur leur étonnement : l'homme n'était donc pas seul…

« Oui, merci, les gars. Je crois que ces personnes se sont trompées d'exploitation. Ils s'apprêtent justement à repartir. »

Les deux visiteurs remontèrent dans leur grosse voiture.

« Monsieur Trémoux, ne nous obligez pas à revenir, cela risquerait de très mal se passer ! »

52

Montreuil

J'approchai de la grille et l'ouvris comme si j'étais chez moi. Un chien se mit à aboyer en guise d'accueil, m'accompagnant tel un clairon annonçant le retour de la reine à la communauté. Deux individus déboulèrent de derrière le terrain vague et me reconnurent. L'un d'eux était Jimmy, affublé de son insupportable maillot de football. Son accueil restait toujours aussi maladroit :

« Qu'est-ce que vous voulez ? »

Je ne tins pas compte de sa présence, car très vite les femmes sortirent de leur caravane, lui ordonnant de me foutre la paix. La petite Lola avait bien grandi et elle fut la première à approcher. Je l'embrassai tendrement et la pris dans mes bras. Kelly vint jusqu'à nous. Les hommes retournèrent à leurs occupations. J'aurais parié que mes aventures albanaises en compagnie du chef avaient été relatées.

Elles s'écartèrent pour laisser passer Sara, la doyenne et mère du défunt Marco. On se serait cru dans un film de Fellini. Vêtue d'une robe noire, il y avait quelque chose de grave et presque protocolaire dans sa démarche. Je reposai Lola, la regardant dans les yeux comme une fille demandant pardon. Portant toujours le deuil de son fils, elle me serra fort, et nous n'eûmes besoin de rien d'autre, car Sara et moi arrivions à nous comprendre ainsi. Je m'enivrai du parfum de son savon à l'eucalyptus et notre étreinte dura longtemps.

La vieille femme sécha ses larmes à l'aide de son châle.

Sa démonstration d'affection fit grand effet sur les autres membres du campement. Elle prit ma main et me conduisit jusqu'à sa roulotte. Rien n'avait changé, si ce n'était la présence de ce portrait de Marco enfant. C'était le temps du bonheur.

Sara n'avait toujours pas prononcé le moindre mot.

« Je suis contente de vous voir », murmurai-je.

Une main sur le cœur et l'autre sur le crucifix, dans un geste que j'interprétai comme « grâce à Dieu », elle me révéla :

« Je n'ai jamais cru à ta mort, et encore moins à ta disparition. J'ai toujours su.

– Comment ça ? »

La voyante se dirigea vers le buffet et en retira une nappe en dentelle qu'elle déposa sur la table nous séparant. Puis elle utilisa trois allumettes pour enflammer les nombreux lumignons. Sans m'interroger sur les raisons de ma venue ni même me proposer un café, la douce Sara lut dans mes pensées. Elle n'avait qu'une idée en tête : reproduire l'exercice de notre première rencontre, et force était de constater que je n'y étais pas opposée. Lors de cet échange, j'avais parlé de mes parents : ce père fleuriste de métier, disparu dans un banal accident de la circulation, et ma mère morte d'un cancer bien des années plus tard.

Selon un rituel bien rodé, elle prit mes mains, les retourna pour en étudier les paumes. Fermant les yeux, elle m'imposa d'en faire tout autant, prononçant des incantations dont je ne comprenais toujours pas la moindre signification.

« L'enfant est toujours là. Il vit bien. Il est heureux, nage dans le bonheur, mais quelque chose ne va pas. Il est en danger, et c'est pour bientôt !

– En danger ? Comment ça, en danger ? »

Mais Sara ne me répondit pas, plongée tout entière dans sa méditation. C'en était gênant. Puis elle mentionna finalement un entourage malveillant et diabolique. Leurs âmes n'étaient pas si innocentes. Ça n'incitait guère à suivre les conseils du capitaine Neves, surtout qu'elle termina par :

« La maladie, Alice ! La maladie t'entoure !

– Sara, quelle maladie ? »

Exaspérée par cette interruption et mon manque de sang-froid, elle ouvrit les yeux.

La maladie t'entoure...

Le ciel venait de s'abattre sur ma tête.

Si j'étais effectivement malade, elle se devait de m'en dévoiler davantage !

« Je veux savoir, dites-le-moi ! »

Son regard était triste et plaidait l'indulgence.

« Je ne sais pas. »

J'enveloppai ses mains, elles étaient brûlantes. Par un effet impossible à décrire, elle m'envoya une onde. On aurait dit une décharge électrique, furtive et terriblement puissante.

« Sara, vous ne pouvez pas me laisser comme ça ! m'écriai-je.

– Chut. Ferme les yeux une dernière fois. Qu'est-ce que tu vois ? » murmura-t-elle posément.

Laissant venir à moi les visions et les commentant à voix haute, j'aperçus une chambre d'hôpital et son plafond blanc. Un médecin, le visage dissimulé sous un masque chirurgical, vérifiait chacune de mes pupilles à l'aide de sa lampe d'examen, confirmant qu'il y avait encore de la vie. Un autre individu se tenait en retrait. Était-il réel ou le fruit de mon imagination ? Aucune idée. Je ne distinguais pas son visage, seulement sa voix pleine de souffrance et déformée, semblant provenir des profondeurs de l'au-delà, comme s'il s'agissait du diable. J'étais terrifiée.

Était-ce l'avenir ou le passé qui ressurgissait brusquement devant moi ?

Anéantie, je dégageai mes mains et les portai à mon visage. Sara chercha à me réconforter, mais il était trop tard. C'était comme si un mauvais destin s'acharnait encore sur moi.

J'avais envie d'en finir une bonne fois pour toutes afin d'être en paix.

Sans un mot, je quittai la caravane, groggy et terriblement affectée.

53

Lyon

Dès le lendemain de cette visite, et sur les conseils avisés de Diane, je m'étais ruée à l'hôpital pour une batterie d'examens et en attendais fébrilement les résultats. Grâce à son aide, on m'avait trouvé des rendez-vous en urgence.

Il m'avait fallu du temps pour prendre ma décision, mais ce périple parisien du côté de Montreuil avait laissé des traces. Traumatisée par les annonces de Sara, j'étais à présent convaincue de la nécessité d'apparaître enfin au grand jour, tel Edmond Dantès dans *Le Comte de Monte-Cristo*. Après tout, malade ou pas, j'avais pour dessein de profiter des derniers instants que m'offrait la vie.

Je sonnai donc à la porte des Girod : c'est Marc, le domestique, qui m'accueillit. Celui que j'appelais familièrement Ripp (en référence au célèbre croque-mort dans les albums de Lucky Luke) eut bien du mal à réaliser ce qu'il voyait. Bouche bée, il s'y reprit à plusieurs fois avant de parvenir à articuler :

« … M'demoiselle Alice !!

– Eh oui ! Je sais, ça fait drôle au début. Remettez-vous, Marc ! Monsieur est là ? »

Incapable de dire autre chose que « m'demoiselle Alice », il me fit signe d'entrer, libérant la vision de ce couloir en marbre qui se prolongeait jusqu'au salon. Les baies vitrées offraient un magnifique point de vue sur le parc.

« M. Guillaume n'est pas là, dit-il enfin. Il est au cabinet. Je vais le prévenir immédiatement. »

J'imaginai le choc de cet appel téléphonique, je n'avais pas vraiment réfléchi à la manière de m'y prendre. Il fallait trouver les bons mots mais c'était au-dessus de mes forces.

Nerveuse et incapable de rester en place, je fis les cent pas dans le couloir.

« Monsieur arrive, mademoiselle ! »

Surgissant dans mon dos, Ripp m'avait surprise une fois encore. Je le remerciai chaleureusement.

« Monsieur habite toujours ici ?

– Oui, naturellement.

– Savez-vous s'il a… enfin comment dire… »

Il sourit, anticipant avec justesse et élégance le sens de ma demande.

« À ma connaissance, M. Guillaume n'a pas d'autre femme dans sa vie. »

Les minutes défilaient. Je me sentais comme une adolescente attendant son premier rendez-vous. Par quoi allais-je commencer ?

Je déambulais dans le parc, les mains dans les poches, à la recherche de la bonne attitude à adopter.

Le vrombissement d'une voiture franchissant à toute allure le portail de la propriété éveilla tous mes sens, jusqu'à ce que le freinage tardif des pneus sur le gravier ne laisse plus de place au doute.

Dans la minute suivante, Guillaume apparut, secouant la tête comme s'il ne pouvait s'imaginer vivre un tel moment. Il courut jusqu'à moi, puis posa ses mains sur mes hanches et m'enlaça comme s'il s'agissait de la première fois.

« Alice, mon Dieu ! Alice, c'est bien toi ! »

La soirée s'était merveilleusement déroulée.

Nos âmes s'étaient retrouvées et nos corps s'étaient étreints dans un ballet amoureux que je n'étais pas près d'oublier. C'était si lointain que je me souvenais à peine des effets que pouvait provoquer un orgasme.

Comme à l'accoutumée, je me levai aux aurores avec une envie folle de prendre l'air. J'attrapai mon téléphone et descendis l'interminable et large escalier d'époque recouvert d'un tapis moelleux.

Thé citron avec un soupçon de miel, je m'installai dans le grand salon, allongeant mes jambes sur le plaid en maille écossaise.

Tout à coup, je sursautai devant les yeux brillants et ronds d'une biche pointant son museau. Dans l'obscurité du matin, elle s'était aventurée courageusement jusqu'ici. Me levant sans gestes brusques, je posai une main à plat sur la vitre. Loin d'être craintive, elle approcha au plus près. Le souffle de ses narines fit naître un nuage de buée.

Je déverrouillai la baie avec l'espoir de pouvoir la caresser, mais elle en décida autrement et recula.

La température n'était pas aussi glaciale que je l'imaginais. À mesure que j'avançais, l'animal se repliait. Son manège m'entraîna jusqu'à l'orée du bois. Vite désorientée, je la perdis de vue.

Où es-tu donc passée, ma belle ?

Dans mon dos, la propriété illuminée me servait de point de repère. Du craquement d'une brindille aux croassements de corbeaux, en passant par les glapissements d'un renard, je ne manquais pas de compagnie !

Bientôt, je me retrouvai à la lisière d'un passage sombre, qui m'amena aux abords d'un chemin d'où je distinguai sans mal un petit portail en fer forgé. Dans mes souvenirs j'étais déjà venue ici. Il me semblait que c'était au soir de la marche blanche en l'honneur de Dimitri. J'y avais repéré le cimetière familial des Girod.

La grille était fermée à double tour et mon portable se transforma pour l'occasion en lampe torche afin de mieux scruter l'endroit.

Ne me restait plus qu'à escalader les barreaux en prenant soin de ne pas m'empaler sur les pointes en fer.

J'assurai ma prise et hop !, moins d'une minute plus tard, j'étais de l'autre côté.

Bravant l'interdit, je longeai les pierres tombales jusqu'à me retrouver devant la chapelle, verrouillée elle aussi. Elle était somptueuse.

Ma première frayeur provint d'une coupelle que je renversai malencontreusement, mais ce ne fut rien comparé à celle qui m'arracha un petit cri quand une boule de poils slaloma entre mes jambes : un chat !

La construction devait remonter au siècle dernier. Peut-être plus. La porte en bois, surmontée d'un drapeau savoyard comme emblème, avait été rénovée avec soin. Je tentai ma chance du côté des différentes niches, y glissant ma main au hasard. J'attrapai bientôt ce qui semblait être une clé. La persévérance était un trait de caractère dont je ne manquais pas ces temps-ci.

La première chose qui m'interpella, ce fut la température glaciale et la solennité du lieu. Quelques reliquats de catéchisme m'aidèrent à comprendre que les vitraux retraçaient la vie des apôtres. À vrai dire, je n'y connaissais pas grand-chose, mais vu les prédispositions de Jacques Girod pour l'art, je pariai pour des œuvres datant de la Renaissance.

La chapelle n'était pas très spacieuse, à peine une quinzaine de mètres carrés, mais elle était agencée avec soin et raffinement. Aux murs, des peintures représentant le fils de Dieu, de sa naissance dans les bras de Marie jusqu'à sa crucifixion.

J'étais littéralement sous le charme. À droite de l'autel orné de dorures, je remarquai un tombeau sur socle. Je le contournai à la recherche d'une indication. Sans doute un membre de la famille Girod à qui l'on estimait devoir porter une attention toute particulière. Je promenai mon téléphone sur le dessus, déchiffrant la plaque commémorative d'une certaine « MYRIAM B. GIROD ».

Qui était-elle ? Guillaume n'avait jamais cité ce prénom devant moi. Je caressai la surface de cette gravure, parvenant à en éprouver la finesse sous mes doigts.

1950 –

Ce tiret était une drôle de façon de se préparer à l'irréparable. Incroyable bonhomme ! Jacques Girod avait organisé jusqu'à la sépulture d'une femme avant sa mort.

J'avais froid à présent, il était temps pour moi de partir de ce lieu mystérieux et lugubre. Malheureusement, en reculant, je heurtai par inadvertance un portrait de la Vierge à l'Enfant qui tenait quasiment en équilibre. La vitre se brisa en mille morceaux. Quelle déveine ! Je ramassai à la hâte les plus gros fragments, quant au reste qui craquait sous mes chaussures, je le balayai du pied et le fit disparaître sous le tapis.

Dernier regard à l'autel. Insatisfaite, je retournai sur mes pas et déplaçai en arrière-plan la peinture abîmée. Voilà qui était mieux !

Je refermai la porte de la chapelle, jetant un ultime coup d'œil autour de moi : Jacques Girod y avait réuni la plupart de ses aïeux. Rien de bien surprenant lorsqu'on connaissait son attachement aux valeurs familiales et religieuses.

Après avoir jeté les morceaux de verre brisé dans un buisson, je rejoignis sans tarder la propriété, non sans avoir remarqué une lueur orange et jaune dans les appartements du haut.

« Mademoiselle Alice ! »

Je sursautai. Tapi dans l'obscurité, Marc semblait m'attendre, une lampe torche à la main. La surprise fut totale et j'eus bien du mal à reprendre mes esprits.

« Oh bon sang de bon sang, Ripp, vous m'avez foutu une de ces peurs !

– Désolé, je m'apprêtais à faire ma ronde… »

Il fronça les sourcils :

« Mais que faisiez-vous dans le parc à une heure aussi matinale ? »

Guillaume et moi avions décidé de prendre le petit déjeuner ensemble. J'étais déjà installée depuis un moment lorsqu'il me rejoignit. Il m'embrassa dans le cou, jetant un œil sur l'écran de mon portable :

« Tu fais quoi… ?

– J'écris au couple qui m'a recueillie sur le bord de la route. Des gens formidables. »

Il prit ma main et y déposa un baiser :

« Je n'en doute pas une seconde. Café ? »

L'émotion que je perçus dans son regard me laissa sans voix. Je mesurai ô combien nous avions de la chance d'être de nouveau réunis. Il était trop tôt pour se projeter, mais je sentais cette passion, cette flamme qui nous avait animés au tout début de notre relation. Nous nous connaissions depuis si longtemps ! Plus jeune, son père venait avec lui tous les dimanches matin au magasin pour acheter des orchidées – de mémoire, des dendrobiums à fleurs blanches. À l'époque déjà, il jouissait d'une solide réputation d'avocat du côté de Lyon. Mon père et lui avaient noué une relation des plus cordiales, au point qu'ils en avaient fini par partager opinions politiques et pratiques ponctuelles du tennis le lundi matin, jour de relâche des commerçants.

Engloutissant un morceau de brioche, je l'observai longuement, si bien qu'il s'en intrigua.

Je baissai les yeux et pris le temps de choisir mes mots.

« Guillaume, je me pose encore beaucoup de questions, entamai-je, une main sur la sienne. Tu sais, lors de mon retour d'Albanie, nous avons eu une longue discussion tous les deux.

– Oui, c'est même la dernière fois où nous nous sommes parlé.

– À vrai dire, je n'ai jamais cessé d'y penser. Tu m'as gentiment proposé de passer à ton hôtel pour me changer. »

Ne sachant pas très bien où je voulais en venir, il acquiesça, précisant que nous devions ensuite nous retrouver afin d'aller rendre visite à Dimitri à l'hôpital où il avait été admis.

« Seulement, rien ne s'est passé comme prévu. Deux ambulanciers ont fait irruption dans ma chambre et la suite, tu la connais. »

Ses yeux bleus auraient pu me transpercer, mais je tins bon. Les sourcils froncés, il inclina légèrement la tête sur le côté.

« Tu sous-entends quoi, Alice ?

– Ces infirmiers ne sont pas venus par hasard. Quelqu'un les a informés de ma présence à l'hôtel. Qui ? Ça reste un mystère. Toi, par exemple, tu savais.

– Mais…

– Écoute-moi jusqu'au bout, Guillaume, s'il te plaît. C'est suffisamment éprouvant. Je vais te poser la question une seule et unique fois : es-tu impliqué dans mon internement ? »

Je n'étais pas sûre d'en être encore amoureuse, mais cet homme m'attirait toujours, c'était une certitude. À ma stupéfaction, il se mit à pleurer.

« Al… Alice, comment peux-tu seulement imaginer une chose pareille ? Jamais… jamais, je ne pourrais te faire du mal. J'étais, et je suis encore, le plus malheureux des hommes et pas une femme n'aurait pu te remplacer ! »

Il paraissait sincère et désemparé. Pour lui, le coup fut des plus rudes. Il resta silencieux un long moment, le regard vide fixé sur le parquet. C'était comme s'il cherchait à analyser à son tour la situation.

Soudain, il brisa le silence :

« Et si tu m'accompagnais ?

– T'accompagner ? Où ça ? »

Dimitri avait oublié une bande dessinée le week-end dernier et Guillaume me proposa que nous la lui apportions ensemble chez sa mère. C'était si inattendu !

« J'ai besoin d'un peu de temps…

– Bah, au diable le temps, Alice. Tu en as suffisamment perdu comme ça. Laisse parler ton cœur, qu'est-ce qu'il te dit ? »

Ébranlée, je ne savais plus où j'habitais.

« Eh bien… il me dit… de foncer ! »

54

Saint-Didier-au-Mont-d'Or

Isabelle Girod essuya ses mains dans un torchon de cuisine et se dirigea vers la porte d'entrée, se demandant qui pouvait bien sonner à une heure aussi matinale.

« Guillaume, qu'est-ce… »

Sous le choc, elle ne put finir sa phrase.

« Alice ! »

Je regrettais déjà mon choix. Pourquoi avais-je accepté de l'accompagner ?

Et sans un Guillaume dévoué et attentionné, j'aurais déjà fait demi-tour depuis longtemps. Je ne trouvai rien d'autre à dire que « salut, Isabelle ! ».

« Ben ça alors, pour une surprise… »

Guillaume nous proposa de continuer cette conversation à l'intérieur. Encore sous le coup de l'émotion, elle bredouilla quelque chose comme « oui, naturellement ! ». Elle prit les affaires de Dimitri qu'il lui tendait, dont cette bande dessinée qui lui échappa des mains.

« Excusez ma maladresse. J'ai l'impression de voir une revenante ! » se justifia-t-elle.

Que pouvais-je ajouter à cela ? J'étais si mal !

À l'étage, les charnières d'une porte grincèrent brièvement et les pas rapides d'une démarche que j'aurais reconnue entre mille martelèrent le parquet ciré.

« Vous voulez boire quelque chose ? »

« Alice ? » me fit Guillaume.

L'œil rivé sur les escaliers en colimaçon, je discernais déjà cette ombre qui envahissait toute une partie du mur.

Isabelle renouvela sa proposition, mais paralysée par l'émotion qui me gagnait un peu plus chaque seconde, j'étais incapable de lui répondre.

Cette silhouette de géant était celle d'un enfant. Le sang circulait dans mes veines comme un torrent de lave, les pores de ma peau se dilataient, libérant une sueur impossible à juguler. Quant à mes jambes, elles flageolaient.

Et puis, il apparut en pleine lumière. Comme si les rayons du soleil en avaient décidé le moment. Dimitri s'immobilisa au beau milieu des marches. Guillaume fit un pas sur le côté, ne laissant aucun obstacle entraver ces retrouvailles. Je compris l'hésitation de l'enfant, n'oubliant pas que l'ordure qui l'avait kidnappé avait revêtu mon apparence.

À peine réveillé, les cheveux ébouriffés et un doudou dans la main, mon ange se frotta les yeux et afficha le plus beau des sourires. Pensait-il être dans un rêve ?

« Alice ? »

Sa voix avait peu changé. Il m'était si difficile de contenir mes larmes ! Le poids de deux ans de malheur planait au-dessus de nos têtes.

Les yeux rougis, j'ouvris les bras pour qu'il vienne s'y blottir. Dimitri se précipita sur moi, si violemment d'ailleurs qu'il faillit me renverser. Je l'embrassai plusieurs fois, sans parvenir à m'en détacher. De tout mon cœur, j'avais attendu, désiré, espéré, rêvé ce moment.

Il posa un baiser sur ma bouche.

Émus, Isabelle et Guillaume s'éloignèrent, respectant ce moment de partage et de complicité.

Dimitri insista pour que je l'accompagne dans sa chambre, voulant absolument me montrer le nouveau piano acheté par son grand-père. Isabelle essaya de l'en dissuader, mais finalement y renonça devant son enthousiasme. De mon côté, je ne parvenais pas à me défaire de cet avertissement de Sara qui tournait en boucle dans ma tête :

... L'enfant est toujours là. Il vit bien. Il est heureux, nage dans le bonheur, mais quelque chose ne va pas... Il est en danger, et c'est pour bientôt !

Il m'imposa de prendre place sur son lit pendant qu'il jouerait l'air préféré de son papi.

Je m'exécutai sans broncher. Sur sa tapisserie, les héros étaient désormais des joueurs de football et couvraient tout l'espace disponible.

Il joua les premières notes et s'excusa de s'être trompé.

Deux ou trois mots suffirent à le réconforter. Il était heureux, prenant un plaisir non dissimulé à jouer *La Lettre à Élise* de Beethoven. Le morceau fut de courte durée. Tel un virtuose, il clôtura son final d'un magistral lâcher de mains. J'applaudissais à tout rompre.

« Bravo, mon grand ! Bravo ! Tu as fait des progrès incroyables ! »

Dimitri reconnut y travailler deux heures par jour, et suivre trois cours particuliers par semaine. Il s'entraînait dur afin d'être prêt pour l'anniversaire prochain de son grand-père à qui était destinée la surprise. Il me parla de Barbara, qui passait la nuit chez une amie, de l'école, et de bien d'autres choses.

Dépliant mes jambes, j'examinai les petites figurines d'animation exhibées sur ses étagères jusqu'à ce que, tout à coup, je tombe sur le sachet de lavande.

« À ce que je vois, tu as encore ta lavande ! Toujours contre cette satanée sorcière ? »

Son sourire se figea.

« Oh, excuse-moi, mon ange ! Je ne voulais pas t'ennuyer avec ça. »

Tête baissée, regard fuyant, il ne prononçait plus un mot. Je lui présentai mes excuses par deux fois, ne sachant pas comment réparer ma maladresse. Approchant finalement les lèvres de mon oreille, il murmura lentement :

« Elle est encore là, tu sais !

– Comment ça ?

– Elle vient le soir quand je suis dans ma chambre. Je ferme les yeux et je fais semblant de dormir, mais elle ne part pas. J'ai peur.

– C’est sûrement un cauchemar. Ça arrive à tout le monde. Ta maman est là pour te protéger. »

Je fixai sa bouille apeurée à l’idée d’en parler. Dimitri était visiblement terrorisé et ne mentait point. Ce qui m’avait paru être un rêve tout droit sorti de son imaginaire prenait brusquement un caractère différent. Il s’éloigna de moi comme si cette réponse n’était pas celle attendue.

« C’est pas ici, Alice. La sorcière, elle vient quand je suis chez papi. »

55

Bourgoin-Jallieu

Brigitte fut loin d'être enchantée par mon récit. Elle me reprocha tout un tas de choses et notamment ma réconciliation un peu trop précipitée avec Guillaume. L'idée selon laquelle j'avais couché avec lui dès le premier soir de nos retrouvailles la laissa sans voix. Jean ne pipait mot, pourtant, durant le repas, elle trouva le moyen de lui ordonner d'arrêter de faire du bruit avec sa bouche.

Sa colère passée, je la rejoignis dans la cuisine pour essayer de la réconforter.

« Tu m'en veux toujours ?

– Non, idiote. Tu sais bien que ce n'est pas ça ! Mais avec tout ce que t'a dit l'autre, tu pars dans tous les sens et je ne sais comment t'en faire prendre conscience… »

« L'autre », c'était Sara, la voyante du camp de Montreuil.

Elle arrêta ses tâches ménagères et exigea mon attention.

« Tu es sortie d'un sacré pétrin la dernière fois, mais j'ai peur que tu y retournes. “La maladie t'entoure”, elle est marrante elle, ça veut dire quoi ? »

Brigitte était si généreuse, son amour si entier et sans concession qu'elle en devenait parfois possessive. Elle prit une chaise.

« Tu es insouciante, Alice. Sans doute trop. Tu nous rappelles notre fille, mais tu ne dois pas oublier ce que tu as enduré ces derniers mois. »

Brigitte avait raison. « Oublier », c'était trahir ce que je m'étais promis. J'avais la rage du condamné à mort.

Elle hésita à continuer, mais c'était plus fort qu'elle :

« Maintenant, tu vas me faire le plaisir de nous donner de tes nouvelles toutes les deux heures. Promis ?

– Promis, cheffe. Tu sais quoi ? Tu es pire qu'une mère juive ! »

Nous partîmes dans un long fou rire. Lorsque nous retrouvâmes notre sérieux, elle me demanda :

« Et tu vas faire quoi maintenant ?

– Je vais régler mes comptes ! »

Je montai dans ma chambre. Fatiguée, je m'allongeai sur le lit en position de l'étoile de mer. Mes yeux tombèrent sur le vieux carton regroupant quelques-unes de mes affaires. Prise d'un intérêt soudain, je me relevai pour aller l'explorer. Au fond, une sacoche avec mon ordinateur portable et un ours en peluche. Il était si sale qu'un lavage en machine lui aurait fait le plus grand bien.

Mon sac à main était à plat, écrasé comme une crêpe. Il était à l'image de ma vie : en vrac. Je retirai une trousse à maquillage, un porte-monnaie, une brosse à cheveux, ainsi qu'une lettre cachetée.

C'était étrange, je ne l'avais donc jamais ouverte ?

La signature était celle de Jacques Girod. Je ne parvenais pas à me souvenir à quelle occasion il me l'avait remise, mais la date figurant en haut à droite en raviva les circonstances malheureuses : ce courrier faisait suite à mon accident et à ce séjour à l'hôpital de la Pitié-Salpêtrière.

Le père de Guillaume y affirmait partager mon chagrin et ma douleur, confiant sa foi inébranlable en Dieu, convaincu que c'est tous ensemble que nous arriverions à surmonter la peine de cet enfant disparu. Ses mots sonnaient si juste et étaient empreints d'une telle sincérité que je ne pus retenir mes larmes.

56

Lyon

La secrétaire s'apprêtait à refermer la porte du cabinet lorsque je bloquai son geste en plaçant mon pied dans l'ouverture. Elle s'en offusqua :

« Désolée, nous allons fermer, madame ! »

L'index bien haut en guise d'avertissement, je pénétrai de force. La psychiatre Annie Collet était derrière son téléphone et, sitôt qu'elle me vit, proposa à son interlocuteur de le rappeler. Tandis que son assistante tentait de me faire sortir, elle intervint :

« Je vais m'en occuper, Rosa. Je crois savoir de quoi il s'agit. Laissez-nous et à demain.

– Vous êtes sûre, mademoiselle ? »

Elle confirma, puis attendit qu'elle parte. Elle me fit ensuite face en joignant ses mains, réfléchissant à la manière de s'y prendre.

« Alice Guenver ! J'ai été ravie d'apprendre par les journaux que vous n'aviez pas succombé à cette chute dans la rivière. »

Provocatrice, je pris le temps de m'asseoir.

« C'est drôle, je pensais plutôt que vous seriez déçue. »

Son léger sourire me rendit folle. J'aurais pu la frapper.

« Oh, moi, vous savez, ça m'est égal ! »

Connasse ! Avant d'entrer, je m'étais fait une promesse : rester calme, quelles que soient les circonstances. Mais son attitude détachée m'exaspéra au point que je finis par perdre patience.

« Nuit et jour, j'ai rêvé de cette confrontation ! » dis-je en me levant.

Le visage de la psychothérapeute resta de marbre.

« À ce que je vois, vous auriez besoin de reprendre vos soins. Vous n'êtes visiblement pas guérie. »

Cette phrase était celle de trop. Je me saisis d'un de ses nombreux diplômes accrochés au mur et le laissai s'échapper de mes mains. Il se fracassa sur le sol. Je m'excusai de ma maladresse par un :

« Vous disiez ? »

Elle semblait moins hautaine tout à coup.

« Je disais qu'il serait peut-être bon que vous preniez un autre rendez-vous. »

Ce jeu m'amusait. Je pris une autre de ses distinctions et lui réservai le même sort.

Calmement, elle se leva de son fauteuil en cuir. Prête à une confrontation physique, je fis un pas vers elle, marchant sur les débris de verre.

« Écoutez-moi bien et ouvrez grand vos oreilles, madame la psy : je ne sais pas comment vous êtes arrivée à me faire disparaître… j'ai souvent songé à vous arracher les yeux et à les piétiner avec le talon de mes chaussures… mais ce soir vous avez beaucoup de chance… »

J'avais en tête un film de Tarantino dans lequel Uma Thurman triomphait ainsi de sa rivale.

« Je vous dois mon internement forcé et ça, vous allez me le payer. J'ai porté plainte contre vous.

– Il n'était pas forcé !

– Pardon ?!

– J'ai dit *qu'il n'était pas forcé* ! »

Je pris cinquante centimètres de recul afin d'évaluer le sens de ses mots. Après tout, elle avait peut-être dit ça pour se dédouaner et libérer sa conscience de sa propre responsabilité. Elle poursuivit :

« Il est vrai que je vous ai diagnostiquée dans un état préoccupant, mais cela ne justifiait en rien un internement.

– Vous n'êtes qu'une sale menteuse ! »

Toujours aussi calme, mon injure ne la toucha pas.

« C'est pourtant la vérité même si vous avez du mal à l'accepter. Quelques jours après notre entrevue, un individu m'a contactée à votre sujet. »

Elle pianota sur le clavier de son ordinateur.

« Je trace tous les appels que je reçois. Et lorsqu'il s'agit de parler d'un patient avec un membre de sa famille, je prends une copie de son identité. Tenez, voici son passeport. Hugo Guenver. Vous confirmez qu'il s'agit bien de votre frère ? »

J'approchai de son écran. Effectivement, c'était bien lui.

« Nous avons longuement discuté et il m'a expliqué être inquiet pour votre santé. Il était à l'étranger et il cherchait un moyen de vous venir en aide. »

C'était plausible, mais je n'en restai pas moins vindicative :

« Mon frère ne connaissait pas votre existence ! Nous n'avions que très peu de relations.

– Je l'ignorais. Toutefois, c'est bien ainsi que ça s'est passé. Je me souviens qu'il était parfaitement informé. Deux jours plus tard, il m'a rappelée en visioconférence… »

Difficile de l'interrompre. Son explication était redoutablement claire et ne souffrait d'aucune zone d'ombre. Sa description d'Hugo était conforme à la réalité. Il avait exigé un établissement spécialisé afin que je puisse m'y reposer.

« Je me souviens qu'il voulait ce qu'il y a de mieux pour vous. Le lendemain, je lui signais un ordre d'internement provisoire, mais sans en connaître l'établissement choisi.

– Mais c'était contre mon gré !

– Comme beaucoup de patients, Alice ! Comme beaucoup de patients. »

Le plus déstabilisant, c'était son calme. De mon côté, je me sentais pitoyable.

« C'est bon maintenant, vous êtes contente ? » lâcha-t-elle, sans une once de compassion.

Sonnée tel un boxeur, je m'apprêtais à quitter la pièce, mais avant de franchir la porte de son cabinet, je revins à la charge comme pour un dernier round :

« Qui d'autre savait ? Diane ? »

Avec condescendance, elle détacha chaque mot :

« On voit bien que vous connaissez mal l'éthique de mon métier. Je suis tenue par le secret médical, mais sachez tout de même que si vous aviez été internée sous le nom d'Alice Guenver, jamais tout cela ne serait arrivé. »

57

Lyon

Cherchant à retrouver le cours d'une vie que j'espérais enfin normale, j'avais repris contact avec d'anciens clients. Un grand nombre s'était accommodé de mon absence en allant trouver d'autres créateurs.

Une poignée de fidèles avaient néanmoins accepté de me rencontrer. Un vieux marchand arménien, Valentin Bédrossian, m'avait même accordé sa confiance, proposant un deal des plus simples : je concevais des modèles, et s'il les trouvait à son goût, son armée de couturières se chargerait de les fabriquer.

Tout au long de la matinée, j'avais prospecté d'autres ateliers de couture, mais le moins que l'on puisse dire, c'est que l'effort ne fut pas des plus concluants.

L'affaire de la clinique était toujours en cours et Guillaume se chargeait d'obtenir réparation et dédommagement financier.

Je songeais de plus en plus à prendre un logement à Lyon, mais Brigitte y était formellement opposée.

La meilleure des nouvelles concernait ma santé : je n'avais strictement rien sur le plan médical, aussi je commençais sérieusement à douter des prédictions de Sara, la Gitane.

Assise à la terrasse d'un café, je consultais mes e-mails avant un prochain rendez-vous. La troupe de théâtre des Moon m'envoyait sa traditionnelle newsletter. Gabin y avait joint un message sympathique, m'invitant pour la dernière représentation de cette pièce que j'avais coécrite :

Sur un arbre perché

Je ne confirmai pas ma venue, du moins pas encore. Le plus ironique dans tout cela, c'était que Diane avait intégré la troupe juste après ma disparition. Souhaitant combler le vide de mon absence, elle s'était rapprochée de ses membres qui avaient fini par lui attribuer un rôle.

L'arrivée d'un e-mail attira mon attention : l'adresse de l'expéditeur n'était autre que Barbara Girod. Elle se réjouissait de me savoir de retour. Émue par sa gentillesse, je lui répondis dans l'instant.

Durant près d'une heure, j'ouvris plusieurs planches de croquis sur mon ordinateur, jetant des idées par dizaine afin de trier les plus pertinentes dès le soir venu. On ne dira jamais assez à quel point l'imagination est une vertu que l'on ne peut manier qu'avec inspiration. Elle peut vous tomber dessus à n'importe quel moment de la journée sans que rien puisse la contrôler.

Épiant les passantes qui déambulaient, je laissai libre cours à la fantaisie : une image, une publicité ou quelquefois une simple tendance vestimentaire, sachant pertinemment qu'elle pouvait être jugée farfelue ou absurde de prime abord. Une jupe plissée par-ci, un manteau en cachemire par-là, ou encore un accessoire, rien n'était inutile dans le processus de création.

Une nouvelle notification me parvint : Barbara me décrivait sa chambre d'hôpital et sa solitude.

Une chambre d'hôpital ??

Je décidai aussitôt de l'appeler. Notre discussion fut en tous points chaleureuse, un peu comme si le temps nous avait rapprochées. On aurait dit des copines s'étant quittées la veille. Dans le brouhaha de la circulation, je tentai de comprendre le pourquoi de cette hospitalisation.

« C'est trois fois rien. Juste des bilans de santé que l'on m'oblige à faire depuis que je suis gamine.

– Où es-tu exactement ?

– Clinique des Lilas, dans le 6e.

– Oh dis donc, je suis rue Vauban, c'est juste à côté. J'arrive ! »

Plutôt banal avec sa façade blanc crème, l'établissement se situait dans l'arrière-cour d'un immeuble genre haussmannien. Jusqu'à aujourd'hui j'en ignorais l'existence. De l'extérieur, rien ne laissait supposer que nous avions affaire à un centre médical.

À l'accueil, on me demanda de patienter. D'apparence modeste, l'endroit abritait pourtant un grand nombre de spécialités comme la chirurgie générale, la dermatologie, l'endocrinologie, et bien d'autres domaines encore. Dans la salle d'attente, déserte, je remarquai un écran plat perché à mi-hauteur. Difficile d'entendre le moindre mot du reportage, mais le visage de Serge Guiguet y apparut quelques secondes.

Lui et moi n'avions eu aucun contact depuis mon retour.

On m'indiqua le sixième étage.

J'entrai dans l'ascenseur. Tandis que les infirmiers en profitaient pour discuter, le vieux monsieur allongé sur le brancard n'avait d'yeux que pour moi. C'en était si gênant que j'esquivai cette insistance en contemplant le plafond.

Les portes s'ouvrirent. La clinique était rassurante de par son modernisme, tranchant avec l'image que j'avais pu m'en faire depuis l'extérieur. Dans le long couloir, je fus tout de suite surprise par la haute technologie des appareils. Une aide-soignante m'indiqua la chambre 606. En retour, elle exigea que je décline mon identité. Sur la défensive, j'optai pour un mensonge aussi surprenant que curieux :

« Delphine, Delphine Rousseau. »

Après avoir noté nom et prénom sur sa tablette, elle la posa sur le comptoir pour pouvoir répondre à son téléphone.

« Excusez-moi, je reviens dans un instant. »

Lorsqu'elle fut partie, je m'emparai de l'iPad, interrogeant par pure curiosité la liste des visiteurs du jour : il y avait eu Isabelle et Guillaume bien sûr, mais pas seulement.

Je fus très heureuse de la revoir. Après quelques banalités, elle m'interrogea sur mon long séjour en hôpital psychiatrique. J'avais déjà raconté cette histoire à maintes reprises, si bien que je lui en donnai les grandes lignes sans m'appesantir sur le reste.

Elle posta une photo de nous deux sur Instagram et me confia qu'elle parlait de moi sur son blog.

Sans vouloir me montrer trop intrusive, je me renseignai sur sa présence dans cette clinique.

« Barbara, tu ne m'as pas dit pourquoi tu étais ici ? »

Encore une fois, elle me rassura :

« Oh, rien de grave, seulement une visite de routine pour surveiller que tout va bien. »

Soulagée de l'entendre, je répondis :

« Ouf, je préfère ça. »

Mais Barbara compléta son explication d'un :

« On vérifie tous les six mois que les organes sont bien en place ! »

L'expression était si étrange dans la bouche d'une jeune adolescente qu'elle prêtait à sourire.

« Comment ça “que les organes sont bien en place” ?

– J'ai ce qu'on appelle une hétérotaxie.

– Une quoi ? »

Il s'agissait du nom savant désignant un défaut de latéralisation des organes. Dans le cas de Barbara, un *situs inversus.* Elle détailla une partie de son anatomie, et notamment ce cœur et cet estomac situés à droite du thorax, et les désigna de sa main. Tout le contraire du commun des mortels. J'ignorais tout de cette pathologie et me trouvai un peu idiote face à ces précisions. Elle n'éprouvait aucune gêne au quotidien, mais cette malformation congénitale méritait une surveillance accrue de la part du corps médical.

Une infirmière vint pour les soins, ce qui signifiait que j'allais devoir partir.

Je l'embrassai affectueusement et filai à mon prochain rendez-vous.

*

Bourgoin-Jallieu

Jean était en déplacement, quant à Brigitte, elle dormait sur le canapé. Confortablement installée dans un fauteuil, ordinateur sur les genoux, j'avançais bien trop lentement à mon goût sur les modèles promis à Valentin Bédrossian.

Casque sur les oreilles, je travaillais en musique, écoutant en boucle Amy Winehouse et son *Back to Black* légendaire. Surfant sur des sites de mode professionnels et amateurs, je laissais le hasard décider jusqu'à ce que la pub d'un dentiste en blouse blanche vante les mérites d'un dentifrice. D'une association d'idées à une autre, j'écrivis dans la barre de recherche le terme prononcé par Barbara cet après-midi, « inversus ».

> *Situs inversus,* appelé également hétérotaxie, est une maladie congénitale qui se caractérise par un positionnement anormal de certains organes internes chez l'être humain. Les personnes présentant cette caractéristique génétique et héréditaire ont le cœur et l'estomac à droite, et le foie ainsi que la vésicule biliaire à gauche.

Cette définition d'un site de santé était assez fidèle aux propos de Barbara. Et comme souvent avec le moteur américain Google et son insupportable publicité, tout un tas de liens se référant à ma demande m'étaient proposés. C'est ainsi que des cliniques vantaient un diagnostic, tandis que des spécialistes de l'*inversus* exhibaient leurs ouvrages. La photo d'un certain Hafari apparut sur la droite de l'écran, attirant immédiatement mon attention.

Ben, ça, pour une surprise !

Sharon Hafari. Par deux fois, nos chemins s'étaient déjà croisés. Professeur émérite, ses travaux étaient reconnus dans le monde entier, et notamment par l'O.M.S.[1] qui ne tarissait pas d'éloges sur cet universitaire. Il avait écrit quatre livres sur ce thème et semblait jouir d'une forte expérience en la matière, maîtrisant cette pathologie mieux que quiconque.

1 Organisation Mondiale de la Santé.

58

Lyon

Aussi prostré qu'un pèlerin devant la croix, il releva une première fois la tête et entrecroisa ses doigts afin de prier en silence.

Un détail attira son attention.

Jacques Girod se redressa avant de marcher vers l'autel.

Qui avait bien pu déplacer ce portrait de *La Vierge à l'Enfant* sans son autorisation ?

Évitant la chaleur ardente des cierges, il s'en saisit, furieux de constater qu'il n'y avait plus le verre de protection sur la toile.

« Marc ! Marc ! »

Le domestique accourut aussitôt et retira ses chaussures avant d'entrer. Girod lui présenta simplement l'objet.

« Qui est venu ici durant mon absence ?

– À ma connaissance, personne, monsieur.

– Ne dites pas "personne", enfin ! Voyez par vous-même. La vitre n'a pas disparu par l'opération du Saint-Esprit. Cherchez un peu ! Guillaume, peut-être ? »

D'habitude connu pour son calme, l'avocat était furieux. Il comptait bien éclaircir cette histoire sur-le-champ.

Marc se mit à genoux et balaya de sa main la surface du carrelage. Ce qu'il sentit sous ses doigts confirma les doutes du maître des lieux.

Leurs yeux se croisèrent, inutile d'en dire davantage : Jacques Girod avait vu juste.

Marc se redressa en se frottant les mains l'une contre l'autre :

« Disons que, maintenant que vous le dites, j'aurais bien une petite idée. »

Impatient, l'avocat le somma de s'expliquer.

« Lorsque Mlle Guenver est venue voir votre fils, je l'ai surprise au petit matin revenant du parc. »

Jacques Girod n'en croyait pas ses oreilles.

« Vous êtes sûr ? J'ignorais qu'Alice avait passé la nuit ici. Et vous prétendez qu'elle serait parvenue à entrer ? »

Marc n'était pas du genre à accuser sans preuve.

« À vrai dire, monsieur, je n'en sais rien. »

Jacques Girod observa son majordome de la tête aux pieds avant de conclure :

« Hum, ça me contrarie grandement ! Je n'aime pas beaucoup que l'on vienne mettre son nez dans nos histoires de famille. »

*

Lyon – Clinique des Lilas

Pressant sa fille de rassembler ses affaires, Isabelle venait de sortir de la chambre. Une infirmière la suppléa, aussitôt suivie d'une aide-soignante, si bien que Barbara ne put apercevoir le médecin.

« Alors, c'est le grand départ ? »

L'adolescente afficha son plus beau sourire.

« Bonjour, docteur. Je suis contente de reprendre l'école. Deux jours, c'est long. »

L'échange se voulait cordial, mais sans plus. Barbara lui confia vouloir publier une *story* sur Instagram afin d'informer ses amies. Le praticien approuva l'idée, bien que ne comprenant pas le besoin indispensable de cette génération à mettre en scène le moindre détail de leur vie.

Les yeux sur son téléphone, elle pianotait pendant qu'il signait les papiers de sortie. Il s'étonna de l'enthousiasme de la jeune fille, notamment lorsqu'elle prononça le prénom « Alice ». Il posa son stylo à plat.

« Alice ? Tu veux parler d'Alice Guenver ? Vous êtes en contact ? »

Barbara ne prêta aucune espèce d'importance à cette remarque, se contentant pour seule réponse d'un « je n'en connais pas d'autre ».

Un infirmier fit son apparition.

« Monsieur Hafari, on vous attend en salle de soins. »

Préoccupé, ce dernier quitta la pièce et ordonna :

« Fournissez-moi le registre des visites de Mlle Girod. C'est urgent ! »

59

Écully

J'avais fini mes achats depuis quelques instants. Une employée me proposa de patienter dans un coin de la pharmacie. Jérôme Ysern descendit les escaliers et salua plusieurs clients avant de me prendre dans ses bras.

« Alice, comme je suis heureux de te revoir ! Quel bon vent t'amène ?

– Un rendez-vous dans le coin et comme j'avais besoin de quelques produits… »

Je soulevai le sac en papier et il murmura en souriant :

« Ah, parapharmacie… ! »

Avec sa blouse blanche et ses lunettes rondes, j'avais l'impression de ne plus le reconnaître. Ses tempes grisonnaient il avait un début de calvitie.

Il me proposa un café dans le bar voisin. En chemin, nous échangeâmes sur tout un tas de choses. Jérôme était toujours propriétaire de deux établissements et cherchait à investir dans une nouvelle officine.

Le garçon nous apporta nos cafés.

« Sympa, ta nouvelle coiffure. »

Cette entrée en matière n'était pas des plus pertinentes, mais elle détendit l'atmosphère et nous fit sourire. Nous évoquâmes son mariage, ou plutôt son divorce. Cela ne semblait pas l'émouvoir.

« Nous aurions dû le faire bien avant. Cette union n'avait plus aucun sens. »

Il avait balayé dix-huit ans de vie commune avec une formule pleine de sous-entendus, dont seuls les hommes ont le chic !

Voyant la stupéfaction dans mon regard, il changea de sujet. En homme pressé, et observant toutes les deux minutes sa montre, il revint sur l'enlèvement de

Dimitri, mais surtout sur mon internement. Ressasser ce terrible souvenir n'était pas mon exercice favori, mais je m'y pliai avant d'aborder un autre point sensible :

« Tu seras heureux d'apprendre que je ne prends plus de médocs, plus rien. Et crois-moi, je ne le regrette pas. »

Jérôme prit une gorgée de café et minimisa la dangerosité des tranquillisants d'une formule dont il avait le secret :

« Faut pas en abuser, mais une fois de temps en temps, ça fait pas de mal.

– Ben, plusieurs semaines quand même. Y a de quoi devenir addict. »

Surpris, il reposa la tasse sur la soucoupe et approcha son visage du mien en se courbant exagérément.

« Qu'est-ce que c'est que cette histoire ? »

Voilà qu'il jouait l'étonné maintenant !

Véhémente, je ne concédai pas le moindre pouce de terrain :

« Les flacons orange que Diane me faisait passer provenaient bien de *ta* pharmacie, non ? »

Il fut décontenancé, ses yeux s'écarquillèrent un instant. Soit Jérôme était un menteur patenté, soit il ignorait totalement tout de mes dires. Il devint pâle.

« J'ai du mal à saisir ! Effectivement, les préparateurs utilisent bien des contenants de ce type, mais ça ne prouve rien.

– Écoute, je crois qu'on va s'arrêter là.

– Enfin, Alice ! Je t'en ai fourni un, peut-être deux maximum, je ne sais plus. Et alors ? Tu m'accuses de quoi, bordel de merde ?! De t'avoir empoisonnée ? »

Son « bordel de merde » fut si retentissant que tous les regards se tournèrent dans notre direction.

Il poursuivit sans s'en inquiéter :

« C'est ça ta définition de l'amitié ? Sache que tu n'as pas eu autre chose que des tranquillisants. Personne ne prépare de médocs sans mon consentement ! »

Sur ces paroles, il prétexta avoir du travail et jeta un billet de cinq euros sur la table. Je le retins par le bout de la manche, mais il se dégagea brusquement, me contemplant de haut avec de la pitié dans le regard.

« Un jour ou l'autre, faudra que tu ouvres les yeux, Alice ! » lâcha-t-il avant de s'éloigner.

Je me levai en haussant le ton :

« De quoi parles-tu ? »

Il se retourna :

« Ma pauvre, depuis toutes ces années, tu ne vois donc rien. Alice Guenver est si gentille qu'elle en est aveugle !… »

Mon pouls s'accéléra.

« … Tu as toujours été son modèle ! Alice par-ci, Alice par-là ! Ça ne t'a jamais paru bizarre, à toi ? Tu nages comme une sirène, elle se met à la natation. Tu joues au théâtre, et voici que quinze jours après ta disparition, elle intègre ta troupe. Et le plus pathétique dans tout ça : tu es tombée enceinte et Diane a voulu un enfant ! Pff… si tu veux tout savoir, la voilà la véritable raison de notre séparation. »

Il tourna les talons et me laissa plantée là au milieu de la salle.

Je venais de recevoir en pleine figure une monumentale gifle de lucidité.

60

La Croix-Rousse

Bientôt une heure que je patientais dans la voiture avec Jean à mes côtés. Il avait insisté pour suivre les pronostics du tiercé qui se jouait cet après-midi. Je bâillais à m'en décrocher la mâchoire, n'ayant pas fermé l'œil de la nuit depuis cette conversation houleuse avec Jérôme, ressentant le besoin irrémédiable d'en avoir le cœur net.

Depuis combien de temps Diane me mentait-elle ?

« Tiens, la voilà ! »

Jean délaissa stylo et journal et attendit les ordres. En tenue de jogging, elle sortit de la maison, jeta un œil à droite avant de traverser, et disparut au coin de la rue. Pour la énième fois, il voulut savoir si j'étais sûre de ce que je faisais. Je le rassurai sur mes intentions.

« Tu fais le guet sur le trottoir. De toute façon, je n'en ai pas pour très longtemps. Maintenant, ça dépend uniquement de Kermit ! »

Avant que je ne referme la portière, j'entendis :

« C'est qui, cette Kermit ? »

Je n'avais plus qu'à espérer que Diane ait conservé l'habitude de mettre un double de ses clés sous cette poterie en forme de grenouille.

La chance était de mon côté.

D'un signe à Jean, j'indiquai avoir le précieux sésame entre les mains.

Lors de ma précédente visite à son domicile, je n'avais pas eu le réflexe d'emporter mes tranquillisants. Il faut avouer que l'annonce du décès de mon frère m'avait chamboulée au point de ne plus vraiment savoir ce que je faisais.

Durant vingt minutes, je fouillai toute la maison : salon, étage, salle de bains, placards. En vain. Aucun flacon ne ressemblait à ceux fournis par Diane durant plusieurs mois. En revanche, j'avais découvert autre chose de bien plus intéressant dans sa penderie : trois photos grand format de nous deux accrochées sur le panneau arrière de la porte. En cherchant sur les étagères, je ne fus pas au bout de mes surprises, remarquant des chemisiers, robes, et pantalons m'appartenant. Qu'est-ce que mes fringues foutaient là ?

J'imaginais que la vente de la maison avait dû être une aubaine pour récupérer des vêtements qu'elle s'était bien gardée de me restituer. Comme le sous-entendait Jérôme, ce que j'avais refusé de voir durant des années prenait désormais tout son sens : Diane s'identifiait à moi au point d'en être possessive, et peut-être même maladivement jalouse. Sans le vouloir, je retraçai mentalement les principaux événements jalonnant notre adolescence.

Avant de quitter les lieux, je décidai de me rendre dans son cabinet. Depuis qu'elle avait repris l'activité de son père, Diane était devenue ma généraliste.

La première chose à faire était de vérifier son armoire à pharmacie. Là encore, je n'eus pas plus de succès. Une certitude s'imposa à moi : elle s'était débarrassée de tout ce qui pouvait être compromettant.

J'ouvris l'un des nombreux classeurs monoblocs, à la recherche de mon dossier médical. À mon grand étonnement, il était introuvable.

Je revins sur mes pas, prête à déguerpir, mais je décidai de faire un dernier arrêt dans la pièce d'archives qui servait de débarras. Sans nouvelles de mon complice, j'approchai des énormes meubles en tôle grise disposés en enfilade. Mais avant de les atteindre, je devais franchir tous ces cartons classés par ordre alphabétique.

À défaut de trouver des médicaments, je me contenterais de consulter les feuillets médicaux. Par chance, la lettre G était sur le dessus d'une pile, haute d'environ un mètre. Je l'ouvris.

« Garande, Gautier, Godard… ah, Guenver ! »

La photo où je souriais à l'objectif me renvoyait deux décennies en arrière.

Je parcourus le dossier en diagonale. Des ordonnances en veux-tu en voilà, ainsi que des résultats d'examens, en composaient l'essentiel. Un peu maladroite, je laissai échapper une pochette contenant des radiographies. J'allais la ranger, mais le tampon provenant d'une clinique luxembourgeoise attira mon attention.

Elle contenait tout un tas de scanners, I.R.M. ainsi qu'un compte-rendu rédigé en français. En introduction, le praticien signalait une sensibilité cardiaque normale, mais l'inversion des ventricules gauche et droit était le signe manifeste d'une hétérotaxie.

Hétérotaxie ? J'avais entendu ce terme médical de la bouche même de Barbara.

Inconsciemment, je posai une main sur mon cœur : il était bien à la bonne place. Impossible donc qu'il s'agisse de moi !

Bon sang, mais en quoi suis-je concernée par ce rapport ?

Mais je n'étais pas au bout de mes surprises : je tombai également sur un document de ma gynécologue se rapportant à…

Mon sang ne fit qu'un tour.

… à mon bébé mort-né.

Un SMS de Jean : Diane était de retour.

Je glissai l'enveloppe sous mon sweat.

Mon téléphone vibra. Je pris l'appel.

« Alice, ta copine a une sacrée allure. Elle est à moins de cinquante mètres, tu ne pourras pas l'éviter ! Tu veux que je fasse quelque chose ?

– Va-t'en ! »

Je raccrochai et me précipitai vers la porte d'entrée, sortant de la maison à vitesse grand V, et donnai un tour de clé.

« Alice ! » cria-t-elle de derrière le portillon.

Je dissimulai ma main derrière moi en la voyant approcher.

« Qu'est-ce que tu fais là ? Nous n'avions pas rendez-vous ! »

Je la laissai admirer ma nouvelle tenue de jogging.

« Ben, j'étais venue pour courir avec toi, mais je suis visiblement arrivée trop tard. »

Diane parut si étonnée qu'elle scruta mon visage, cherchant à discerner la part de vérité dans ce mensonge éhonté.

« On ne peut rien te cacher ! Je pars courir à 8 heures tous les matins. »

Faisant semblant d'être déçue, je désignai ma tempe.

« Tu sais, avec tous les traitements que j'ai subis, je perds un peu la boule. »

Elle parut compréhensive.

Putain, mais quelle garce !

Diane me proposa de rester boire un thé. Elle se baissa, s'apprêtant à chercher la clé sous la poterie, mais par miracle, elle se souvint avoir la sienne dans sa poche.

« Que je suis bête ! » s'amusa-t-elle en ouvrant la porte, me tournant le dos.

Je souris niaisement et en profitai pour reposer l'objet du délit.

*

Ainay-le-Vieil

« Regarde-moi ça ! Où est-ce qu'il se croit, celui-là ?

– Combien ? »

Muni de jumelles, son collègue annonça :

« 132 km/h ! Vas-y, préviens-les, on tient notre premier gagnant de l'après-midi ! »

Cette ligne droite était le terrain de jeu idéal pour verbaliser les pseudo-pilotes de course.

Posté un peu plus loin, Verrier sortit de son véhicule et vint se placer sur le bord de la route, effectuant de grands signes au conducteur de la berline afin qu'il se range sur le bas-côté. Son collègue, Patrice Doucet, en profita pour aller soulager une envie pressante en s'enfonçant dans le buisson, à l'abri des regards.

L'Audi noire ralentit et se rangea derrière la Peugeot 308 des gendarmes.

Verrier se présenta protocolairement et réclama les papiers du véhicule.

Comme souvent, le conducteur joua l'étonné :

« J'allais trop vite ? »

Le brigadier jeta un regard à l'accompagnatrice sur le siège passager, puis à l'enfant sur la banquette arrière.

« Rouler à une allure pareille avec une gamine à bord, c'est de l'inconscience, monsieur ! »

Souriant avec exagération, le chauffard minimisa :

« N'ayez crainte. Elle adore ça ! »

Mine désapprobatrice, le gendarme se fendit d'un « attendez, je reviens ! » et retourna à son véhicule afin de vérifier la conformité du permis de conduire.

Pendant ce temps, Patrice venait de finir son affaire et revenait sur ses pas. Il pouvait entendre son collègue :

« … Vous avez été pris en excès de vitesse tout récemment ! Je vais vous demander de… »

Le malfrat brandit un calibre 9 mm à la face du gendarme et pressa la détente sans sommation.

Touché à bout portant, Jean-Paul Verrier, marié et père de quatre enfants, s'écroula et décéda dans l'instant.

Choqué mais lucide, son coéquipier venait de jaillir de derrière les buissons, Sig Sauer en main. Si sa première balle manqua sa cible, la seconde, en revanche, traversa l'appuie-tête du conducteur et vint se loger dans l'os pariétal. Son buste bascula en avant et s'écrasa violemment contre le volant de la berline.

Craignant pour sa vie, sa complice n'eut d'autre choix que de hurler en suppliant qu'on l'épargne.

*

Lyon

Il me restait une ou deux planches à présenter à Valentin Bédrossian, lorsque la secrétaire de l'Arménien chuchota à mon oreille :

« Alice, il y a quelqu'un pour toi.

– Pour moi ? Tu es sûre ? »

Elle m'apprit qu'un enquêteur de la police judiciaire m'attendait à l'extérieur, une fois mon rendez-vous achevé.

À peine sortie de la manufacture, je reconnus Raphaël Neves, patientant les fesses contre le capot de sa voiture.

« Bonjour, Alice !

– Ben ça alors, capitaine ! »

Il proposa de m'expliquer en chemin les raisons de cette entrevue inopinée.

À notre arrivée dans les locaux de la PJ lyonnaise, il m'accompagna jusqu'à une salle de réunion située au troisième étage. Il y avait là le directeur général de la police, qui se présenta comme un supérieur hiérarchique de Neves, et un autre homme à l'uniforme de la gendarmerie nationale impeccable. Ce dernier prit la parole :

« Mademoiselle Guenver, heureux de vous recevoir. Un grand merci de vous être déplacée jusqu'à nous. Asseyez-vous, s'il vous plaît ! »

C'est que je n'avais pas véritablement eu le choix. Tous les regards étaient tournés dans ma direction. À voir leur expression embarrassée, j'en conclus que le moment était suffisamment grave. Il fit signe au capitaine. Ce dernier alluma le vidéoprojecteur et le temps de chauffe fut excessivement long avant que n'apparaisse la première image. Il était convenu que le gendarme mènerait l'entretien :

« Voici Jessica Ducrot, l'avant-dernière victime d'Alain Bernet. Enlevée en gare de Bourges, elle a été relâchée dans une forêt située à Courtenay. »

Le lien entre cette pauvre gosse et ma présence ici m'échappait totalement. Ils s'en aperçurent, si bien que Neves poursuivit, diffusant la photo de Dimitri. Pourtant, désormais côte à côte, les visages des deux enfants ne m'éclairaient pas plus.

« L'un et l'autre ont été enlevés par le même détraqué et ont été épargnés. Cette particularité nous a interpellés. »

La mine grave, le gendarme proposa que l'on avance. Un autre portrait s'afficha.

« Alain Bernet, alias La Demoiselle. Nous avons enquêté sur son compte durant quinze ans sans soupçonner une seconde qu'il s'agissait d'un homme, car depuis tout ce temps, nous recherchions une femme.

– L'enlèvement de Dimitri a été un élément déclencheur, intervint Neves. Pourquoi Bernet a-t-il laissé coup sur coup la vie sauve à Jessica et à Dimitri, alors que durant toutes ces années, aucun enfant n'est jamais sorti vivant de cette maison de l'horreur ? »

Présentée ainsi, cette façon d'opérer semblait effectivement déconcertante.

« Depuis l'affaire Jessica Ducrot, nous avions un doute ! » fit le commandant de gendarmerie.

Long silence dans la salle. Tapi dans l'ombre, le supérieur de Neves apporta sa contribution :

« Et si Bernet avait tout simplement été contraint de les épargner ? »

Là, ce fut à moi de les interroger :

« Comment ça ?

– Ce n'est qu'une simple hypothèse, mademoiselle Guenver, me répondit le gendarme. Grâce à vous, nous avons découvert la complicité de La Demoiselle avec les musiciens manouches, mais peut-être avons-nous omis l'essentiel ? »

Neves baissa les yeux. Le directeur de la police se leva et exposa son visage en pleine lumière :

« Mademoiselle Guenver ! C'est la raison de votre présence ici. Votre concours nous est capital. Nous allons vous demander de vous rappeler minute par minute le déroulé de votre agression à la gare de Lyon.

– Vous… voulez dire… dans la chaufferie ? »

Mon cœur s'était emballé. Heureusement, Raphaël Neves vint à ma rescousse :

« Alice, tout va bien. Dites-nous simplement comment vous avez échappé à cet individu, le chef opérateur Patrick Estre. C'est tout ce que nous voulons savoir. Il est important que vous n'omettiez aucun détail. »

Je fermai les yeux, et pris une grande inspiration. Ils enclenchèrent caméra et magnétophone afin de ne rien perdre du fil des événements.

L'exercice dura un peu plus de quarante minutes, j'étais épuisée. Tous les trois s'observèrent en silence. Le gendarme stoppa la caméra et appuya sans un mot sur la télécommande du projecteur vidéo : trois jeunes gens apparurent à l'écran.

« Voici trois étudiants : Valentin Dumont, Hyppolite Girardin, et enfin le dernier, Maxime Russot. »

J'avais la nette impression qu'ils jouaient aux devinettes avec moi.

Le gendarme se racla la gorge avant de commencer :

« Mademoiselle Guenver, voici ce qui, vraisemblablement, s'est passé du côté du col de l'Échelle un soir d'hiver… »

61

Paris

Une femme charmante vint m'ouvrir.

« Bonjour, vous devez être Alice. Heureuse de faire votre connaissance. Serge m'a beaucoup parlé de vous.

– Et vous, Mathilda. Vous êtes encore plus jolie qu'en photo.

– Entrez, il vous attend dans son bureau. »

Nous traversâmes l'appartement cossu. Une pancarte sur la porte plantait le décor.

Je suis de mauvaise humeur !

Sur le seuil, elle demanda la permission d'entrer.

Serge Guiguet m'accueillit chaleureusement d'un « Alice ! Comme je suis heureux de vous revoir ! » et me serra dans ses bras. Reculant de cinquante centimètres, il sourit :

« Laissez-moi vous regarder ! Vous avez bonne mine. »

On aurait dit de vieux combattants se retrouvant des années après la bataille.

« Entrez, ne restez pas là et débarrassez-vous de ce manteau. Que me vaut le plaisir de votre visite ? »

Bientôt trente minutes que nous discutions. J'avais retracé une partie de mon périple albanais à un Serge prêtant une oreille attentive, n'hésitant pas à prendre des notes. Sur l'épisode de l'internement, il répéta plusieurs fois à voix basse : « Qui avait donc intérêt à faire ça ? »

Il s'écarta de la lumière et ajusta ses lunettes. Je le reconnaissais bien là, quittant son habit de journaliste pour reprendre celui d'enquêteur. Un grand nombre d'interrogations resteraient définitivement sans réponse.

C'est alors que Mathilda fit son apparition dans la pièce, l'informant qu'elle partait pour son cours de fitness. Serge s'excusa du contretemps et s'éclipsa quelques instants.

Désormais seule, j'en profitai pour me dégourdir les jambes et découvris des bibelots exposés sur les étagères en bois : des décorations honorifiques épinglées sur un gigantesque tableau, un sabre doré reposant sur son socle et des souvenirs de ses glorieux faits d'armes. Sa carrière militaire était retracée sous forme de nombreuses photos. L'une d'elles capta plus particulièrement mon attention : Serge Guiguet arborant fièrement un élégant pantalon rouge et un képi à plumes.

« École de Saint-Cyr, le bonheur de mes parents. »

Prise en flagrant délit de curiosité, je sursautai, m'excusant de cette indiscrétion.

Il sourit. Il semblait trouver divertissant que je parcoure les moments clés de sa vie. Je pris un cadre, puis un autre jusqu'à celui dissimulé derrière la seconde rangée.

« Toujours à Saint-Cyr, si je ne m'abuse ? »

L'index devant la bouche, je crois que je commençais à éveiller son intérêt. Bon sang que cet homme était réfléchi et terriblement futé ! Si habile d'ailleurs que j'avais bien du mal à soutenir son regard perfide.

« En effet, en compagnie de mon filleul. Le fils de ma sœur Catherine.

– Beau garçon ! »

Il ne souhaita pas s'y attarder et retrouva son flegme, comme si un rideau de calme descendait du haut de son front pour recouvrir ses traits. Je reposai le cadre et retournai m'asseoir.

« Et Dimitri, comment va-t-il ?

– Oh, il va bien. Du moins beaucoup mieux. Ce qu'il a vécu, on ne le souhaite à aucun enfant. »

Il confirma d'une formule toute faite et me confia en exclusivité qu'il préparait un chapitre entier de son prochain livre à cette affaire.

« Vous savez, Serge, les enquêteurs pensent que La Demoiselle n'a pas agi seule. »

Il sembla surpris de cette hypothèse.

« Ah non, je l'ignorais ! Et sur quels éléments s'appuient-ils pour affirmer cela ? »

Je répondis ne pas le savoir. Selon lui, l'arrestation de Bernet était un extraordinaire concours de circonstances, mais je le repris courtoisement :

« Non, Serge, la chance n'a rien à voir là-dedans. *La chance*, c'est lorsque je suis dans la cuve et que vous apparaissez comme par miracle alors que le chef opérateur s'apprête à appuyer sur la gâchette. Vous m'avez sauvé la vie. Sans vous, j'étais morte ! »

Il reconnut humblement sa participation.

« C'est vrai que ce jour-là vous l'avez échappé belle. »

Nos regards se croisèrent. Cela me parut durer une éternité.

« À moins que…

– À moins que quoi, Alice ?

– À moins que votre présence ce jour-là ne soit pas une simple coïncidence ! »

Il ferma les yeux un moment, sans répondre. De toute évidence, Serge cherchait ses mots.

« Intéressant, Alice. Que voulez-vous insinuer ? Continuez, je vous en prie. »

Une grande inspiration me fut nécessaire.

Ne flanche pas, je t'en supplie !

« Supposons un instant que ce ne soit pas une simple coïncidence, et qu'au contraire vous attendiez quelqu'un ce matin-là ?

– Vous m'intéressez de plus en plus ! À quoi songez-vous ? »

Ne flanche pas, je t'en supplie !

« Oh je ne sais pas, imaginons un rendez-vous avec un membre du personnel de la gare, un chef opérateur par exemple ? »

Silencieux, Serge m'encouragea du regard à poursuivre.

« C'est à se demander si vos reportages sur l'affaire Girod n'ont pas livré toutes les clés ! Patrick Estre était une petite frappe qui arrondissait ses fins de mois en fermant les yeux sur un trafic de nourrissons. Ça lui rapportait suffisamment pour assouvir sa passion des courses hippiques. Tout allait bien jusqu'à ce samedi après-midi de décembre. »

Je crois que jamais jusqu'alors mon cœur ne s'était emballé de la sorte. Pourtant, je trouvai la force de continuer :

« Ce jour-là, il découvre que la cible a une valeur bien plus importante que des enfants de migrants. Voyez-vous, je n'avais pas compris la raison pour laquelle il ne vous avait pas tué dans la cuve. Et pourtant, il vous tenait au bout de son canon !

– Dites-le-moi, Alice !

– Parce qu'il attendait son fric, pardi ! Au vu des risques encourus dans l'affaire Girod, il a demandé une rallonge. Seulement, ce que ce Estre n'avait pas prévu, c'est qu'une fois sur place, vous trouveriez l'opportunité trop belle de vous débarrasser de lui pour toujours. Tôt ou tard, il aurait été un témoin gênant. Quand je pense que les médias vous ont érigé en héros ! »

J'ajoutai qu'il était fort probable que Jason ait voulu faire la même chose en allant voir Alain Bernet à Orléans et que ce dernier l'ait assassiné.

Le journaliste éloigna son fauteuil en poussant sur les roulettes, augmentant la distance entre nous.

« Vous m'accusez d'être le complice de cette Demoiselle ? Une ordure que j'ai pourchassée durant presque quinze ans ? Ce n'est pas sérieux ! »

Au jeu du chat et de la souris, il ne devait pas être le dernier.

« Arrêtez, Serge ! Vous êtes un redoutable enquêteur, peut-être même le meilleur d'entre tous ! Vous l'aviez démasquée bien avant que la police lui mette la main dessus. Avouez-le ! »

J'étais certaine que son ego allait prendre le dessus.

« J'imagine votre déception lorsque vous l'avez coincé. Devant vous, un pauvre travesti. Seulement, plutôt que de balancer Bernet aux autorités, vous avez échafaudé un plan machiavélique. Un plan vous permettant d'assouvir une vengeance toute personnelle. »

Je marchais de long en large et ses yeux suivaient mes déplacements.

« Je suis sûre que Jessica Ducrot vous doit la vie sauve. N'est-ce pas ? »

Un petit sourire se dessina sur ses lèvres.

« Très intéressant, Alice. Très intéressant. Vous pourriez animer une émission de télévision ! Quelle imagination débordante ! Je crois que votre place est réellement dans un hôpital psychiatrique. Comptez sur moi pour vous y faire interner de nouveau. »

Sa menace me prouvait que je ne divaguais pas. Je repris le cadre de son filleul :

« Maxime Russot, brillant étudiant de Saint-Cyr. Comme son glorieux oncle. Un soir d'hiver, lui et deux de ses camarades de promo ont exécuté de sang-froid de pauvres migrants cherchant à passer la frontière au col de l'Échelle. Malheureusement, Maxime n'a pas supporté le déshonneur, pas plus que vous, d'ailleurs. Ce que tout le monde ignorait, c'était sa nature fragile. Il s'est donné la mort en prison. »

Un silence absolu régnait dans la pièce. Serge Guiguet semblait déstabilisé, je lui assénai le coup fatal :

« Vous en avez beaucoup voulu à l'avocat de cette association d'entraide Enfants de Tout Horizon. Comment s'appelle-t-il déjà ? Ah oui, un certain… Jacques Girod ! Vous redoutiez sa présence au procès et vous avez eu raison. Lui, le célèbre bâtonnier lyonnais, a tout fait pour que l'on condamne les trois garçons de bonne famille. »

Mains dans les poches, je repris mes cent pas.

« La suite se passe de commentaires : lorsque vous vous présentez à Orléans cet après-midi-là pour confondre Bernet, il finit par avouer ses crimes, mais une idée fait son chemin. Une idée qui vous ronge depuis des mois et qui apparaît comme une évidence : vous venger de cet avocat qui est la cause de tous vos malheurs. À vos yeux, Maxime était bien plus qu'un neveu. À partir de ce drame, faire souffrir Jacques Girod devient votre obsession. Comment, me direz-vous ? En lui prenant ce qu'il a de plus précieux dans la vie : sa famille et notamment son petit-fils Dimitri. En échange de votre silence, Bernet adhère à votre projet, bien trop heureux d'échapper à la prison. »

Après plusieurs mimiques significatives, Serge se mit à applaudir.

À présent debout, une pointe d'admiration se dessinait sur son visage. Sans un mot, il se dirigea vers la porte et la verrouilla. Puis il s'installa de nouveau derrière son bureau. Revenir sur le rôle des Gitans ne servirait à rien. Là aussi, ça avait été un coup de maître. Je lui avais livré Darkan sur un plateau, le soupçonnant de s'être infligé lui-même ce coup de couteau.

Il s'empara d'un coupe-papier et avança vers moi, mais je ne reculai point.

« Impressionnant ! Quelle bravoure, ma chère ! Bernet et moi avions étudié les moindres détails de ce kidnapping, mais il a fallu que le destin vous mette sur notre route ! Vous êtes si… tenace ! Sachez, Alice, que j'aurais préféré que ce soit une autre personne que vous ce jour-là à la gare. »

Je tentai une esquive :

« Me tuer ne vous mènera à rien, Serge.

– Ah non ? Vous pensez sérieusement ce que vous dites ? Vous en savez beaucoup trop !

– Réfléchissez bien ! »

Plus que quelques centimètres.

« Jacques Girod ne perd rien pour attendre. Tôt ou tard, j'aurai ma revanche. Maxime n'était qu'un gamin de 20 ans influençable. Aucune circonstance atténuante ne lui a été accordée. Tous mes idéaux sur le bien, le mal, la justice sont tombés lors de son procès. Le public était aussi haineux que les jurés. Il faut reconnaître que Girod y a mis un tel acharnement pour les faire condamner… »

Ne le quittant pas des yeux, je déboutonnai lentement mon chemisier noir.

Peut-être imaginait-il un numéro de charme de ma part ? Ou le chant du cygne de celle voyant sa dernière minute arriver.

Lentement, un bouton après l'autre…

À mesure que mon décolleté s'agrandissait, son regard se transforma : le fil noir scotché sur le haut de ma poitrine ne nécessitait aucune explication.

« Un micro ! J'aurais dû m'en douter. Vous m'avez piégé. Sale petite pute ! »

De l'autre côté, la police forçait déjà l'entrée de l'appartement à coups de bélier.

« Vous allez me le payer », grinça Serge.

Il chercha à m'agripper, mais j'esquivai sa main…

Il était déterminé comme jamais. Ses yeux transpiraient la haine.

Je hurlai à l'intention des policiers, les prévenant du danger imminent.

Tout alla si vite que je n'eus pas le temps d'éviter totalement son attaque. Usant de tout son poids, il me percuta, et je traversai la porte-fenêtre qui se brisa dans un vacarme épouvantable.

Serge m'accompagna dans ma chute et nous nous retrouvâmes tous deux sur l'étroit balcon.

Ma tête avait violemment heurté le béton armé, si bien que, groggy, je ne sentais même pas les fragments de verre qui avaient pénétré mon cuir chevelu.

L'homme me chevauchait à présent tel un lutteur sur son adversaire et, toujours muni du coupe-papier, menaçait de me poignarder, quand un coup de feu retentit.

La détonation vrilla mes tympans et des gouttes de sang giclèrent sur mes vêtements. Une balle l'avait atteint au milieu du dos. L'espace d'un instant, son buste chancela, un peu comme s'il hésitait à s'écraser en arrière ou en avant.

Finalement, il s'écroula lourdement sur ma poitrine, m'empêchant de respirer. Je paniquai à l'idée de tout ce sang ruisselant sur moi.

« Alice ! »

Le capitaine Neves rangea son arme encore fumante et courut à ma rescousse. Le bruit de ses semelles sur les débris de vitre éparpillés fut mon dernier souvenir.

62

Paris

L'infirmière s'appliquait à retirer de mon crâne les innombrables bouts de verre à l'aide d'une pince à épiler.

« Arrêtez de bouger, mademoiselle ! »

On frappa à la porte de ma chambre d'hôpital. Neves demanda la permission d'entrer.

Le fonctionnaire de police s'approcha et observa la jeune femme à l'œuvre, en grimaçant au fur et à mesure que la coupelle se remplissait. Sur un ton badin, il lâcha :

« C'est pas joli joli !

– On dirait Frankenstein, hein ?

– Mais non, vous n'allez rien perdre de votre charme ! Croyez-moi. »

L'infirmière soupira en levant les yeux au ciel, manquant de nous provoquer un fou rire.

Reprenant son sérieux, Neves m'informa de la situation et me remercia de cette aide qui avait bien failli me coûter la vie.

En guise de réponse, il obtint un « aïe ! aïe ! aïe ! » retentissant.

Il revint sur l'enquête confidentielle menée conjointement par la police judiciaire et la gendarmerie, confiant ses premiers doutes lors de cette intervention improbable dans la chaufferie. Les explications fournies par Serge à l'époque ne les avaient guère convaincus. Et pourtant, ce jour-là, il avait reçu une balle en pleine poitrine ! Mais à son arrivée aux urgences, une infirmière avait fouillé les poches de sa veste et trouvé une enveloppe de quatre mille euros en liquide. Avertie, la PJ n'avait pas mentionné cet élément dans son rapport, quant au juge d'instruction, il avait accepté que l'on mette Serge Guiguet sur écoute. Cette surveillance n'avait rien révélé de probant, le journaliste se montrant d'une prudence à toute épreuve. Et c'est finalement grâce à une agence de location de voitures qu'ils avaient fini par conforter leurs soupçons.

« Ah bon, mais comment ? » m'étonnai-je.

Dans les semaines qui avaient suivi la disparition de Dimitri Girod, l'ancien gendarme s'était rendu à plusieurs reprises du côté d'Orléans depuis Tours.

« Pourquoi Tours ? »

Parce que Serge ne faisait confiance à personne. Ni à son épouse ni à la chaîne d'information qui l'employait. Afin de brouiller les pistes, il descendait en train et louait un véhicule de tourisme à l'agence située à proximité. De là, Serge effectuait les cent dix-sept kilomètres reliant Tours à Orléans. Le kilométrage des différents véhicules empruntés avait établi la concordance des faits. Ne manquait plus qu'à trouver le mobile et suivre le fil de cette enquête qui allait révéler ce lien quasi filial entre l'élève de Saint-Cyr Maxime Russot et Serge Guiguet…

Mes pensées vagabondaient.

« Je vous sens préoccupée. »

Je m'excusai de cette absence momentanée, la mettant sur le compte de la fatigue, mais Raphaël Neves ne fut pas dupe :

« Vous vous demandez encore qui a pu décider de vous interner sans votre consentement ? J'ai raison ? »

J'acquiesçai et il me réconforta.

Avant qu'il ne parte, j'osai :

« Capitaine, pourriez-vous me rendre un dernier service ? »

En arrivant à la gare de Lyon, j'appris que mon train était annoncé avec une bonne heure et demie de retard.

Quelle déveine !

Je cherchai un endroit calme et appelai Guillaume. Sa voix était douce et réconfortante, si bien que je me laissai aller à quelques confidences sans pour autant dévoiler les détails de mon entrevue avec Serge Guiguet. J'en laissai le soin à la police.

« Alice, et si l'on se voyait ce soir ?

– Je ne sais pas… Je suis épuisée. »

D'une allusion coquine à une autre, il ajouta avoir la garde des enfants, précisant même :

« Tu pourras dormir cette fois ! »

Cette remarque m'arracha un sourire. La discussion prenait une tournure agréable et légère. J'en avais grandement besoin.

« Je sais que tu es en train de sourire, et j'adore ça.

– Guillaume, redeviens sérieux, s'il te plaît, et dis-moi comment va Barbara ?

– Elle va bien.

– L'autre jour, je suis allée la voir à la clinique. »

Il était au courant. Je pouvais donc aller à l'essentiel.

« Tu ne m'avais jamais dit qu'elle souffrait de cette maladie héréditaire ! Comment s'appelle-t-elle déjà ?

– L'hétérotaxie ou *situs inversus* ! J'avoue ne jamais y avoir pensé. Quelle importance ? Dimitri ne l'a pas. Au moins une chose à laquelle il a échappé ! Mon oncle en est mort, malheureusement. Quant à ma tante Myriam, elle est née avec, tout comme mon père. »

La curiosité est un vilain défaut, je le savais, mais à l'énoncé du prénom de cette tante dont j'avais découvert le tombeau dans la chapelle privée des Girod, je plongeai tête la première :

« Myriam ? Mais tu ne m'as jamais parlé d'elle ! »

Son état de santé était préoccupant, si bien qu'il reconnut pour sa part ne la voir qu'en de très rares occasions. On lui avait transplanté un rein voici un an et demi, mais, comme si cela ne suffisait pas, voilà que la pauvre était désormais en attente de la greffe d'un foie. Sans cela, elle était condamnée.

« Papa a fait aménager ses appartements au château et deux infirmières veillent sur elle en permanence. Ceci étant, je la soupçonne parfois de désobéir et de se faire conduire jusqu'à la chambre des enfants. À ce propos, tu ne devineras jamais le surnom que Dimitri lui donne ? »

Évidemment que je le savais :

« La sorcière ? »

Guillaume en resta sans voix.

L'*inversus* faisait partie du quotidien de la famille Girod depuis toujours. De son côté, Jacques avait lui aussi frôlé la mort suite à un grave problème de santé. Guillaume ajouta :

« Et sans un donneur rien n'aurait été possible. »

Cette information m'interpella sans trop savoir pourquoi.

« Il a eu beaucoup de chance, reprit-il. Tout ça, c'est grâce à Sharon, Sharon Hafari. C'est un spécialiste international de la maladie. Il a été l'un des tout premiers à constituer un fichier d'organes pour l'O.M.S. Cet homme est un visionnaire, et grâce à lui, mon père a pu être sauvé. »

L'enthousiasme de Guillaume me mettait mal à l'aise. Tout à coup, j'eus comme un mauvais pressentiment.

« Et tu te souviens de l'année où il a été transplanté ? »

La question lui parut si surprenante que je la regrettai déjà.

« Oui, bien sûr que je m'en souviens, d'ailleurs on brûle chaque année un cierge en commémoration de cette date. C'était en 1995. »

1995 !...

Je décollai le portable de mon oreille et laissai tomber mon bras le long de ma cuisse.

À l'autre bout du fil, Guillaume s'inquiéta :

« Alice ? Alice, tu es toujours là ?… »

*

Gouzon

Prostrée dans sa chambre, Annabelle Trémoux préférait noyer seule son chagrin plutôt que de supporter les explications stériles de son époux.

Comme à son habitude malgré la situation, Philippe regardait un match à la télé, devant une assiette de charcuterie qu'il avait trouvé le courage de se préparer… mais son esprit était ailleurs. Il portait sur le front et l'arcade sourcilière les stigmates de la lutte qui l'avait opposé à cet enfoiré.

On frappa à la porte.

Il fut si surpris que la bouteille de bière lui échappa des mains et se brisa sur le carrelage en terre cuite.

C'était la gendarmerie.

Cherchant à afficher une sérénité qui lui faisait cruellement défaut, il reconnut les deux militaires et les prit à témoin :

« Bon ben, ça nous fera une bouteille de moins ! »

Leurs visages étaient tristes, presque funestes.

L'un des leurs était mort cet après-midi et l'instant n'était plus à la plaisanterie.

63

Lyon

Le président du tribunal observa les magistrats, son greffier, et décida de mettre un terme à cette seconde journée d'audience. Les policiers se chargèrent de l'accusé assis dans son box et lui passèrent les menottes.

Le public commençait à quitter la salle.

Toujours élégant, Guillaume enleva le faux pli sur sa toge et rangea la pile de dossiers empilés devant lui.

*

Durant le trajet entre Bourgoin et le tribunal de la cour d'assises de Lyon, le capitaine Neves s'était retourné plusieurs fois vers moi. Il avait insisté pour m'accompagner, me promettant de rester à bonne distance.

« Ça va aller ? »

Je le regardai dans les yeux :

« Va bien falloir. Je ne m'imaginais pas que cela serait si dur. Depuis des mois, je me répète inlassablement la même phrase.

– Laquelle ?

– Ne flanche pas, Alice, je t'en supplie ! »

Au pied de cette porte à la poignée dorée, je me retrouvai face à mon destin, telle une alpiniste prête à gravir le dernier flanc. Neves entra le premier et alla aussitôt s'asseoir sur un banc.

J'avançai au milieu de l'allée large d'un mètre à peine. Je me sentais terriblement seule tout à coup, mais animée d'une volonté inébranlable.

Personne ne me prêta véritablement attention, car chaque partie discutait en petit comité du déroulé de la séance.

M'apercevant, Guillaume délaissa son père et un autre de ses confrères. Il y avait de l'étonnement dans ses yeux : visiblement, il se demandait ce que je pouvais bien faire dans un tribunal, moi qui n'y avais jamais mis les pieds jusqu'ici ?

Et là, sans réfléchir, je lançai à la cantonade :

« Vous avez tout manigancé depuis le premier jour ! »

Le moins que l'on puisse dire, c'est que cette accusation eut son petit effet. Tous les regards se braquèrent sur moi. Guillaume semblait décontenancé, il tourna la tête vers son père. Je poursuivis :

« Vous aviez étudié tous les détails, hein ! »

Jacques Girod était désormais la cible de mon fiel et les autres membres s'en aperçurent. Il exigea de Guillaume qu'il me fasse taire. Ce dernier se précipita sur moi, mais je hurlai :

« Tuer mon père ne vous a donc pas suffi ? »

Cette « justice spectacle » n'était pas du tout à son goût et il le fit savoir : d'abord en s'adressant au président du tribunal, lui demandant de me faire évacuer manu militari, puis en gardant le silence.

Ô combien embarrassé, Guillaume entoura mes épaules, me pressant de sortir, sans heurts supplémentaires, de cet endroit chargé de symbolique. Lui résistant, je décochai une ultime flèche :

« Vous l'avez dépouillé comme un animal ! »

Toujours muré dans son silence, Jacques refusait la confrontation.

Désormais dos à la cour, je jetai un regard navré à Raphaël Neves. J'avais raté mon coup de force et m'apprêtai à quitter les lieux, mais, contre toute attente, une voix rauque et aussi froide qu'une église en hiver brisa soudain le silence :

« Votre père était déjà en mort cérébrale. »

Guillaume desserra son étreinte, découvrant lui aussi ce pan de vérité qu'il ignorait.

Acculé, humilié devant ses pairs, le grand avocat lyonnais venait de fendre l'armure.

Il reprit sa respiration.

« J'étais condamné. Il ne me restait plus qu'un rein et il était nécrosé. Votre père était effectivement le donneur dont j'avais besoin, mais jamais, je dis bien *jamais*, je n'aurais prémédité une telle chose. Sa mort était un signe du destin dont seul Dieu tout puissant détient le secret. »

Il réajusta son col et se lança dans une longue tirade. En réalité, il plaidait sa cause.

« J'estimais beaucoup votre père et pas un jour ne passe sans que je prie pour son âme afin de le remercier de ce cadeau. Vous êtes trop jeune pour vous en souvenir, mais nous avions d'excellents rapports. Le hasard a voulu que sa route croise la mienne. Aujourd'hui je suis en vie et c'est grâce à lui, je reste convaincu qu'il aurait donné son accord pour cette greffe. En échange, je me suis toujours promis de venir en aide à votre famille. »

C'était la meilleure celle-là !

« Ah oui, et comment ? »

Il plongea son regard froid dans le mien :

« En acceptant que vous épousiez mon fils. »

Il n'y avait ni amour ni compassion dans ses yeux, seulement une forme de pitié semblant vouloir dire « vous êtes contente, maintenant ? ».

Loin de s'émouvoir de tout ce déballage, Guillaume avait repris sa place auprès de son père. Quant à moi, je mentirais si j'affirmais ne pas m'être posé maintes fois la question sur cette relation entre ce fils de bonne famille et la pauvre roturière que j'étais. Guillaume l'aida à s'asseoir et lui servit un verre d'eau.

Mais je n'en avais pas fini avec lui :

« Et il a fallu que vous me fassiez interner ! Vous êtes allé jusqu'à corrompre mon propre frère pour qu'il vous signe l'ordre d'internement. »

Il but par petites gorgées avant de me répondre :

« Vous délirez complètement ! »

L'agent de sécurité demandé un instant plus tôt me saisit par le bras, mais Neves s'approcha en présentant son insigne.

Il était temps de révéler la véritable raison de ma venue. J'avançai dans leur direction.

« Lors de mon retour d'Albanie, j'ai eu Guillaume au téléphone. Il était à votre cabinet et se préparait à rejoindre l'hôpital où Dimitri avait été admis. De manière sans doute involontaire, vous avez été informé de cet échange et votre plan pouvait enfin se mettre à exécution. L'hôtel, c'était le lieu idéal pour me kidnapper et m'emmener à la clinique psychiatrique de ce Le Banner. »

Cette première salve résonna durement. Ses épaules s'affaissèrent d'un coup. La colère put se lire sur son visage, lui brûlant les yeux au point qu'il en ôta ses lunettes.

« Vous dites n'importe quoi ! Cette fille est folle à lier. Quel aurait été mon intérêt ? »

Les mains bien accrochées sur la balustrade, le buste en avant, j'étais prête à l'affrontement final et n'hésitai pas une seconde :

« Vous débarrasser d'une belle-fille devenue trop encombrante et qui, tôt ou tard, aurait découvert le monstre que vous êtes, capable de commettre le plus irréparable des crimes ! »

Son souffle était court, et son front commençait à suer abondamment.

« Ça suffit, Alice ! Tes accusations sont ignobles ! » s'insurgea Guillaume.

Un regard plein de tendresse, des trémolos dans la voix, je lui dévoilai cette vérité bien trop lourde à porter, comme un uppercut :

« Ton père m'a volé ce qu'il y a de plus précieux au monde : il a volé mon bébé ! *Notre* bébé ! »

L'incompréhension la plus totale pouvait se lire dans les yeux de Guillaume. À son tour d'essayer d'assembler les pièces de ce puzzle aux mille facettes. Il ne cessait de répéter ces mots comme s'il cherchait à gagner du temps ou simplement à en saisir le sens : « Ton père m'a volé… mon bébé. Ton père m'a volé… notre bébé… »

Les mains plaquées sur la table en acajou, il s'adressa au patriarche vieillissant, qui brusquement paraissait son âge.

« Enfin, papa, réagis ! Dis quelque chose ! »

Cherchant à se défendre et à sauver ce qu'il lui restait de dignité, Jacques Girod affirma qu'il s'agissait d'une mascarade et du délire d'une illuminée.

Regardant Guillaume droit dans les yeux :

« Ce samedi après-midi de décembre restera comme maudit. Tu te souviens qu'après mon accident tu ne m'as pas accompagnée jusqu'à l'hôpital ? »

Cherchant à se justifier, il bafouilla :

« Euh… oui, je n'avais pas le choix ! Je devais récupérer Barbara et j'ai aidé les enquêteurs à essayer d'identifier Dimitri. »

Bref mouvement de tête vers l'ignoble personnage.

« C'est *ton père* qui était avec moi dans l'ambulance. Il a joué de ses relations et en a profité pour joindre ses amis médecins. En arrivant à la Pitié-Salpêtrière, il a supervisé les opérations et n'a pas hésité à… »

Sortant de ses gonds, Jacques Girod se dressa comme un ressort en pointant un doigt accusateur :

« Votre pronostic vital était engagé, Alice ! Quand est-ce que vous allez l'admettre ? Ça a été un dilemme que vous ne pouvez même pas soupçonner. Selon votre neurologue, le professeur Tordjman, vos chances de survie étaient quasi nulles. Alors oui, j'ai pris cette décision, la seule décision qui s'imposait à moi. Il fallait sauver ce bébé. Ma petite-fille.

– En la faisant passer pour morte ? » rétorquai-je avec mépris.

Guillaume était sous le choc. Il s'appuya sur la première rampe à portée de main.

« Mais pourquoi ? » murmura-t-il, complètement assommé, la dure réalité venant de lui exploser en pleine face.

Jacques Girod baissa la tête, soupira, puis, d'une voix atone, sur le ton de la confession, reprit la parole :

« Ce n'était pas mon idée, mais celle de Sharon Hafari. Ce soir-là, j'ai accepté de vendre mon âme au diable. Il s'est occupé de tout. De l'accouchement à la mise sous protection de l'enfant dans une famille d'accueil. »

Peut-être cherchait-il une fois encore à minimiser son crime ?

« Oui, en attendant qu'elle soit en âge ! » criai-je.

Guillaume me jeta un regard, mais je n'étais plus au cœur de ses préoccupations.

« En âge ? Mais en âge de quoi ? »

Saisissant son père adoré par les épaules, il le secoua vigoureusement, manifestant une rage que je ne lui connaissais pas.

« En âge de quoi ?! »

Jacques Girod tremblait, suffoquait comme s'il était en état de choc. Puis, dans un dernier acte digne d'une tragédie romaine, il expulsa comme un dernier souffle cette vérité que Neves avait déjà obtenue lors de la garde à vue prolongée d'Hafari.

« Ta tante Myriam a besoin… d'un foie ! »

Guillaume le relâcha sans un mot. S'écartant d'un pas chancelant, il se prit la tête entre les mains avant de hurler :

« Mais qu'est-ce que tu as fait ! Qu'est-ce que tu as fait !!!… »

Ma place n'était plus ici. Éprouvée, mais soulagée, les yeux larmoyants, je quittai la salle d'audience, suivie du capitaine de la PJ.

Épilogue

Saint-Amand-Montrond

Jamais je ne m'étais sentie aussi fébrile de toute mon existence. Grâce à l'aide du ministère de l'Intérieur, j'avais obtenu le précieux sésame dans les quarante-huit heures.

Les trois cents kilomètres entre Lyon et cette petite ville du Cher me parurent durer une éternité.

Je m'étais fait la promesse de ne pas pleurer !

Je garai la voiture sur le parking et entrai dans la maison d'accueil, un paquet à la main. Le moment était difficile.

On m'indiqua le bureau du directeur, mais il n'y était pas. Aussi impatiente qu'une enfant à Noël, je parcourus le long couloir de cet établissement, scrutant les yeux de chaque enfant, des fois que…

L'immense salle de jeux disposait de vitres à mi-hauteur permettant de jeter un œil sur les tables. Ma bouche était sèche, si sèche d'ailleurs que j'aurais volontiers pris un verre d'eau. Mon pouls s'accélérait à mesure que j'avançais.

Soudain, je me figeai, mes mains devinrent moites et je sentis mon cœur battre à mes tempes : au fond de la pièce, à moitié dissimulée derrière une adulte, une petite fille déplaçait les morceaux d'un jeu en bois. Pour des raisons que seule une mère peut comprendre, j'étais absolument sûre que c'était elle.

« Mademoiselle Guenver ? Je suis le directeur, monsieur Dubreuil. »

Je tournai la tête, ne pouvant prononcer le moindre mot. Nul besoin de la désigner, les yeux de cet homme se fermèrent avec douceur et sagesse, confirmant ainsi mon intuition.

« Sa famille d'accueil l'a appelée Éloïse. »

Je pénétrai dans la pièce sur la pointe des pieds. Elle ne releva pas la tête, du moins pas immédiatement. Et lorsque enfin elle se décida à me jeter un regard, mes mains se mirent à trembler tout autant que le reste de mon corps.

Oh mon Dieu, ces yeux et ce petit nez, c'était mon portrait tout craché au même âge !

« Bonjour, Éloïse. Je m'appelle Alice. »

*

Deux semaines plus tard

Lyon

J'étais en retard. Brigitte et Jean avaient attendu un long moment avant de se décider à entrer. C'était la première fois qu'ils se rendaient au théâtre.

Malgré le lever de rideau, Éloïse et moi entrâmes dans la salle obscure.

Guettant ma venue, Brigitte me fit de grands signes de la main, obligeant son époux à se décaler sur la droite pour nous laisser la place entre eux. Je les embrassai comme l'on étreint ses parents, avec tendresse et affection.

« Éloïse, tu restes avec Brigitte, c'est bien compris ? »

La pièce était finie. Ma petite princesse enroula ses bras autour de mon cou. Nous étions fusionnelles depuis le premier jour.

« Brigitte, tu fais…

– T'inquiète donc pas, je pourrais perdre mon mari dans la cabine de son camion, mais pas ma petite. Jamais ! »

Elle hésita avant d'ajouter :

« Tu sais, Alice, on peut s'occuper d'elle ce soir si tu veux dîner avec tes amis ? »

Sa question resterait lettre morte.

Dernier baiser à ma fille et j'avançai dans les coulisses, évitant projecteurs et autres malles de rangement qui obstruaient le passage. Deux techniciens me saluèrent, ainsi qu'une accessoiriste que je ne connaissais pas.

La pièce de vie située au fond du corridor était l'endroit où la troupe se réunissait après chaque représentation. Un sas de décompression en quelque sorte, afin d'y commenter tout un tas de détails et notamment les performances des uns et des autres.

Je marquai un temps d'arrêt avant de pénétrer dans l'arène. Valentine m'aperçut, hurlant mon prénom. Le brouhaha s'estompa progressivement. Il y avait là Gabin, Philippe et tous les autres membres. Les retrouvailles furent chaleureuses.

Un peu plus loin, j'aperçus Juliette et Diane, me tournant le dos, une coupe de champagne à la main.

« Ben, alors, on ne dit plus bonjour ? » lançai-je.

Sourires forcés.

« Écoute, Diane, je t'ai trouvée formidable dans ce rôle. Vraiment. C'est à croire qu'il a été écrit pour toi. Tu as bien fait de t'inscrire au théâtre, jouer la comédie semble être une seconde nature chez toi. »

Je pris le temps de la regarder de la tête aux pieds.

« C'est drôle, mais ces fringues me disent quelque chose. À qui as-tu bien pu les emprunter ? Je me demande. »

Tous les regards se portèrent dans sa direction.

Toujours aussi serviable, Philippe me tendit une coupe. Je le remerciai.

« On a quelque chose à fêter ! Je lève mon verre à Diane ! Ma meilleure amie ! »

On aurait pu me croire saoule, mais il n'en était rien.

M'adressant de nouveau à cette vipère, j'y allai de mon couplet :

« Putain que j'ai pu être naïve ! Tu m'as droguée à mon insu. La pharmacie d'Écully où travaille Jérôme m'a effectivement fourni le premier flacon de tranquillisants pour me soulager. En revanche, tous les autres étaient fabriqués par celle de Caluire qui est à cinq minutes de chez toi. Le préparateur a tout avoué à la police cet après-midi. Tu t'es bien foutue de moi ! »

Je levai de nouveau mon verre :

« Aux amis ! »

Les personnes présentes étaient totalement déstabilisées, ne sachant comment réagir, si bien qu'elles ne trouvèrent rien d'autre à répondre que « aux amis ! ».

Dans un silence de cathédrale, j'avançai vers elle et lui jetai mon champagne à la figure.

« Pourquoi ? Pourquoi, Diane ? Parce que le bonheur me souriait enfin ? Tu trouves que durant toutes ces années je n'avais pas assez souffert ? Quand je pense que tu te prétendais mon amie ! »

En guise d'aveu, elle baissa les yeux.

« Désormais, repris-je, tu n'existes plus, et ne t'avise jamais de nous approcher, ni moi ni ma fille, ou je te tue !

– Pardonne-moi ! »

J'avais négligé mon entrée, mais pris le temps de soigner ma sortie. À la vue de tous, je glissai ma coupe vide dans la main de Juliette et quittai le théâtre sans me retourner.

Au-dehors, Brigitte, Jean et ma petite princesse m'attendaient sur le trottoir. Ma mère d'adoption vint aux nouvelles :

« Alors ? Ils étaient contents de te voir ? »

Je pris Éloïse par la main et posai un baiser sur sa joue fraîche, les yeux embués mais le cœur léger :

« Tu ne peux même pas t'imaginer à quel point. Un bouchon lyonnais, ça vous tente ? »

*

Quelques semaines plus tard

« Manman, manman !

– Oui je vois, ma chérie.

– Peux y'aller ? »

Un simple sourire suffisait à nous comprendre.

Éloïse tirait sur mon bras, toujours aussi contente de venir dans ce parc de la Tête-d'Or qu'elle aimait tant.

Nous avions retrouvé une vie normale du côté de Lyon. On avait tellement de temps à rattraper que chaque seconde comptait. Ma fille était pleine d'entrain, de joie, nous étions tout simplement heureuses.

Le carrousel à la mélodie enchantée était semblable à mes souvenirs. Au signal, elle grimpa sur le petit manège, choisissant elle-même sa monture.

Pendant que les adultes s'agglutinaient autour de leur progéniture, je la pris en photo.

La cloche retentit. Ce plaisir d'enfant riant à pleines dents suffisait amplement à mon bonheur. Son cheval était magnifique et donnait l'impression d'être au galop, montant et descendant avec grâce.

Je reculai d'une dizaine de mètres et appuyai mon dos contre le tronc d'un pin parasol. Les bras croisés, le regard songeur, je me remémorai toutes ces balades avec mes parents lorsque j'étais petite. C'était l'époque où nous étions heureux.

La sonnerie indiqua la fin du tour.

Éloïse me rejoignit, ramassant sur son passage les quelques pommes de pin éparpillées.

« Lorsque tu seras grande, je te montrerai comment grimper aux arbres. »

Les mains remplies de sa récolte, elle me regarda avec de grands yeux ronds.

« Comme 'cureuils ? »

Cette phrase me fit sourire.

« Oui, ma chérie, comme les écureuils. Tu sais, quand tu seras perchée tout là-haut, le monde sera à toi. »

Remerciements de l'auteur

Un immense merci aux éditions Taurnada, et plus particulièrement à Patricia et Joël, pour leur confiance et l'accueil chaleureux de leur équipe à mon arrivée.

À tous ceux qui participent de près ou de loin à cette aventure.

Valérie, Doudou, Séverine, Catherine, Laurence, Catherine, Catherine (c'est volontaire), Sophie, Maryline, Jean-Philippe, Nelly, Mylène, Anna, Liliane, Karine, Julie, Sandrine, Jean-Marc, Jérôme, Christophe, Roger, Kim, Paul, Didier, Pierre, Franck, Vincent, Mickael, Lionel, Pascal, Jean-Bernard, Benoît, Mickael… et bien d'autres encore.

À Rachel pour ses encouragements et ses précieux conseils.

À Emmanuel, commandant de police, toujours disponible pour répondre à mes nombreuses interrogations. Merci, Emmanuel !

À Rebecca et Sonja pour leur travail de correction.

À Catherine D. (promis c'est la dernière Catherine) pour sa lecture approfondie.

À Léonie, pour son talent de communication.

À tous les libraires, et à leur personnel dévoué.

À toutes ces médiathèques, bibliothèques, qui n'hésitent pas à conseiller et promouvoir des auteurs inconnus.

À Stéphanie de Metz qui m'a permis d'aller à la rencontre des lecteurs pour ma toute première séance de dédicaces. Je n'ai pas oublié…

À tous les salons où les auteurs se rencontrent.

À tous les auteurs (et leurs précieux conseils) avec qui j'ai toujours autant de plaisir à échanger !

À Marc N.

À Jean-Pierre Tissier, à Muriel Gaillard… Merci mille fois !

À Marina pour ses mots d'encouragement et sa gentillesse à mon égard, Jean-Yves…

À toutes et tous, blogueuses, blogueurs, influenceuses, influenceurs, merci pour vos messages élogieux.

Et enfin, un très grand merci aux lectrices et lecteurs :

Je garde précieusement vos messages, merci de votre soutien.

Vous êtes mon moteur.

Cet ouvrage a été imprimé par

Novoprint

Achevé d'imprimer en juillet 2023

Taurnada Éditions
38, chemin du Candéou
06530 Peymeinade

www.taurnada.fr

Dépôt légal : janvier 2023
ISBN : 978-2-37258-113-4

Imprimé en Espagne